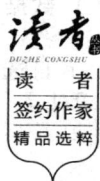

读者

读 者
签约作家
精品选粹

海棠无香书有香

刘心武自选集

刘心武 ◎ 著

读者出版传媒股份有限公司

甘肃人民出版社

图书在版编目（ＣＩＰ）数据

海棠无香书有香：刘心武自选集 ／ 刘心武著. --
兰州：甘肃人民出版社，2021.7
　ISBN 978-7-226-05704-9

　Ⅰ．①海… Ⅱ．①刘… Ⅲ．①散文集－中国－当代
Ⅳ．①I267

中国版本图书馆CIP数据核字(2021)第103723号

出　版　人：刘永升
总　策　划：刘永升　李树军　宁　恢
项目统筹：高茂林　王　祎　李青立
策划编辑：高茂林
责任编辑：李青立
封面设计：今亮後聲 HOPESOUND 2580590616@qq.com ·核漫　欧阳倩文

海棠无香书有香：刘心武自选集

刘心武　著

甘肃人民出版社出版发行
（730030　兰州市读者大道 568 号）

北京金特印刷有限责任公司印刷

开本 889 毫米×1194 毫米　1／32　印张 9.25　插页 2　字数 207 千
2021 年 7 月第 1 版　2021 年 7 月第 1 次印刷
印数：1~20 000

ISBN 978-7-226-05704-9　　定价：46.00 元

海棠无香书有香

十八岁以前，住在北京钱粮胡同一所四合院里，春天推开我家堂屋窗户，会有海棠花树的枝子蹦进屋来，起初会缀着朱砂红的花蕾，后来就都绽放成粉心黄蕊白瓣的花朵。张爱玲判定海棠无香，确实没有馥郁的香味，但那股子特有的润泽水汽，沁人肺腑，也足令人脑醒神清。我从十三岁到十八岁，春夏秋就常靠窗而坐，在探进窗内的海棠树枝下，静心读书。

那时我是一个狂妄的文学小子。我读书，常常越出老师布置与报刊推荐的书目。我会被好奇心牵引，一阵阵的，寻觅同龄人一般不大会去读的文本。比如十七岁前后，因为看了舞台上的一些演出，忽然觉得，我何不读剧本？于是找了不少中外古今的剧本来读。中国的，先是读曹禺的《雷雨》《日出》《北京人》《原野》《家》，吴祖光的《风雪夜归人》，田汉的《丽人行》，夏衍的《上海屋檐下》《法西斯细菌》，这些都是看过剧场演出的。后来知道洪深是位中国话剧的开拓者，就找来他的"农村三部曲"《五奎桥》

《香稻米》《青龙潭》来看，不得要领。又找到茅盾的《清明前后》，那是茅盾创作的唯一剧本，读起来像读小说。老舍的《茶馆》在《收获》创刊上一刊出，也就读了。那时丁西林的《一只马蜂》《三块钱国币》有演出，我看了，想看他的剧本集，没找到。听说李健吾、熊佛西也都是名噪一时的剧作家，但我也没找到他们的剧本集。外国剧作家的剧本也进入我的视野。买到希腊三大悲剧家埃斯库罗斯、索福克勒斯和欧里庇得斯的戏剧集，罗念生翻译的，读了觉得非常震撼，特别是歌队的演唱部分。莎士比亚的《哈姆雷特》自以为很懂，墓地一场中掘墓人的话，似乎比哈姆雷特那"活着，还是死去，这是一个问题"更给我稚嫩的心以刺激，不禁就"什么是死亡"而苦思。印度古代大作家迦梨陀娑的诗剧《沙恭达罗》搬上了中国舞台，先看剧，再读剧本，对其中"你无论走得多么远，也不会走出我的心；正如黄昏时刻的树影，拖得再长也离不开树根"的金句推崇备至。那时候也就知道，俄罗斯有个伟大的剧作家奥斯特洛夫斯基，有《大雷雨》等剧作，这个亚历山大·奥斯特洛夫斯基不是那个写《钢铁是怎样炼成的》小说的尼古拉·奥斯特洛夫斯基，两位前后差了快一百年。这位19世纪的剧作家的《智者千虑必有一失》由北京人民艺术剧院搬演了，我看后还写了艺术评论刊发在《北京晚报》副刊。我原来看过老托尔斯泰的小说，后来得知他也写剧本，那时候人民文学出版社出版过他的几种剧本，我找到的有《黑暗的势力》《教育的果实》《活尸》，记得版权页上标记着印数只有500册。之所以强调是老托尔斯泰（列夫·托尔斯泰），因为到苏联时期有个小托尔斯泰（阿列克赛·托尔斯泰），写小说也写剧本。高尔基的剧本《底层》，以及柯灵、师陀将其中国化改编为《夜店》的剧本也都看过。同样只印了500册的《罗曼·罗兰革命戏剧集》，居然被我在王府井书店买回一本，读后很诧异，他怎么对法国大革命持那么冷静的批判态度。挪威易卜生的《玩偶之家》名气大得不得了，很早就搬上了中国舞台，从上海演到延安，又演到新中国，更因鲁迅著有《娜拉走后怎样》的雄文，不是冷剧是大热门，可能是我那时对剧中构成关键情节的法律权威性缺乏认知，也没有女权方面的观念，无论是看演出还是读剧本，都不觉得心灵有所悸动。

读冷书是我一贯的爱好。除了好奇，也是想用那样的文本来磨砺自己的认知与审美能力。所以我平生第一篇被刊登出来的文章，是还没足十六岁时写的一篇书评《谈〈第四十一〉》，到现在知道苏联有个叫拉甫涅尼约夫的作家写了本《第四十一》的人士大概也不多，我把那文章投给《读书》杂志，竟被刊出，还上了封面提要。我最得意的是，有次逛东安市场旧书摊，竟淘到了一本爱尔兰剧作家约翰·沁孤的剧本集，书页都发黄了，译者署名郭鼎堂，现在这位剧作家通译为约翰·辛格，后来也就知道郭鼎堂是郭沫若的化名，其中独幕剧《骑马下海的人》所表达的与宿命抗争的精神令我敬畏。1953年贝克特的《等待戈多》已经写出并首演，我们这边无报道无翻译，我当然全然不知，但知道德国有个布莱希特，创立了与苏俄斯坦尼斯拉夫斯基那种体验派对立的表现派戏剧，并且我们这边的《译文》杂志翻译了他的《高加索灰阑记》，读了，略识其表现主义的风味。那时听说西方有象征主义戏剧，比利时的梅特克林写了《青鸟》，德国的霍甫特曼写了《沉钟》（此二人分别于1911、1912年获诺贝尔文学奖），却怎么也找不到这两个剧本，直到改革开放以后，在上海文艺出版社推出的《外国现代派作品选集》里才读到，有终于品尝到法国黄油焗蜗牛的快感。

但是，真正令我在海棠花下读来心醉的，是俄罗斯安东·契诃夫的剧本，尤其是《海鸥》《万尼亚舅舅》《樱桃园》《三姊妹》这几部。戏剧嘛，似乎必须具备戏剧性才符合规范。什么是戏剧性？就是登场人物之间必须冲突迭起，从小波澜逐步演化为大波涛，悬念不可少，意料之外融化于情理之中，最终美好被毁灭是悲剧，丑恶被撕碎是喜剧，乱七八糟一锅粥是闹剧，宣示公理是正剧。契诃夫的剧本却淡化了戏剧冲突，似乎是若干日常生活的片断连缀，反悬念，反高潮，展示意料之内，呈现平凡平淡，没有情理的脉络，不设哲理的高度，但是有淡雅的诗意，有足可咀嚼的意味。这种剧本，很难归类，是异数，是奇葩。读剧本，除了读人物对话，细品其对场景、气氛、道具的说明，也很有必要，我就询问过吴祖光先生，他的剧本《少年游》里，特意设置了孔雀翎的道具，这究竟是隐喻什么？他很高兴我能提出这个问题，因为这个剧很早就不再上演了，我只是读剧本，却能注意到他写作时的苦心，他夸我不仅是个好观众，也是一个好读者。他回答了我的问题，告诉我写剧本时不但要有舞台上的动感，也需具备舞台下观众的视觉角度，那孔雀翎的设计就是希望通过视觉冲击，强化观众对其中特定人物的性格感受。契诃夫剧本里更有对舞台表演节奏的设定，他经常使用"停顿"这个提示。细品他的剧本，其中的"停顿"提示不仅是对人物心理流程缓急滞畅的细腻揭示，也是人物之间心理冲撞的暗度陈仓，真的是酽味揭于清汤。

青少年时代，读了诗就心痒写诗，读了小说就手痒写小说，日记就是散文，读书笔记就是评论，那么一段时间里专注读剧，难道就不心也痒手也痒地写起剧本来吗？现在坦白，就如我那时写过许多诗却总未能沾诗坛之边一样，那时我也写过剧本甚至也给《剧本》杂志投过稿，但无一例成功。先是写过一个表现学生生活的独幕剧《校园的黄昏》，后来又写过一个表现北京胡同大杂院生活的多幕剧《臭椿树》。后者写胡同里一个穷青年追求一个相对富裕家庭的女孩，被女家嫌弃，于是愤而在其院门外种下一棵臭椿树。没想到那棵不被待见的树几十年后居然长成了一株粗过水缸的大树，当年的那男那女都不仅儿女成行，也都有了第三代……这个"戏核"，后来被我融进了1992年发表的中篇小说《小墩子》里，几年后中国电视剧制作中心的沈好放将其改编导演摄制成八集电视连续剧，其中有一场三代人聚餐的戏就在大臭椿树下展开。饰演墩子奶奶的黎频演完跟我说，你真该围绕着臭椿树把我这个角色的前传写出来，再拍一出戏，爱我的小伙子种下这棵树，我那丈夫竟没有勇气砍掉它，两家就一直住在一条胡同里，恩恩怨怨几十年，臭椿终于长成巨树，过来过去，多少社会风云，多少爱恨情仇！黎频在北京人艺又是负责组织剧本的，她更建议我写成话剧，她哪里知道我本是写过的！

我是直到2001年才发表出一个歌剧剧本《老舍之死》，2004年法国出了法译本，但知者寥寥。

改革开放以后，我有幸结识了林斤澜，后来和林大哥成为忘年交，把酒促膝谈心，将尝试过剧本写作的事对林大哥披露，大言不惭地说，是想写成契诃夫式的有"停顿"特色的剧本。林大哥不但没有鄙夷，反而掏心窝地告诉我，其实他最早热爱的文本形式，就是剧本，他在出版小说集之前，先出版过剧本集呢。他的剧本看过的行家跟他说，是很好的文学作品，适合阅读欣赏，但很难搬上舞台。前两年从人民文学出版社出版的《林斤澜文集》里，读到了一整卷剧本，我确是林大哥的知音，觉得真有点契诃夫的味道，淡香氤氲，尽在半吞半吐中。林大哥对我的启示是，无论读书还是写作，都不要跟风，要练就特立独行、甘于寂寞的文人风骨。那时候阅读外国现代派、后现代派作品，追踪蹑迹写那种作品的风气很盛，林大哥说首先是好事，补以往中国文学之不足，作为刊物编辑（他那时是《北京文艺》主编）理应容纳，但就他自己而言，那时专心细品已被冷落的法国古典作家梅里美的小说，他特别跟我聊到读《伊尔的美神》的心得。

又将冬尽春来，海棠花又会再度开放。虽然离开那个推窗便有海棠树枝伸进屋内的住处近六十年了，青春期在海棠花下读书的求知追美之心丝毫没有衰退，回忆之余，想对年轻一代说：读书要趁早，练好童子功，莫负好春光，开卷必有益！

抱草筐的孩子

这个题目，我 30 年前在稿纸上用钢笔书写过，因为有别的事打岔，没成文。1981 年，我曾到运河边农村一友人家小住，其间目睹了一群割山草的孩子之间的小纠纷。那群孩子里，有个孩子割草割得最多，其余的孩子免不了边割边玩，独他只顾割草，往回返的时候，有几个孩子就不乐意了，因为进村的时候，少不了有大人看见他们一行，表扬那孩子勤奋事小，家长知道了责备自己事大，其中个头最高的那个孩子就命令那草筐装得最满的孩子："我们背回去，你抱回去！"其余的孩子全都哄然赞同，那孩子就果然抱起草筐，跟那些背着草筐的孩子一起回村。那段路相当远，抱草筐的孩子用力抱着那满筐的草，身子后倾，汗珠子掉地上碎八瓣，脸憋得通红，其余的孩子一会儿赶到他前头说风凉话，一会儿故意落后背着草筐乱吼乱唱。我那天正好在草坡上画完水彩写生，收拾好画夹等物品，随着观察了一路。进村时，那抱草筐的孩子引出村口大人们的称赞，他将草筐放到地下时，我见他一路上牙齿已经快把嘴唇咬破。其余的孩子则一哄而散，各自将不满或仅半筐的草背回家里。我当晚就跟留住的朋友说，我要写篇散文《抱草筐的孩子》，赞颂那孩子的韧性与耐力，而且预言，这孩子今后必定比其余那些孩子出息大，"嚼得菜根，百事可成"，也无妨说成"抱得草筐，百事可成"了。

这篇散文那时未能写成，今天却在电脑上用键盘敲击起来。我三十年来写的小说多是都市生活，这个素材一直没有利用进去。其实三十年的岁月风云，早把我这一记忆消磨得几乎星渣全无。要不是前几天坐出租车，"的哥"主动唤出我的名字，跟我攀谈，也不会终于写出这么个题目的文章。"的哥"当然是从电视讲座节目里跟我先"重逢"的。他提起当年我在运河边画水彩画的情景，那时他们几个割草的孩子还凑到我身边围观，挡住了光线，我让他们散开别来打扰。他说那时他就听学校里的老师提到过我的名字，一直记住没有忘，以后在晚报上见到署这个名字的文章，就觉得是"熟人"，愿意"瞜兮瞜兮"（北京土话，看看之意）。他讲起那天一群孩子里只有一个是抱着草筐回村的。我就端详他，难道他就是那抱草筐的孩子？当年十来岁，如今四十郎当岁，不惑之年了啊！他看出我的眼神，笑了："我不是抱筐的，我是背筐的，是我挑头逼他抱回去的！"我不由叹道："你就是那个个头最高的坏小子啊！"他嘿嘿地笑："正是洒家。"我不免问起那抱草筐的孩子，一定大有出息了吧？他叹口气说："您绝对想不到，我们那一群里，独他混得最糟，前两年陷入传销陷阱，让人勾引到外地差点回不来家，这阵子又赌博成瘾……您想象得到吗？您说，他原来品质比我们都好，怎么长大成人以后，倒混不出个样儿呢？我们这些'坏小子'，虽说没有当官的、发大财的，总还都有了份比较稳定的营生，过上了比他健康、安全的生活……您学问大，您给解释解释，可别拿'人都是会变的'那样的话来忽悠我啊!"他把我送到目的地，我也答不出来，只是发愣。他留下手机号码，希望我以后还坐他的车。

现在回想，就有三十年前不曾有过的思绪。当年那孩子面临那样的局面，他完全可以抗拒，就算其余孩子对他群殴，他奋力反抗，也无非弄个鼻青脸肿，且不说我可能会及时介入，回村后更会有明理的大人出来主持公道。再说他也可以坚持要求大家一起抱筐回家。他是太容易被人控制了。人在群体中难免要受控，但这控制的"游戏规则"应该是所有参与者共同来制定，而且应该"世法平等"，各人自觉遵守契约，不能强势者例外。这样想来，他成年后为传销的邪魔控制，又在经济困窘中被赌局控制希图一夜暴富，也就并不奇怪了。亏得当年我没有写出那立意为表扬他忍耐力的文章来。我祈盼他的生活尽快归于正轨。我也为三十年过去，我能有对那小小一幕人生场景有新的思考而欣慰。人性深奥，文学应是对人性孜孜不倦的探究。就人性深处的弱点而言，自己有时候是不是也成了一个"抱草筐的孩子"呢?

叉车叔

如今脱贫的农村，乡里男人见面打招呼，不再是"吃了吗？"而是"喝了吗？"在胶东靠近青岛的地方，这个问候的发音是"哈了没？"

那个村里，有个男子，人们都叫他叉车叔，对面来的人问："哈了没？"他含笑点头："哈了哈了。"问的人跟他擦肩而过后，多半会捂嘴暗笑："他那么个嘎咕人，真哈了吗？"有的会扭头朝他背影故意追问："哈了几瓶呀？下蛤蜊哈的吗？"他当然不再理会。"嘎咕"在当地方言里等同于吝啬。人家没诬蔑他。叉车哥和他媳妇，在村里从来不"随份子"，是"嘎咕"得出了名的。

叉车叔在镇子里的水果大库开叉车。其实，叉车叔年轻的时候，心气很旺的，也曾随离土赴城打工大潮闯荡过不少地方，他的人生追求，一步步都是很具体的，也几乎都一一加以了实现。最早，看见小老板腰上别着"蛐蛐机"——就是现在已经绝迹的那种传呼机，有人想跟你通电话，就会发出蛐蛐般的鸣叫声，显示出对方电话号码，你就可以找个公用电话，给对方打过去——自己没当成小老板，但成了工友里头一个置备了"蛐蛐机"的人。后来出现了手机，第一代手机比大号香蕉还粗，傻黑傻黑，他羡慕死了，于是从牙缝里省下钱，攒起来，终于到手机只不过扑克牌盒那么大，而且售价也不那么吓人的时候，买到了一部，跟现在的媳妇搞对象，第一回见面，就握着那个手机。媳妇搞定了，就攒钱盖房，因为见识过城里的抽水马桶，盖起的小院里，一角的卫生间，就装了抽水马桶，外面投资建了化粪池，每年请两次抽粪车。之后儿子落生了，两口子决心把他培养成大学生。头些年他外出打工，媳妇在家从鞋厂领来半成品，给鞋编花，每编一只挣两毛钱，每天埋头编九百来只鞋，能挣下三十来块钱，家里母子的嚼用，足够了，他挣的钱，自己只花费很小的部分，其余的，全用来投资孩子的教育，从五年级起，给孩子上最好的寄宿学校，中学到市里上的重点学校。孩子终于考上了外省首府的一所很不错的大学。但就在那一年，媳妇因为常年在炕上埋头编花，颈椎病严重了，再难挣得日常开支，他在外地打工的那家企业转型失策，亏损严重，于是，一为回家照顾媳妇，二为有份相对稳定的工作，就回老家，用积攒的钱买了辆二手摩托车，在镇上水果冷库当上叉车工，每天骑摩托上下班。有时，人们会看到，他骑摩托，媳妇在后座上，搂着他腰，那一定是到城里的大医院，给他媳妇治那颈椎病。

儿子假期回家，常眼睛望着妈，道歉似的说："申请奖学金，通不过。也是，家里比我困难的，好多。"他眼睛也不看儿子，不等媳妇开言，先说："你就别申请了。往你卡上划的款，只会添，不会减。"

儿子还剩一学期就要毕业了，也就开始找工作，假期没有回家，但是快递一个大包裹来，也同步打来手机电话，打到妈妈那个旧手机上，说从今以后就不要再往他的银行卡上续钱了，那卡上今后由他自己续钱，工作的事情有眉目了，面试情况很好，现在只等以后来通知。目前每天晚上到一家咖啡馆打工，已经能挣钱了，快递的包裹里的东西，就是用第一笔工资买的，充气颈椎提升器是给妈的，鸭绒裤是给爸的。那天叉车叔回到家，媳妇先以为儿子也跟他通过电话，他说没接着，媳妇也没觉着诧异，他见到那鸭绒裤，抚摸着，就觉得儿子其实也跟他通了话了。

叉车叔在水果冷库里操作，活计并不太累，难耐的是库内库外的温度差。库里始终保持着零下五度左右，在里面需要穿棉裤，裹棉大衣。棉大衣库方提供，棉裤则需自备，他一直穿着条笨重的廉价棉裤，现在儿子快递来轻薄但比棉裤更保暖的鸭绒裤，他试穿后，微笑，脱下，叠起，媳妇看不下去，嗔他："都说俺俩是一对嘎咕，我看你才真嘎咕，咋的？明天去库，还要穿那旧棉裤？"他这才决定以后穿那鸭绒裤。

儿子工作落实，签下很不错的合同，回家来探望。那晚，媳妇睡西屋那铺炕，他和儿子睡东屋那铺炕。打上小学起，除了冬天三口挤在一张暖炕上睡，其余三季都是儿子跟他这么睡。关灯后，父子俩都失眠。叉车叔忽然问儿子："你还记得那晚上，你埋怨我的话吗？"儿子反问："哪晚上？什么话？"他叹口气说："十几年前了，那晚墨黑，我本该拉四回灯绳，可是，只拉了两回。"那晚，儿子才十岁，他们睡一铺炕，忽然有蚊子在他耳边叫，他拉开灯绳，找那蚊子，很快找到，一合掌打死，赶快拉灭了灯。后来，儿子唤他："爸，我要尿尿。"他们的厕所，在院子西南角，屋子和院子黑黢黢，儿子害怕，他却冷冷地说："你就尿去吧。"儿子磕磕绊绊地摸黑尿完尿，回到炕上，埋怨他说："你打蚊子舍得开灯，你儿子上厕所你舍不得开灯！"

叉车叔等候儿子回答，儿子迟疑了一阵，轻声回答说："爸，我偏还记得。"那晚月亮很圆很亮很大，月光照进窗内，炕上仰睡的父子，眼里都微微闪着泪光。

蹬　布

那天放学进家，响莲先是高兴，后是惊讶。高兴的是爸爸难得地在家，惊讶的是爸爸脖子上吊着绷带托着左胳膊。

响莲的爸爸是开长途大货车的。她去摸爸爸受伤的胳膊，爸爸只是说："对方负全责。"妈妈那天特意炖了猪蹄，晚饭吃得很香。

因为爸爸意外工伤，响莲那天没有挨着枕头就入睡。她听见爸爸妈妈在低声商量事儿。妈妈说："陈老板催几次了，欠人家两个月车钱了。这下更艰难了。"爸爸说："再艰难，也得保证响莲。"

在这个城乡接合部的居民区里，尽管家长们的经济状况相差很多，但对孩子们，供应几乎是相同的。响莲上的也是城里一所挺有名的学校。那天老师宣布，今后有的作业要在电脑上完成，问："谁家有电脑？"全班同学齐刷刷举起了手。响莲举手的时候，庆幸自己并不落后，妈妈在加油站小超市打工，用攒了三四个月的工钱，给她置备下一台电脑，安装了宽带，预交了费用。妈妈说，加油站老板娘早给她闺女置下电脑了，那闺女比响莲小一岁，才上四年级。妈妈问响莲："老板娘说的'未雨绸缪',什么意思?"响莲说老师还没教,妈妈就说,家长们都知道,一上五年级,有的功课就得在电脑上完成,学会了从电脑上搜索,"未雨绸缪"不等老师教,一搜就懂。他们家住的地方,离响莲上的那学校挺远,若坐公交车去,车站离家还有一里多路,要坐六站才能到,家长们几乎没有让孩子乘公交车去的,若自己家没有私车,就跟别人家拼车,不让孩子受苦倒还在其次,关键是要保证安全。响莲就跟另外四个孩子,同乘一辆小轿车来回。车主是个搞装修的包工头,也住那片,他为了多挣点钱,就揽了接送孩子的活计,四个男孩坐后座,响莲坐副驾驶座,后头四个男孩每月 400 元,响莲是 450 元,妈妈跟车主陈老板还过价,说后头安全,副驾驶座危险,为什么反倒贵?陈老板就说:我会敦促响莲系好安全带,我这车算中档了,车况一直好,我开车赢了个谨慎的美名,你闺女坐前头宽敞不是?响莲乘小轿车上下学,穿的,用的,跟那些富裕人家的孩子,看不出有什么明显的区别。

但是,前两个月,妈妈被那小超市辞退了。爸爸晚上回到家,妈妈总叨唠,说那小超市老板娘不地道,爸爸淡淡地劝:"如今到她那地方加油的车少了,她也有难处。你就再找份别的工吧。"妈妈找来找去,不是没空位,就是时间不合适,这就更觉得失去的那份工可惜,每天四点半下班,回家正好接应响莲,而且,还可以平价甚至大折扣从那超市买回袋装奶、方便面什么的。本来妈妈那份工资除了日常嚼用,足可应付响莲每月的拼车费、午餐费,现在可就困难了。爸爸再出事故,虽说是对方负全责,医药费不愁,但只剩基本工资,困难就变成艰难了。

第二天响莲起床后，不见爸爸，以为是去医院换药去了，就一边吃早点一边跟妈妈说："今天我不搭小车了，我去坐公交。"妈妈大声回应："你老老实实坐上去，系好安全带！安全第一，懂吗？"她懂，还不仅仅是安全，爸爸妈妈一定要她保持一种和别的同学平齐的状态。陈老板的车在她家门外按喇叭，妈妈和她一起出去，妈妈对陈老板说："响莲她爸一早就蹬布去了，人家同意先预支他1500块，明天我就连这个月总共1350块给你。"陈老板说："其实再欠着我也不能舍下响莲，你也知道，眼下我的活也少了，跟你开口，我也挺不好意思的。"

车子往城里开，路上，马路边，有排专卖建材的商店，有家店，最近专营再生布。再生布就是用回收的废旧衣服等纺织品，捣烂了再热压成型，那家店从厂里进大批的货，一卷一卷的，宽度从两米到八米，长度从十米到二十米，那些搞大棚养殖的，棚顶上要苫这种东西。他们的大棚往往长达一百米，那就需要把成卷的再生布先在地面上铺展开，再根据买家的需要，将其用手提缝纫机缝合成指定的长度，缝完了，再整体卷起，装车运走。在操作过程中，有个环节，就是蹬布。那家商店为了节约成本，缝合再生布那道工序，都是老板和他儿子自己操作，很辛苦的，需要弯腰，那手提缝纫机很重，宽度八米的缝合下来，累得大喘气。但是他们也还得雇人帮忙，就是为他们蹬布。缝合前，每卷布要搁到地上，用脚蹬展开，那还不算太难，缝合后，如果是八米宽的缝成了一百米，再用脚将其蹬卷起来，那就不仅需要旺健的脚力，更需要平衡的技巧，当然装车卸车的时候可以启用叉车，但是，唯独蹬布这个环节，目前还需完全用人工。这个活很累人，但是又不可能给高工钱，因此

016

都是些最没有办法的人，才一早来干临时工，四个小时，管一顿粗茶淡饭，给五十元。

响莲从车窗，老远就望见了爸爸的背影。爸爸虽然一只胳膊伤了，两腿却仍雄健有力，只见他两腿轮流蹬布，那布卷越蹬越厚，爸爸再蹬，就有点跳动的意味了……车开过去了，蹬布的爸爸从后视镜里消失了。响莲微微咬着嘴唇，心里发誓，将来一定要报答父母。那天晚上，她从网络上查到了"未雨绸缪"的解释，她心中浮现出许多的方案。

冬日看海人

　　我偶然遇到一位来自大西北小镇里的小学教师。猛看上去，他似乎已然年过半百，因为他脸上有那么几条很长也很深的纹路，并且头发也花白了；可是跟他交谈时，他那双眼睛却闪射出很有劲的光芒，使我又觉得他实在还很年轻。原来他刚刚四十出头，正当壮年。他是从北戴河返回北京，即将再坐火车回到他那个离大海非常遥远的小镇。

　　我遇到他的那天，西北风正在北京久旱无雨的灰色天宇推磨般嗥叫，在这样严寒的冬日里，人们一般总是尽量往温暖湿润的南方跑，可是，作为一个自费旅游者，他却偏偏去了北戴河！

　　他为什么去那儿？这算是什么样的癖好？

　　他告诉我，二十年前，他们那个小镇还没通电，可是他在教学生时，课文里总是不断地提到电，举凡电灯呀、电线呀、电话呀、电视呀、电车呀……学生们常问他：老师，那究竟什么样儿？他很惭愧，身为人师，却眼界狭隘，连真的电灯都没见过！有一天，是放假前一天，当又有学生问道"究竟电灯什么样"时，他便下定了决心，第二天天还没亮，便揣上干粮，往一百多里外的县城走去，他足足走到那天深夜，才抵达县城，当他敲开县教育局的大门时，那值班的人一开始以为他是个坏人，后来他见到屋顶上闪亮的电灯，激动得笑着流下了眼泪，那人又以为他是个疯子……第二天县教育局的局长亲自带他见识了电话、电唱机、电熨斗什么的，又请他到电影院看了一场电影，临送走他时，又送了他一只电灯泡，那只电灯泡后来成了他课堂上极珍贵的教具，一直被细心地保留到若干年以后，他们那个僻远的小镇终于也通了电，于是他当着班上的同学，举行仪式一般，将那只灯泡旋在了教室的灯头上。当那盏电灯在孩子们热烈的掌声中放出电光，将那简陋的教室照耀得通亮时，他又一次笑着流下了眼泪……

后来他得到了进县城进修的机会，并曾到省城出席过劳模会议，他具有了正式的师范学校学历，还继续进修大学课程，他眼界大开；他那个学校也大变了样，现在他们那里经常有电影放映队去放映电影。虽然由于山区地势复杂，他们那个镇子如今还很难接收到电视转播讯号，因此除了几户人家为显示阔绰已然置上了大彩电，看电视仍是一种大家所期盼的超级享受；当然，他本人有更多的机会在电影和电视上看到几乎全世界的万种风情。可是，这两年常有学生问他："老师，大海究竟什么样啊？"他总是根据自己从电影、电视上得来的印象，耐心地向学生们形容……可是学生们也从电影上看到过大海，他的经验并不能超过学生，而课文中关于大海的内容，却不知怎么搞的似乎在与日俱增……

于是他决心亲自来看大海。这回寒假一放，他便起程了。当他在县城教育局宣布这一壮举时，连局长也很羡慕，因为那已然年近花甲的局长，也从未见到过真的大海！

他为什么不是在暑假时而是在寒假时跑来看海？那原因很简单：冬日看海是可以省很多钱也省很多事的！并且，他两眼闪着异样的光，对我自豪地宣布："冬日的大海，别有一番雄奇的景象！"

他说他刚出现在北戴河时，一开始也曾被人猜测为或坏或疯，可是后来受到了异常热烈的欢迎。他说，那些设备非常好的休养所，一到冬天如果揽不到会议等项目，那就冷落到极点，值班的人员总是非常的寂寞，并且，那些设备如果总是闲置着，反而会更快地衰败……于是，他后来竟被好几家休养所请去做客，不仅免收他的住宿费，甚至也不要他交饭钱，说是"你入的不是所里的伙（所里根本也没客饭供应了），你是在我家吃饭嘛！"

他说这十来天里，他把冬日的海景看了个够，从各个角度看，在各种光线下看，从容地看，哼着歌看，甚至跳着舞看……他把我说得也羡慕起来，不仅是羡慕，甚至是嫉妒，因为我虽然有很多次夏日观海的经历，可是，我年过半百了，却还根本没有过冬日观海的体验！仅从这一点上说，我的人生便没有这位西北高原小镇的小学教师丰富多彩！

冬日观海的人离开北京，坐硬座车回那遥远的地方去了。他没有在北京久留，他只游览了天安门，没去颐和园、长城什么的，他说一来他没剩多少钱了（为了看海他花光了五年来所有的积蓄一千多元），二来他圆了看大海的梦，心满意足了！

我只是偶然地见了他一回。他走后，我甚至已不大能形容出他的相貌了，唯有他闪亮的眸子，还有一身大海的气息，长久地萦回在我心头，使我憬悟：每一个最平凡的小人物，只要以敬业精神点燃执着追求的火把，都能使自己的人生闪烁出童话般的美丽灵光！

独在花阴下穿茉莉花

1

我特别喜欢曹雪芹的叙述方式，有的人把小说家如何进行叙述，叫作"文本策略"或"叙述策略"，你读古本《红楼梦》——现在咱们能看到的古抄本，这部书的书名都称《石头记》，但乾隆朝，跟曹雪芹同时代的一些人，说起这本书，却已经称作《红楼梦》——特别是甲戌本的楔子和第一回，那些句子流动得那么自然，但是，细追究，那是第一人称，还是第三人称呀？却不那么好区分。

红迷朋友们都会注意到，第六回开头，把第五回的情节收束住以后，曹雪芹往下写，就有这样一段话："按荣府中一宅人合算起来，人口虽不多，从上至下也有三四百丁；虽事不多，一天也有一二十件，竟如乱麻一般，并无个头绪可作纲领。正寻思从那一件事自那一人写起方妙，恰好忽从千里之外、芥豆之微，小小一个人家，因与荣府有些瓜葛，这日正往荣府中来，因此便就这一家说来，倒还是头绪……"于是，我们紧跟着就看到了"刘姥姥一进荣国府"的生花妙文。曹雪芹真有意思，他把自己的叙述策略的形成，爽性直接告诉读者。

我自己研究《红楼梦》，动机之一，就是跟他学习用方块字写小说，当然也不是仅仅学技巧，学文本策略，更重要的，是体味他那悲天悯人的博大情怀。

我阅读、研究《红楼梦》，心得真是不少。但这回究竟从哪里说起？学一下曹雪芹写第六回的办法，就是那天忽有一白领女士来访，她是受我一亲戚之托，从外地出差回来，顺便给我带来一盒藏雪莲，说是可以改善我的身体状况。道谢后，留她茶话，她对我的《揭秘》讲座很关注，书也读过，就问我，关于迎春，能不能再做些分析？这令我颇为惊诧，因为一般红迷朋友，迷这个，迷那个，很少特别关注迎春这个角色的。我就问她：怎么会对迎春感兴趣？

那女士，让我叫她阿婵，微微低下头，多少有些羞涩地说："我觉得，自己跟迎春一样地懦弱。像我这样的家庭、学历背景，又从事这份白领职业，可以说，比那些民工，不知强了多少倍，比您在《当代》杂志发表过的《泼妇鸡丁》《站冰》里头那些底层人物，甚至算得是人在福中了，可是，我还是常常心里发慌、发怵……"我说了句："时代完全不同了哇。"她抬起头，问："那么，性格即命运，这话，难道不是贯穿于各个时代吗？"当时，我被她问住，一时无语。我们又聊了些别的，她告别，我送出，转身离去前，她还跟我说："反正，希望能再分析分析迎春。"

阿婵的建议，一直响在我的耳边，关于迎春的思绪，也就在我脑海中旋转不已。是啊，何不多琢磨琢磨迎春这个形象呢？《红楼心语》就以话说迎春为开篇，不也很有意思吗？

2

直到父母包办，被嫁给中山狼以前，迎春应该算是幸福的。

迎春的出身，我在《揭秘》第二部里，提出了自己的判断。在《揭秘》第一部里，我曾指出，邢夫人是贾赦续娶的填房，有读者来信跟我讨论，他说，邢夫人没有生育，并不一定就是填房，因为贾琏和迎春可能都是妾生的。通行本上，说迎春是姨娘所生。但是，在甲戌本上，明确写着她"乃赦老爹前妻所生"。通过对第七十三回里，邢夫人数落迎春的一番话的细致分析，我的判断是：贾赦先有一正妻，生贾琏后死去；贾赦一个"跟前人"，又生下了迎春，但这个"跟前人"后来比贾政的"跟前人"赵姨娘"强十倍"，迎春完全可以比探春腰杆硬，可见，迎春的生母一度被扶正，在那种情况下，说迎春"乃赦老爹前妻所生"当然就说得通了。但是，这个填房夫人竟然又死了，于是才又娶来邢夫人为正妻，而邢夫人没有生育，自称"一生干净"。因为贾母喜欢女孩，迎春打小就被贾政接到荣国府来"养为己女"（至少两个古本上有这样的交代），一直在贾母身边生活，大观园建成以后，宝玉和众小姐奉元春旨入住园内，书里交代迎春住在紫菱洲的缀锦楼。

第三回写黛玉进府，只带了一个自幼奶娘王嬷嬷，一个一团孩子气的小丫头雪雁，贾母疼爱她，就把自己身边一个二等丫头鹦哥给了黛玉，后来这个丫头被唤作紫鹃；书里写道，除此以外，贾母的安排是，"外亦如迎春等例，每人除自幼乳母外，另有四个教引嬷嬷，除贴身掌管钗钏盥沐两个丫鬟外，另有五六个洒扫房屋来往使役的小丫鬟"，可见对迎春的奴婢配备数量，已成了荣国府里小姐待遇的一个标准，这个标准是非常高的。我们从书里的交代又可以知道，迎春这些小姐，每月的零花钱标准，是二两银子。第三十九回，刘姥姥感叹荣国府吃一顿螃蟹就费去二十多两银子，"阿弥陀佛！这一顿的钱够我们庄稼人过一年了！"那么，光是迎春等小姐一个人每月的零花钱，就够刘刘姥姥那样的庄户人家过一个月的丰足日子了。逢年过节，迎春等小姐还会得到宫中赏赐。参加节庆活动的时候，家里还给她们准备好了一些昂贵的饰物，比如头上要戴攒珠累丝金凤。

迎春没有探春那样的因是庶出而形成的心理阴影，这当然是因为她的生母后来比探春的生母强了十倍，冷子兴演说荣国府，说她"乃赦老爹前妻所出"，人们既然这样看待她，她也就没有遭遇到探春那样的一些尴尬事。

第二十三回，写贾政夫妇召见众公子小姐，宝玉去得最晚，"一见他进来，惟有探春、惜春、贾环站了起来"，为什么迎春仍然坐着？因为她年龄比宝玉大，是堂姐，根据那个时代那种宗法社会的伦常秩序，迎春即使性格懦弱，也无须站起来，并且不能站起来，荣国府的日常生活是按封建礼法组织起来的，在这个前提下，迎春不用自己争取，该享受到的礼遇她全能享受到。

迎春在那个社会里，是侯门小姐，亲父袭着一等将军爵位，养父在朝廷里担任有职有权的官吏，过着衣来伸手、饭来张口的悠闲生活，她没为社会生产出任何价值。这样一个生命，有什么好为她惋叹的呢？

阿婵又来做客。我们就讨论这个问题。

阿婵说，迎春属于社会强势集团里的弱势人物啊！

在这一点上，我们达成了共识：社会各族群各阶层，固然有强势与弱势之分，但在所谓强势族群和阶层里，也有其边缘人物，他们相对而言，可以说成是强势中的弱势。

阿婵说，她常有那样的联想，就是自己跟迎春有某些类似之处。从她自身的状况而言，在当前的社会里，属于职业不错、收入颇丰的中产阶级，她有时会接触到快递公司的快递员、快餐厅和超市的服务员、开出租车的"的哥""的姐"、物业公司的保安和绿化工等等，想想那些人的状况，她知足。但是，她却不能"常乐"，甚至于，常常陷于忧郁。她说她的心理状态，还算好的，她的一位同事，同龄的"白领丽人"，就已经患上了抑郁症，虽然已经进行了治疗，但效果不佳。阿婵说很怕自己也跌入抑郁症的坑穴。

我理解，阿婵他们那一代都市人，之所以忧郁甚至抑郁，主要是社会的竞争机制，给予他们心理上很大的压力。阿婵在和我讨论中，常提及我近年的小说，她说我那发表在 2004 年《当代》的《站冰》，里面的几个底层人物，或者被历史的记忆所困扰，或者面对现实的阴暗面可以用比较粗糙的方式应对，但是，像她这样的"都市白领一族"，历史于他们而言淡如烟云，现实的刺激呢，却敏感得要命：虽然坐在星巴克咖啡馆品一杯卡布奇诺，翻阅着一份时尚杂志，似乎是在轻松地阅读关于妮可·基德曼私人生活的一篇报道，其实，心里塞满的是苦杏仁，血管里流淌的是黄连汁。为什么往往是扔开那精美的时尚画报，而如痴如醉地翻阅台湾那位朱德庸的《关于上班这件事》？个中缘由，不必点破道明。

阿婵向我建议，今后无妨写写"当代迎春"的生活。她说，你写底层，哪位底层的人士能读到你的小说？当然，把底层写给中等收入者看，也有一定意义，但是，中等收入者自己也接触底层，何劳你向其展示其生存状态？要说唤起同情与关注，那么，也不须通过小说来触动良知。那么，你竟是写给上层看？那就更会希望落空，大概看到你写底层人物小说的上层，比看到你那小说的底层人物，还要少，甚至于接近于零。你不如多写写中等收入者，读小说相对还多些的这个社会族群，让他们从亲切的文学场景里，去获得些启迪为好。

阿婵跟我来往不久，就能这样坦诚建言，令我感动。不过她对题材的褒贬，我还不能马上认同，容当思考后细论。我对她说：听了你这些话，我对你为什么对迎春这个角色感兴趣，有了更深一层的理解。咱们就细说迎春。

3

迎春在荣国府里，说她是强势群体（主子）里的弱势个体（懦小姐），当然说得通。曹雪芹实际上也是这样来给她定位的。

荣国府里的主子之间，有明争，有暗斗。邢夫人虽然不住在荣国府里，但是她每天要从自己住处到荣国府来，给贾母请安。邢夫人跟王夫人的暗中较劲，书里写得不少。贾政、王夫人把贾琏夫妇请到荣国府来管家，按说，对贾赦与邢夫人而言，是一桩体现家族和睦、弟兄互助的美事，但实际上出现的事态，却是贾政不问家事，王夫人把大权完全给予了凤姐，贾琏成了个被凤姐辖制的配角甚至傀儡。邢夫人怎能甘心自己作为长房长媳而毫无发言权控制权的局面，她就常常通过给凤姐出难题，来扫王夫人的脸面。绣春囊事件，由邢夫人把那囊封起来交付王夫人而引发，邢夫人实际上就是对王夫人发难：你不是荣国府正牌诰命夫人吗？看看你当的什么家！看看你那内侄女拿权使势，把大观园弄成了什么样儿！

对迎春，邢夫人何尝有什么感情，本来那也不是她"身上掉下来的"（这是她自己使用的语言），但是，她也还是把迎春当作一张牌，必要的时候，也会算进赌注里。第七十一回，写贾母八旬大寿，来了贵客南安太妃，南安太妃提出来要见宝玉和小姐们，贾母随口吩咐，让凤姐去叫宝玉、黛玉、宝钗、湘云，"再只叫你三妹妹陪着来吧"，这显然是对迎春和惜春的轻视，两位小姐自己倒无所谓，"邢夫人自为要鸳鸯之后讨了没意思，后来见贾母越发冷淡了他，凤姐的体面反胜自己；且前日南安太妃来了，要见他姊妹，贾母又只令探春出来，迎春竟似有如无，自己心内早已怨忿不乐"，于是抓住荣国府两个值夜班的婆子说了"各家门，另家户"的话后，凤姐决定对其处罚一事，便"嫌隙人有心生嫌隙"，在贾母的寿诞庆典还没落幕的时候，当着众多的人，以所谓替婆子求情的幌子，给凤姐一个大没脸，当然也是"敲山镇虎"，给王夫人一点颜色看。

在贾氏家族中，即使身为千金小姐，生存也有艰难的一面，心气稍高，压力感就会越重。探春"才自精明志自高"，但是"生于末世", 又是庶出, 她就常常因此不快乐, 甚至于气恼、愤慨。探春在心理上, 升腾点定得颇高, "我但凡是个男人, 可以出得去, 我必早走了, 立一番事业, 那时自有我一番道理", 而承受点又非常之敏感, "我们这样人家人多, 外头看着我们不知千金万金小姐, 何等快乐, 殊不知我们这里说不出来的烦难, 更厉害!" "我但凡有气性, 早一头碰死了!" "咱们倒是一家子亲骨肉呢, 一个个不像乌眼鸡似的, 恨不得你吃了我, 我吃了你!" 探春的性格, 决定了她是抗争型、颖脱型生存。

迎春跟探春恰成鲜明对比。她在心理上, 没有为自己设定什么升腾点, 元宵节猜灯谜, 只有她和贾环没猜对, 因此没得到元春赏赐, 她"自为顽笑小事, 并不介意"; 大家打牙牌, 她说错牌令被罚, 笑饮一口酒, 全无心理阴影。她不仅满足于自己的生活现状, 就是那应有的生活品质被外部因素所干扰导致降低, 她也得过且过。她是知足型、将就型生存。邢夫人的侄女儿邢岫烟被派住到迎春处后, 本来也每月发二两银子, 邢夫人却让邢岫烟拿出一两银子给其父母, 这样, 邢岫烟的零花钱就不够用了, 在缀锦楼里闹出许多或明或暗的纠纷, 迎春呢, 对之不闻不问。这倒也罢了, 毕竟那是表妹的事情。可是, 后来事态发展到她的乳母把她的攒珠累丝金凤偷拿去当掉, 作为赌资, 并且在荣国府里成为仆人中的大赌头之一, 被查出来以后, 乳母的儿媳不仅不去赎出那攒珠累丝金凤, 还大摇大摆走进内室, 催促迎春去贾母跟前为其婆婆求情宽免。这情景被探春等看到, 探春就敏感得不行, 首先认为这是违背了封建大家族的基本法规, "还是他原是天外的人, 不知道理? 还是谁主使他如此? 先把二姐姐制伏, 然后就要治我和四姑娘了?" "物伤其类""唇亡齿寒""我自然有些惊心",但是迎春依然麻木不仁,她宣布她的处世法则是:"问我,我也没什么法子。他们的不是,自作自受,我也不能讨情,我也不去苛责就是了。至于私自拿去的东西,送来我收下,不送来我也不要了。太太们要问,我可以隐瞒遮饰过去,是他的造化,若瞒不住,我也没法,没有个为他们反欺枉太太们的理,少不得直说。你们若说我好性儿,没个决断,竟有好主意可以八面周全,不使太太们生气,任凭你们处治,我总不知道。"于是,她就继续读《太上感应篇》,真个地心平气和。具有革命性、叛逆性的黛玉,就批判她是"虎狼屯于阶陛,尚谈因果"。

阿婵听我分析到这里,就问:您认为曹雪芹是在批判迎春吗?她说她自己,真的很像迎春,比如对公司里的一些积弊,对与公司有关系的某些政府职能部门里的某些"公仆"的腐败,以及公司同事之间的一些恩怨纠纷,她就采取了迎春式的态度和应对方式:坏的事我不卷入,但我也无力量无信心去杜绝它;"太阳下面无罕事",就是辞了这里,到了另一处,甚至国外,"天下乌鸦一般黑",哪位老板不是为利润而雇佣你的?哪家公司能真正跟宁国府门前那两个狮子似的干净?哪里的同事间能没有明争暗斗?哪个政府里全无腐败?联合国还存在"石油换食品"的腐败案哩!而且,现在的她,贷款买了房子,每月必须挣钱供房,目前又正在驾校考本,准备贷款买车,挣钱的压力很大,又哪里禁得起折腾变化?眼下所在这家公司,好的一面坏的一面都是常态,自己靠自己的一份能力,可以挣到够用的钱,比上不足,比下有余,也就无妨迎春似的得过且过,当一个善良的懦小姐足矣!

我就对阿婵说,你能看透,目前世界上任何一处地方,无论什么种族，什么文化传统，什么社会制度，哪一个具体的社会细胞，都没有达到理想的状态，都没成为化作了现实的乌托邦，这是好的。这就可以不必焦躁，不必试图以爆破性的、一次性解决的、激进的方式，来改变世界。我们所面对的种种社会阴暗、种种实际问题，实际上，最深处，都是人性的诡谲。我们活着，必须直面人性，不仅要直面人性的光亮与善良，更要直面人性的阴暗与诡谲。

我认为，曹雪芹他写这些人物，写金陵十二钗，很难说他一定是在歌颂谁批判谁，他写出了人生存的艰难，每一个人的性格跟别的人都不一样，像迎春和探春，反差多么大啊。但是，无所谓探春就对迎春就错，也不能说迎春就值得同情探春只值得叹息。

我对阿婵说，我很理解她的具体处境，以及她的处世策略。像她这样的中等收入人士多起来以后，贷款所形成的社会链条关系，以及物质生活的优化，是社会生活的稳定剂，这样的人士很难再采取激进革命的方式来改变社会，因为那样的话，首先遭到毁灭的，就是他们自己的小康生活。迎春般的性格，以及迎春式的"我自己绝不坏，我也不故意纵容坏，但是坏的偏要坏，我也没有办法"的生活哲学，也就在这些人中获得了存活的空间。

但是，我们今天来读《红楼梦》，来研究迎春这个角色，除了承认这样的生命存在的某种合理性，也确实还需要从其悲剧命运里吸取教训。

4

　　我对阿婵说，你虽然自比迎春，但是，迎春在出嫁以前，她内心，没有什么挣扎，而你呢，尽管采取了迎春式的生存方式，内心却时时泛出苦涩。所以，迎春懦弱而并不忧郁；你呢，却在孤立无援的感觉中，常以自责而痛苦。

　　阿婵承认，是这样一种情况。

　　曹雪芹写迎春，以拨动纷乱如麻的算盘象征她的不幸，那就是她始终不能自己掌握自己的命运，任凭命运的巨手，随意拨弄她脆弱的生命。第二十二回，大家作灯谜诗，她那首的谜底就是算盘。第三十七回结海棠诗社，她和惜春诗才逊色，自身也没多大的诗兴，众人明知，也就给她和惜春各戴一顶高帽，算是副社长，迎春负责限韵。当时大家要咏白海棠花——不是木本的海棠树的那个海棠，是栽在花盆里的草本海棠花——大家让迎春限韵，她就说："依我说，也不必随一人出题限韵，竟是拈阄公道。"后来，她果然以拈阄的方式，也就是一切托付给随机性、偶然性，先从书架上随便抽一本书，随手一揭，是一首七律，于是就确定大家写七律；再让一个小丫头随口说一个字，那丫头正倚门而立，说了个"门"，这就选定了"十三元"的韵，再让小丫头从韵牌匣子"十三元"那一屉里，随手抽出四块，是"盆""魂""痕""昏"四块，于是，她的限韵任务就完成了。

　　曹雪芹的《红楼梦》，几乎是使用每一个细节，每一次人物的话语，来无休止地象征人物的性格与命运。脂砚斋在批语里多次告诉读者，"草蛇灰线，伏延千里"，是曹雪芹最擅长的技巧。有的当代读者不习惯这一叙述策略，当我指出这一点，并一再举例时，就总是疑惑：是吗？可能吗？那曹雪芹写得累不累啊？您让我这么去读，我累不累啊？您怕累，您可以不这么去读，但是，我越研究，就越相信，那就是曹雪芹呕心沥血所在，也是他慨叹"都云作者痴，谁解其中味"的缘由。他写下的这个文本不是那种直露的文本，或者是仅仅有些个含蓄之处而已，他就是埋伏下了无数的玄机，要我们去一一破解，深入内里，去进入"解味"的境界。

爱尔兰的那位乔伊斯，他的那部《尤利西斯》，据介绍，就是大象征套着小象征，每章一个隐喻，合起来则又是一个大隐喻；句子表面一层意思，内里却又暗含一层甚至数层意思。可惜我不懂英文，只好读中文译本，译本当然大失原味，却也能模模糊糊意会到原作的玄妙，很是佩服。不少的读者都说，看人家乔伊斯，还有美国的那个福克纳，嗬，那文本多了不起啊！读起来费力吗？那才叫高级啊！当然高级。但是，为什么一到读我们自己老祖宗的《红楼梦》，却又总觉得未必有那么玄妙，不相信曹雪芹——他在世可比乔伊斯、福克纳早太多了——能做到文本里有多重寓意呢？！

说到这里，不由得再多岔出去说两句。有的国人，一听《红楼梦》就烦，对有一些人研究红学，很反感。他们的意见，一是："《红楼梦》能当饭吃吗？"觉得社会现实中有那么多迫切需要解决的问题存在，读《红楼梦》、研究《红楼梦》，岂非"吃饱了撑的？另一个说法，就是"一部《红楼梦》养活了这么些人，实在可笑、可悲！"持这种看法的人，他的心情，我是理解的，但是，我不能同意他们的观点和态度。一个社会应该是一种复合式的存在，在任何时候，都不能要求社会上的每一个人，以同样的方式，投入社会的中心课题。比如苏联在卫国战争时期，许多文学艺术家都参军去前线抗敌，但是斯大林那样一位政治家，却在那样的时刻，花很大的资金，把莫斯科电影制片厂搬迁到后方的阿拉木图，而且，也并不让迁去的电影艺术家全拍结合现实的抗敌片，他就批准拨出很大的一笔资金，让著名的电影导演爱森斯坦去拍摄古装文艺片《伊凡雷帝》。因为他懂得，一个民族除了最切近的事业，还有延续其文化传统的长远事业，即使是敌人已经打了进来，在全民抗敌的形势下，让爱森斯坦那样的电影艺术家仍去沉浸在古典文化传统里，去自由发挥其艺术想象力，去拍摄并没有隐喻抗击外敌内容的俄罗斯古代宫廷故事，甚至是必不可少的一项安排。因为这实际上也就是向人类宣布，俄罗斯的伟大，不仅在于能够战胜来敌，解决切近的问题，而且，更在于它有久远的传统，以及延续那传统的能力！如果说，那时候的人们，尚且懂得解决社会切近问题时，不能不特别地保持对非直接致用的古典传统和文化事业的尊重与保护，我们今天的人们，难道认识水平，还能落后于他们吗？

2000 年我曾应英中文化协会和伦敦大学邀请，到英国伦敦进行了两次关于《红楼梦》的讲座。英国也有它许多的社会问题，社会各阶级各阶层各利益集团之间，也都时时刻刻存在摩擦冲突，在街上会看到示威游行的队伍，在报纸上会看到刚发生的灾难和银行抢劫案，但是，一位英国教授就告诉我，从英国女王到街头流浪汉，从银行总裁到银行劫匪，从流水线上的工人到摇滚明星，在莎士比亚及其戏剧是否伟大这样一个问题上，没有分歧，因为莎士比亚用英语写出的戏剧，是他们所有英国人的骄傲，对莎士比亚及其戏剧的尊重甚至敬畏，是他们在相互冲突中各方都能达成的共识。在英国，人们对有些剧团没完没了地演莎剧，对层出不穷的研究莎士比亚的论著，对有的人一辈子靠莎士比亚吃饭，不但毫不惊异，绝无讽词，而且觉得那是最自然不过的事情。"如果没有莎士比亚，没有对莎士比亚的研究，英国还成其为英国吗?"这是那位伦敦大学教授的原话，他会汉语，用标准的中国普通话说给我听的。

因此，我要再一次说，世界上每个民族，无论它现在处在什么状况中，它的成员，都不能只是去解决最切近的问题，都还应该对支撑其生存的文化根基做加固与弘扬的工作。当然，在社会成员中应该有分工，那么，被分派，或者自愿投入对其民族文化传统的研究、承传工作的人士，理应得到理解、尊重与支持。世界上一个民族、一个国家，以其母语结晶出的文学作品为其民族骄傲，把那作家和那代表作当成民族和国家的"名片"，例子真是太多了，除了上面已举出的莎士比亚，那么，随便再举些例子，如印度的迦梨陀娑及其戏剧，阿拉伯世界的《天方夜谭》，意大利的但丁及其《神曲》，西班牙的塞万提斯及其《唐·吉诃德》，法国的巴尔扎克及其《人间喜剧》，德国的歌德及其《浮士德》，俄罗斯的列夫·托尔斯泰及其《战争与和平》，日本的紫式部及其《源氏物语》，朝鲜的《春香传》，丹麦的安徒生及其童话，美国的马克·吐温及其幽默小说……

而我们中国，古典文化里的叙事作品，我以为，能作为民族和国家"名片"的，就是曹雪芹和《红楼梦》。

解决社会的实际问题，是治病；研究《红楼梦》，推广《红楼梦》，则有利于铸造国人的灵魂。

再回到我们原来的话题：《红楼梦》里的迎春。她是一个完全放弃了自主性的懦弱女性。结果，她就被她那昏聩的父亲，等于拿她去抵债，嫁给了孙绍祖，落入了"中山狼"口中。

5

阿婵注意到，我在谈论迎春的时候，说了很刻薄的话，就是说迎春养尊处优，没为社会创造财富，却终日消耗着劳动人民以血汗创造的事物。阿婵对我说，您太苛责了，难道宝玉和黛玉就为社会创造出财富来了吗？人们对他们俩，不都赞美有加吗？

确实，这样来评说大观园里的儿女们，太苛刻了。金陵十二钗们，即使贵为小姐，在那样一个皇权与神权、夫权结合的社会里，她们的性别，就已经决定了她们的"薄命"。大门不许随便出，二门也不许随意迈，像迎春这样的生命，不是她自己选择了那样的生活方式，是那样的生活方式桎梏了她。探春虽然有自主性，也只能保持一种向往："我但凡是个男人……"她对外部世界的信息，也少得可怜，她发现外边有一些直而不拙、朴而不俗的民间工艺品，就央求宝玉帮她买些来欣赏；她一度代凤姐管理府务，展示出了自己的裁决能力与组织才干，管理工作也是一种增进社会财富的奉献。宝玉和黛玉虽然没有做任何生产物质财富的事情，但是他们"生产"出了新的思想，并通过自己的诗文加以体现，书里说了，他们的一些诗作被传抄到了府外，向社会上渗透，这也是很有意义的。

对迎春，确实不必那样苛责。她没有为社会生产出东西，物质的精神的都没有，但是，她毕竟也没有直接参与对劳动人民的剥削与压迫，她不能对自己的那样一种生命状态负责，而那样的一种社会制度，具体来说，就是婚姻制度，却应该为她如花美眷的生命陨落，负全责。

平心而论，光从外在的条件上看，贾赦为迎春选的夫婿，也并不差。那孙绍祖袭着指挥之职，生得相貌魁梧，体格健壮，弓马娴熟，应酬权变，年未满三十，且又家资饶富，并且还将提升官职，他此前又并未有正室，迎春过去并非填房，怎见得就一定是个悲剧？

"竟是拈阄的好"，迎春把命运被动地交付给了偶然性、随机性，万没想到，命运给她抓的阄，竟是一个下下阄！

第五回金陵十二钗册页里，关于她的那一页画着个恶狼追扑她，判词是："子系中山狼，得志便猖狂；金闺花柳质，一载赴黄粱。"中山狼是忘恩负义的代名词，那么，究竟孙绍祖怎么对贾赦忘恩负义了？从前八十回里，我们看不明白。有学者指出，现存的八十回，最后一回也并非曹雪芹的手笔，从第八十回最后的交代里，我们可以知道孙绍祖家曾放在贾赦那里五千两银子，贾赦一直没还给孙家，所以孙绍祖对迎春说，你等于是那注银子折变来的。但这样的交代，只能说是贾赦欠银不还拿女儿变相抵债可耻，却不能说明孙绍祖忘恩负义呀！从现在我们得到的信息，只能说孙绍祖是一匹色狼，此人肯定是性欲亢进，欲壑难填，家里的媳妇、丫头几乎淫遍，对迎春没有丝毫的人格尊重，完全是滥淫，"觑着那，侯门艳质同蒲柳；作践的，公府千金似下流"，迎春的死因，是孙绍祖的性虐待与性放纵。

迎春是值得怜惜的，是那个时代作为女性，在那种婚姻制度下的牺牲品。

但是，有意思的是，曹雪芹偏写了迎春的大丫头——司棋，是一个性格泼辣，富于进攻性的生命存在。她为了争取大观园内厨房的控制权，使尽了心机。柳嫂子掌握厨房，这不符合她的心意，她让小丫头莲花儿去给柳嫂子出难题，要柳嫂子给她炖一碗嫩嫩的鸡蛋，柳嫂子抱怨了一番，莲花儿回去一学舌，司棋大怒，"伺候迎春饭罢，带了小丫头们走来……便命小丫头们动手：'凡箱柜所有的蔬菜，只管丢出去喂狗，大家赚不成！'小丫头子们巴不得一声，七手八脚抢上去，一顿乱翻乱掷……"这时候迎春在缀锦楼里做什么呢？午睡，还是看《太上感应篇》？她哪里知道，在她这懦小姐身边的一群大小丫头，竟是那么强悍，打砸抢抄，全挂子武艺，把平日心理上行为上的压抑，火山喷发般地宣泄了一番。这就说明，即使在大观园那样的世外桃源般的空间里，作为个体生命，仍可以找到张扬生命力的理由与方式。

司棋率众亲征厨房，大搞打砸抢的行为，不值得恭维。但是，在那样一个禁锢森严的空间里，司棋居然就敢把自己青梅竹马的恋人潘又安，通过贿赂看门的将其招进园来，放胆享受情爱，这一行为，确实令人佩服。抄检大观园，事情败露，"凤姐见司棋低头不语，也并无畏惧惭愧之意"。司棋当然也曾希望迎春对她死保救下，但迎春哪有那样的能力和魄力？不知司棋被撵出去之后，迎春是否多少有一些思想活动？恐怕她是永远也理解不了司棋的。司棋对其情爱与生命的自主虽然仍以悲剧告终，但总算享尝到了一些自由支配感情和行为的甜蜜，这份自主性的甜蜜，却是迎春终其一生，所没有尝到过的。

我对阿婵说，同情迎春，但要以她为戒，那就是不能丧失自己对生命的自主性。

阿婵点头。她对我说，这正是一方面她觉得自己很像迎春，甚至采取了某些迎春式的生活态度与处世方式，一方面又很痛苦，很忧郁，时时发忪，自责自愧，总想从那状态里自拔的根本原因。

我就对阿婵说，我信奉中庸之道。对社会，一定要有责任心，要竭尽微薄的力量，推进它的公平度，但是，最好采取渐进改良的方式，一步步、一环环地，去通过做实事，来往前拱。对自己，也是这样。性格是无法改变的，不要太苛刻地自责自悔自惭自否，自己可能成不了社会改革家，多半还是在随波逐流，但是，在社会的潮流中，自己毕竟还算一票，自己做不到，可以用有形无形的方式，把自己那一票，那体现神圣自主性的一票，投向能够做到改进社会的力量一边。

6

吟菊花诗，这是《红楼梦》第三十八回里的重要情节。在作诗之前，书里有一段描写，非常优美："林黛玉……自令人掇了一个绣墩，倚栏坐着，拿着钓竿钓鱼。宝钗手里拿着一枝桂花，玩了一回，俯在窗槛上，掐了桂蕊，掷向水面，引得游鱼浮上来唼喋。……探春和李纨、惜春立在垂柳阴中看鸥鹭。迎春却独在花阴下，拿着花针穿茉莉花。"

我对阿婵说，我每当读到这里，读到关于迎春那一句，特别是沉吟那"独在"两字，心中就会涌出一种莫可名状的感慨……

阿婵说，知道，你那《揭秘》第二部里，不就强调了这一句吗？迎春在她生命的那一瞬，总算有了自主选择，她不是随李纨、探春、惜春她们去看鸥鹭，她有自己小小的乐趣，她独在花阴下穿茉莉花！这确实是她那个生命最具有尊严和美感的一段时间，给你的书画插图的画家，根据这一句，画出了非常有韵味的新派绣像图……

独在花阴下穿茉莉花，这可以成为一种生命尊严的象征。大地上应该有公平的社会，有容纳弱势族群和懦弱个体的温暖空间，有更多的怜悯与宽容，有更多的供普通生命选择的可能……

讨论《红楼梦》，议论迎春，到了这个分上，是我和阿婵都没有想到的。我们忽然都沉默了，各自朝窗外望去。窗外是深秋明净的蓝天，那上面仿佛有无形的字，无形的画，无声的乐音，正缓缓沁入我们的胸臆。

多一事

宛大妈是公园凉亭戏迷聚唱的核心人物。她曾唱一段《贵妃醉酒》的四平调，众人听完不禁面面相觑，怎么跟梅兰芳的唱法大相径庭？她告诉大家，那是荀慧生还用白牡丹艺名时候的唱法，后来这出戏被公认为是梅老板的代表作，荀老板就没再演过这一出了，据她说，荀慧生的唱法，是从更老一辈的旦角名家路三宝的行腔里演化来的。于是有人问她："您是北京京剧团的吧？"她说："我曾是北京市京剧团的龙套，角儿唱杨贵妃，我是八宫女之一。"完了又解释一句，听起来是"多一事不如少一事"，大家糊涂，这什么意思啊？她笑着细掰："四五十年前，北京有两个市一级的京剧团，一个叫北京京剧团，后来成为排演《沙家浜》《杜鹃山》的'样板团'；另一个，叫北京市京剧团，那政治地位、福利待遇，跟'样板团'可就差老鼻子啦。我呢，是在带'市'字的那个团，所以，当时北京戏剧界就流行这么一句话，叫作'多一市不如少一市'。当然啦，改革开放以后，又合并在一起，叫北京京剧院了。"

那以后，有的人背地里就用"多一事"称呼她。

社区居委会有的人，觉得她这个老太婆脾气有些古怪。那年两位居委会女士，抱着捐款箱，按响她那单元的门铃，说是知道社区里有些老人腿脚不便，想给灾区捐钱，却心有余力不足，所以上门来满足其心愿。宛大妈听了却摇头说："我不做隔山打牛的善事。我行善，要面对面，知道我捐的，究竟落在了谁头上。"两位女士已经收到若干捐款，而且许诺将在社区公告栏公布捐款明细表，并会全部转交有关机构，宛大妈的表现，令她们气闷。

有一次宛大妈去医院看病，候诊的时候，见旁边一个外地汉子，给一把旧椅子装上轱辘，推他媳妇来看病，问起来，他媳妇是生了骨瘤，动过手术，今天复查。给媳妇治这个病，快到倾家荡产的地步了。他哥哥也在北京打工，母亲轮流在他们两家住，这个月又轮到住他家。所谓家，就是在几里外，用每月400元租的原来工厂的排房，小小一间，放架底下双人上头单人的高低铺，剩下的空间也就放套煤气灶架和一张用来吃饭和孩子做功课的桌子，不过有彩电，屋顶上有"锅"，能看电视。他哥哥的意思，是弟媳妇得了这么个病，母亲就别挪弟弟那儿了，嫂子却不干，认为该轮还要轮，他妈跟那嫂子一向不睦，倒很愿多在他那儿住。他那媳妇衰弱得说话也缺气，一旁管自摇头，好不容易憋出句："就你话多。"他苦笑，闭嘴前忍不住又来一句："明天赶紧去工地复工，问工头再支点，要不买米的钱也没了。"宛大妈看完病领完药，在医院外面又遇见他们，就过去跟那汉子说："让你媳妇等在超市门口，你跟我进去，我帮你把该买的买了。"见那汉子犹豫，就说，"我是真心要帮。你接受了是给我快乐。"汉子就把媳妇坐的轮椅安置在妥善位置，跟宛大妈进了超市，两人各推一辆购物车，宛大妈往汉子的车里装了一袋米、一袋面、一桶玉米油、一大盒鸡蛋、一桶酱油、一桶醋、一包紫菜、一袋虾皮……汉子直说："谢谢谢谢，够了够了。"她最后还往里添了两罐辣酱。出了超市，她跟汉子说："我每月5号上午10点必来这个超市。你以后有困难可以按时到这儿来找我。我不会给你钱，我不会给你买别的，就是给你买这些个最需要的日常嚼用。"汉子和他媳妇连声道谢，问她："大妈贵姓？"她笑："莫问我的名和姓，就记住三个字儿吧——多一事。"

"多一事"的趣事很多。那天她来公园，推了个自备的帆布小购物车，里头是两提卫生纸。先没去凉亭唱戏，先推到公厕外的松树下守着，不一会儿，一位大嫂出来了，她迎上去问："又把厕纸整卷儿全搂走啦？"那大嫂就知道被盯上了，脸上有些个搁不住，嘴里硬撑着："你多一事不如少一事，对不对？"又有一位胖老头从里头出来，他跟那位妇女一样，也是几乎每天都要来这公厕收集厕纸的，管理人员刚续上，他们就很快整卷搂走，其他游客往往无纸可用，意见很大。宛大妈见二位占便宜的全在眼前，就说："道理你们也懂，不说了。今天我带了一提10卷的名牌厕纸来，赠你们每人一提。只希望你们从此以后能保障其他游客的权益。"那大嫂不知所措，那胖老头却理直气壮："你多什么事！我们这算什么问题？你有能耐你逮那些贪官去！"宛大妈说："大贪要反，小贪也要戒。端正社会风气，大事小事全要做。当年我演不了贵妃，就演好那宫女。如今我还是唱不了主角，干不成大事，可是我还能做点小的好事。我真是想送你们厕纸，好让你们生出点子悔意，赶明儿别再这么贪小啦！"那大嫂和那胖老头灰溜溜地绕开她走了。后来管理员说，白搂厕纸的现象少多了。

凉亭里又响起宛大妈的唱腔，这回唱的是《穆桂英挂帅》："猛听得金鼓响画角声震，唤起我破天门壮志凌云……我不挂帅谁挂帅？我不领兵谁领兵？"

枫叶馒头

一踏上濑户内海宫岛的码头，便看到很大的广告牌，推销馒头。日文里"馒头"这两个字与汉文一模一样，但经验告诉我，不能望文生义，比如日文里的"手纸"，就万不能误解为卫生间里的厕纸，而是书信的意思；再说即使同为中国人，上海人嘴中笔下的"生煎馒头"，就并非"山东馒首"那样的纯面粉蒸食，而是有馅的小包子。

果然，到宫岛上一逛，发现到处有馒头卖，而那馒头也是有馅的，并且多为枫叶形状；有的店家，还特意把其制作过程，在大玻璃隔间里展现出来。原来号称"日本三景"之一的宫岛，除了景色秀丽、古迹密集，还有两大特产著名，一种是勺子，最大的用整株树剜成，陈列在街巷中，夸示着该地勺子的威名，这当然是不卖的，然而出售的，最大的也足有戳地式电风扇那么高，然后有逐步缩小的勺子，其中大多数属于祈福避邪的吉祥物，上头有日本神社的橘红色图案，并用黑墨书写着"开运""必胜""家内安全"

"商卖繁盛"等字样，人们买去后供奉家中；当然也有很不少无字的实用勺，大的可用来盛饭，小的一直微至耳挖勺，都是用岛上的竹子与杉木制成的。馒头则是岛上的另一特产。秋季既盛行枫叶形状，想必春季该是樱花的造型。我在一家馒头铺的大玻璃窗外仔细观察，看到是用自动化机械在批量生产，管机器的师傅只须从一头输入原料，便能从另一头取出热烘烘的成排馒头，显然已非传统的制作方式；而馒头的馅儿，除传统的豆沙馅以外，又时兴起巧克力馅儿，这让我想起了中国的中秋月饼，不是也有了什么可可馅、芒果馅么？传统传统，其实是传而难统，随着时代的演进，任何民族的传统总是要发生变异的。

人们在名胜地，总要买些传统工艺品留作纪念，也总要品尝一下当地的传统食品，我不能也不想免俗，在宫岛买了把写有"家内安全"字样的勺子，也买了枫叶馒头就着碧绿的日本煎茶细细咀嚼。我买的枫叶馒头是豆沙馅的，柔软淡甜，不过实非美味，小巧而已；品尝名胜地的特产，其快感全在储存一份记忆，并不一定体现在味蕾之上。除了自己吃，买下一些回去馈赠亲友，也是一大乐事。我因在日本还要访问若干地方，枫叶馒头难以长久保存，所以现买现吃后没有再提走一些。但是日本本国的游客们，几乎人人离开宫岛时，都提着鼓鼓的一包，甚或两包枫叶馒头，兴冲冲地归去。

暮色将至，畅游后赶到码头，等候下一班渡船，好回广岛市的旅店。这时正有一大群日本中学生，在几位老师的带领下，也等渡船。我一路都遇到秋游的日本师生。这一大群秋游待归的中学生，个个丰衣足食的模样，有的甚至显得营养过剩，胖得憨憨的。他们的手里无一例外，都提着装枫叶馒头的纸兜，显然他们的家长，都嘱咐过他们，既到宫岛一游，一定要给家里人带回有名的枫叶馒头，他们当然也乐得提回满兜的名特产，给家人带去一屋的欢声笑语。

我坐在长椅上等船，那些中学生在老师指挥下整队，这样，他们手里提着的馒头兜，便在我眼前晃来晃去。他们几乎都买的是岛上最有名的那家"鸟之屋"的枫叶馒头。该商家的纸兜质地厚实，外面印制着淡雅而温馨的图案徽识，那种跟书包一样大的纸兜，起码能装进五扁盒枫叶馒头，而枫叶馒头售价不菲，"鸟之屋"的馒头作为名店名品，价格更是昂贵，但这些中学生的购买力竟都很高，个个似乎都是"只求快乐，遑论价格"的气派。

可是，忽然有一个与众不同的装馒头袋子，映入了我的眼中。原来学生们排好队后，恰有一个男孩子，侧立在我身前，那袋子便是他手中所提。那不是"鸟之屋"的大纸兜，是个小塑料袋，袋子里只有一盒枫叶馒头。我注意观察，提这小塑料袋的男孩前后的同学，有的似在跟他开玩笑，有的更用自身那堂皇的大纸兜，去碰撞他那寒酸的小塑料袋。确实，他是买得太少了，而且，还很可能是限于购买力，买的只是非名店的产品。

眼前的这个细节，使我意识到日本社会仍存在着贫富差异，这个男孩的家境，想必还相当艰难，他的家长只能给他这样一份钱，来买回这一小盒枫叶馒头。我再仔细端详，这男孩个头不算太矮，却相当瘦，当然并不是羸弱，他挺直腰板，显得倒还精壮；对于同窗们的揶揄，他似乎毫无回应，然而他的下巴微撅着，嘴唇抿成一条缝，而离我眼睛最近的那提塑料袋的手，筋脉凸起，仿佛所负重的并不是一盒馒头，而是一份尊严，一种暗誓……

我心中忽然奔涌出一种感动。这情愫超出了宫岛和它的馒头，也超出了日本和它的风情，我品到了普世人生中的一些复杂况味，悟出了普遍人性中的一些底蕴，也增添了为人在世的一份自尊自爱，以及自强自立的原动力……

宫岛之旅，枫叶馒头的忆念，最后竟胶着在了一个只买了一盒馒头提回家的男孩剪影上，这真是意外的缘分。

枫叶馒头的味道会慢慢忘却的吧，而从那男孩勾连出的思绪，却可能历久弥深。

跟陌生人说话

父亲总是嘱咐子女们不要跟陌生人说话，尤其是在大街上、火车上等公共场所。这条嘱咐在他常常重复的诸如千万不要把头和手伸出车窗外面等训诫里，一直高居首位。母亲就像安徒生童话《老头子做事总是对的》里面的老太太一样，对父亲给予子女们的嘱咐总是随声附和。但是母亲在不要跟陌生人说话这一条上却并不能率先履行，而且，恰恰相反，她在某些公共场合，尤其是在火车上，最喜欢跟陌生人说话。

有回我和父母亲同乘火车回四川老家探亲，去的一路上，同一个卧铺间里的一位陌生妇女问了母亲一句什么，母亲就热情地答复起来，结果引出了更多的询问，她也就更热情地絮絮作答。父亲望望她，又望望我，表情很尴尬，没听多久就走到车厢衔接处抽烟去了。我听母亲把有几个子女、都怎么个情况，包括我在什么学校上学什么的都说给人家听，急得直用脚尖轻轻踢母亲的鞋帮，母亲却浑然不觉，乐乐呵呵一路跟人家聊下去。她也回问那妇女，那妇女跟她一个脾性，也絮絮作答，两人说到共鸣处，你叹息我摇头，或我抿嘴笑你拍膝盖。探亲回来的路上也如是，母亲跟两个刚从医学院毕业分配到北京去的女青年言谈极欢，虽说医学院的毕业生品质可靠，你也犯不上连我们家窗外有几棵什么树也形容给人家听呀。

母亲的嘴不设防。后来我细想过，也许是像我们这种家庭，既无饥寒之虞，亦无暴发之欲，母亲觉得自家无碍于人，而人亦不至于要特意碍我，所以心态十分松弛，总以善意揣测别人，对哪怕是旅途中的陌生人，也总报以一万分的善意。

有年冬天，我和母亲从北京坐火车往张家口。那时我已经工作，自己觉得成熟多了。坐的是硬座，座位没满，但车厢里充满人身上散发出的秽气。有两个年轻人坐到我们对面，脸相很凶，身上的棉衣破洞里露出些灰色的絮丝。母亲竟去跟对面的那个小伙子攀谈，问他手上的冻疮怎么也不想办法治治，又说每天该拿温水浸它半个钟头，然后上药。那小伙子冷冷地说"没钱买药"，还跟旁边的另一个小伙子对了对眼。我觉得不妙，忙用脚尖碰母亲的鞋帮。母亲却照例不理会我的提醒，而是从自己随身的提包里，摸出里面一盒如意膏。那盒子比火柴盒大，是三角形的，不过每个角都做成圆的，肉色，打开盖子，里面的药膏也是肉色的，发散出一股浓烈的中药气味。她就用手指剜出一些，往那小伙子放在座位当中那张小桌上的有冻疮的手上抹。那小伙子先是要把手缩回去，但母亲的慈祥与固执，使他乖乖地承受了那药膏，一只手抹完了，又抹了另一只；另外那个青年后来也被母亲劝说着抹了药。母亲一边给他们抹药，一边絮絮地跟他们说话，大意是这如意膏如今药厂不再生产了，这是家里最后一盒了，这药不但能外敷，感冒了，实在找不到药吃，挑一点用开水冲了喝，也能顶事；又笑说自己实在是落后了，只认这样的老药，如今新药品种很多，更科学更可靠，可惜难得熟悉了……末了，她竟把那盒如意膏送给了对面的小伙子，嘱咐他要天天抹，说是别小看了冻疮，不及时治好抓破感染了会得上大病症。她还想跟那两个小伙子聊些别的，那两人却不怎么领情，含混地道了谢，似乎是去上厕所，一去不返了。火车到了张家口站，下车时，站台上有些个骚动，只见警察押着几个抢劫犯往站外去。我眼尖，认出里面有原来坐在我们对面的那两个小伙子。又听有人议论说，他们这个团伙原是要在3号车厢动手，什么都计划好了的，不知为什么后来跑到7号车厢去了，结果败露被逮……我和母亲乘坐的恰是3号车厢。母亲问我那边乱哄哄怎么回事？我说咱们管不了那么多，我扶您慢慢出站吧，火车晚点一个钟头，父亲在外头一定等急了。

母亲晚年，一度从二哥家到我家来住。她虽然体胖，却每天都能上下五层楼，到附近街上活动。她那跟陌生人说话的旧习不改。街角有个从工厂退休后摆摊修鞋的师傅，她也不修鞋，走去跟人家说话，那师傅就一定请她坐到小凳上聊，结果从那师傅摊上的一个古旧的顶针聊起，两个人越聊越近。原来，那清末的大铜顶针是那师傅的姥姥传给他母亲的，而我姥姥恰也传给了我母亲一个类似的顶针。聊到最后的结果，是那丧母的师傅认了我母亲为干妈，而我母亲也就把他带到我家，俨然亲子相待。邻居们惊讶不已，我和爱人、孩子开始也觉得母亲多事，但跟那位干老哥相处久了，体味到了一派人间淳朴的真情，也就都感谢母亲给我们的生活增添了丰盈的乐趣。

母亲八十四岁谢世，算得高寿了。不仅是父亲，许多有社会经验的人谆谆告诫——不要跟陌生人说话，实在是不仅在理论上颠扑不破，而且在生活中，因不慎与陌生人主动说了话或被陌生人引逗得有所交谈，从而引发出麻烦、纠缠、纠纷、骚扰乃至于悲剧、惨剧、闹剧、怪剧的实际例证也太多太多。但在母亲八十四年的人生经历里，竟没有出现过一例因与陌生人说话而招致的损失，这是上帝对她的厚爱，还是证明着即使是凶恶的陌生人，遭逢到我母亲那样的说话者，其人性中哪怕还有萤火般的善，也会被点亮？

父母都去世多年了。母亲与陌生人说话的种种情景，时时浮现在我心中，浸润出丝丝缕缕的温馨。但我在社会上为人处事，却仍恪守着父亲那不要跟陌生人说话的遗训，即使迫不得已与陌生人有所交谈，也一定尽量惜语如金，礼数必周而戒心必张。

前两天在地铁通道里，听到男女声二重唱的悠扬歌声，唱的是一首我青年时代最爱哼吟的《深深的海洋》：

深深的海洋，

你为何不平静？

不平静就像我爱人，

那一颗动摇的心……

歌声迅速在我心里结出一张蛛网，把我平时隐藏在心底的忧郁像小虫般捕粘在了上面，瑟瑟抖动。走近歌唱者，发现是一对中年盲人。那男士手里捧着一只大搪瓷缸，不断有过路的人往里面投钱。我在离他们很近的地方站住，想等他们唱完最后一句再给他们投钱。他们唱完，我向前移了一步，这时那男士仿佛把我看得一清二楚，对我说："先生，跟我们说句话吧。我们需要有人说话，比钱更需要啊！"那女士也应声说："先生，随便跟我们说句什么吧！"

我举钱的手僵在那里再不能动。心里涌出层层温热的波浪，每个浪尖上仿佛都是母亲慈蔼的面容……母亲的血脉跳动在我喉咙里，我意识到，生命中一个超越功利防守的甜蜜瞬间已经来临……

果袋婶

　　乡里人都叫她果袋婶。

　　他们那地方盛产苹果，也产樱桃。樱桃熟了，就该给苹果树上挂的成千上万的青果套袋子了。那是一种内面抹有药粉的纸袋，开口处包有极细的铁丝，套住果子后，用手指将铁丝捏合包紧即可。别的套袋人一天下来至多套两三千个果子，她却能套五千来个。果子在树上有高有低，需要搬着一架人字梯移动操作，脚下先要快，先登到高处，再挪至半高，再下梯来平地套袋，那些备用的同样规格的纸袋，装在一个布包里面，挂在她脖子上，她在几乎不间歇的套袋作业中，不会因移动不慎而碰落任何一个青果。一整天的套袋劳作，也就午间略微休息一下，坐在果园边的土埂上，吃带来的麻酱花卷，喝些白开水。每套一个袋，挣五分钱，夕阳西下，她会领到二百多块工钱。到苹果长大了，又要一个个地给果子卸下纸袋，刚卸了果袋的苹果呈青黄色，需要经过一段时间日晒，才能变红。卸果袋她也是能手，一天下来计件工资差不多也是那么多。

果袋婶自家并没有果园。老公是木匠，到大城市里跟着工头搞装修。儿子上到小学四年级了，语文好，算术学不好。那天晚上，儿子看电视上播出一部老电影《我们村里的年轻人》，那是语文老师让看的，看完要求写观后感。电影里有首主题歌，头一句就是"樱桃好吃树难栽"，儿子打算就从那句歌词起笔。她偏过头看见那句子，就说："写错啦！樱桃树有什么难栽的？该是'樱桃好吃熟难摘'！"他们乡里，这几年新栽的樱桃树很多，确实，成活率很高，有的樱桃树在他们那里能长到五六米高，挂果期，满树圆珠子，红的透紫放光，黄的晶莹蜡亮，儿子跟着娘摘过樱桃。樱桃熟了，容易脱把儿，摘的时候，要万分小心，满头大汗一大晌，搁樱桃的篮子里也才刚满底儿，可不是"樱桃好吃熟难摘"吗？但是，人家电影里唱的，字幕上打的，听得看得真真的，就是"樱桃好吃树难栽"嘛，这作文可怎么写啊？母子俩抬一阵杠，最后果袋婶败下阵来："就听他们文化人的吧！我没闲工夫置那个气！"

　　如今乡里，几乎人人有手机，果袋婶跟他老公时不时用手机沟通不消了，前些日子，老公回来一趟，把老旧的手机给了儿子，自己换了个新手机，说好不许儿子把手机带到学校里去，儿子还是忍不住带去显摆，结果上课时候被老师发现，给没收了。儿子回家来不敢隐瞒，果袋婶听了，往他屁股上抢了几笤帚。忽然学校老师给果袋婶手机来了电话，说是没收他儿子手机只是代管一时，要求以后上学别再带手机了。同时告诉她："婶子，咱叔手机换号码了吧？镇上冷库给你打手机你关机，打到这个旧手机上，让转告你，约你去套苹果哩！"果袋婶就说："哇呀，刚才是充电哩！咋谢你好啊，没得你转的信儿，这趟活计不就瞎啦！"老师就在那边笑：

"人家说了，愿意包袋的人手有的是，可就愿意找你果袋婶嘛，干活麻利爽脆，质量有保障嘛！"

当地苹果熟了，摘下来存到冷库，有人来要货，就需要临时工来给出库的苹果套上塑料网袋。这些网袋在售卖终端很不受顾客待见，挑选时一定会捋下观察全果色态，上秤时更怕网袋占了分量。那些顾客哪里知道，出库装箱拿去批发零售的苹果身上所套的塑料网袋，正是果袋婶那样的农村留守者辛苦劳作，才得以套住果身起到保护作用的呀！果袋婶一旦坐到冷库外面的彩钢玻璃棚下，她一手取网套，一手取苹果，麻利地套放，就如同一架不会发生故障的机器，唰唰唰唰，除了午间短暂休息，十个小时的连续劳动，她能套出五千个苹果！

那种塑料网套，生产出来原是连着的，一卷 500 米，售价 10 元，一米可套 10 个直径 10 厘米的苹果，那么，一个苹果上的塑料网套，合多少钱呢？果袋婶把这道算术题出给儿子；但是，更重要的是下一道题：她一天下来，可以套出 5000 个苹果，人家每套一个，给她 2 分钱，那么，她能挣到多少钱？

儿子报出了令她自豪的答案。她奖给儿子一个苹果。那是头年被鸟儿啄过的，在取下套子让果实晒出红颜色的过程里，这种当地人叫作鸦鸠的鸟儿会来捣乱，有了啄孔的苹果，果园主人会留下自食，也会拿些给果袋婶这样的帮工作为奖品，果袋婶会把这些苹果妥善保存，自己舍不得吃，奖给儿子，见儿子啃着很满足的样子，就又说那句儿子听腻了的话："鸦鸠啄过的果子特别甜！"

第二天一早，果袋婶就去冷库套苹果了。前些时候老公回来，给她带来一些创可贴和医用胶布，长期地套果袋，她十指最上截的皮肤都磨坏了。她轻易舍不得用创可贴，她扯断些胶布裹住手指。她又将用自己的双手十指，挣来问心无愧的工钱。

鸡怕鸽破脸

如今京郊农村嫁闺女，出阁头天还是要在自家宴请宾客。六叔家聘闺女，他去随份子。那第二天就要被婆家迎娶的堂妹，比他小两轮。因为天冷了，六叔家没在院子里搭棚子，亲友们全挤在几间北房里，围着大桌子吃喝。他进屋，先跟六叔六婶堂妹贺喜，一眼瞥见六奶奶，少不得趋前特别致意。那六奶奶是家族里最能争风拔尖的女性，有着许多的故事。六奶奶见他来了，高兴得合不拢嘴，抓过他的手，握住不放，罩着蛛网般皱纹的脸上，漾出真诚的笑容，高声让六叔六婶给他夹鱼夹肉，又让堂妹给他剥喜糖递香蕉。听起来六奶奶的声音还跟敲空缸似的，洪亮刚劲不减当年。

但是，这位六奶奶，多年前，那时他还是个半大孩子，跟他娘可没少磕碰。有一次，在村口，不知怎么起的头，六奶奶扬声晃臂，斥责他娘，他娘不示弱，伶俐还嘴，两个人越吵越厉害，最后连脏话也冒出来了，围一群人在那儿，有真是劝架的，有阴阳怪气，明为劝解实际是火上浇油的，直到六叔跟他爹闻声赶过来，两头说好话，才算将二人分别劝回家去。从那以后，他娘跟六奶奶虽说迎头遇上避不过时，也还能勉强含混招呼一下，但两人基本上断绝了来往，互相的恶感，直到他娘患病去世，也未见消失。

那次村口六奶奶对他娘不善，给他很强的刺激。娘被爹劝回家后，他听爹说："六奶奶是老辈儿，她再横也得让她几分才是。鸡怕鸽破脸，人怕扯断皮……"

他只记住了"鸡怕鸽破脸"。忽然想起，六奶奶最疼她家的鸡，她家的母鸡跟公鸡是按八配一放养的。那两只公鸡一只雪花毛，一只红金尾，鸡冠耸得好高；那小二十只母鸡一半纯白一半芦花毛。听说那群母鸡天天能下蛋，临年关孵出的小鸡仔出壳都比别家的胖。第二天他上学心不在焉，放了学就往六奶奶家奔，临近了，跟电影上的侦察兵似的，躲在榆树后四面张望，左近没有人影，他就从兜里掏出准备好的大玉米粒，故意先往六奶奶家篱墙外的白公鸡身前扔去，白公鸡发现了好生高兴，立刻啄进一粒。听见动静，那只红金尾也过来了，他就故意把一颗玉米粒抛到两只公鸡之间，两只公鸡就抢起来，几只母鸡也往这边凑。他发现，抢到玉米粒的红金尾自己并不吞掉那玉米粒，而是衔到一只母鸡身旁，吐在地上，却又不马上让母鸡啄到，自己啄起吐出，反复两三次，再让那母鸡啄进口，母鸡快乐地吞玉米粒，红金尾就趁机趴到母鸡身上扇翅膀。他等红金尾从母鸡身上下来，就又故意往两只公鸡之间丢玉米粒，这次雪花毛抢得快，眼看要衔进喙里，那红金尾便耸起全身彩毛，跳起来跟雪花毛争夺，两只公鸡就那么恶斗起来，眼看这只鸽破了那只鸡冠，那只鸽破了这只眼皮，还鸽散许多鸡毛，母鸡们吓得各自躲得远远的……

忽听院子里有人声，想是六奶奶家的人觉得窗外的鸡叫声不对头，就要出屋观望，他忙一溜烟跑回家了。那晚吃饭，他问："鸡怕鸽破脸，是说它们脸上出了血就活不成么？"爹娘先都望着他，又互望一眼，娘就说："咱们家哪只鸡鸽破脸啦？刚才我拾蛋还好好的。"爹就说："这小子心思不用在功课上，瞎积攒些个杂碎。"他就在心里反驳："这杂碎不就是您说的吗？"

再一天放学，他又故意路过六奶奶家，发现六奶奶家篱内西边猪圈边起出的粪堆上，有两堆还在冒热气的鸡毛，一堆是白的，一堆是彩色的。他就想，鸡怕鸽破脸是真的啊，现在离过年还早得很呢，关于腊月的歌谣里有一句："二十七，杀公鸡。"村里各家都是临近那时候才会把公鸡先关在笼子里几天，叫"蹲鸡"，到二十七才割喉烫身煺毛，煮来当作年下一道佳肴。六奶奶家这么早就把公鸡杀了，既破财也不吉利啊！那天夜里，他想到自己为向着娘，报复六奶奶，竟把两只公鸡给害了，小小的心，阵阵发紧。

多年来，害死六奶奶家大公鸡的事，他一直没有对任何人讲起过，自己也终于淡忘。但是，在家族为送堂妹出嫁的聚会上，他意外地被六奶奶紧紧地握住手，六奶奶眼里的慈祥，是无论如何假装不出来的。蓦地忆起，爹说过的那话，后一句是"人怕扯断皮"。人与人啊，特别是普通人之间，又特别是有血缘关系的族人之间，哪来那么多深仇大恨？鸽破脸不好，扯断皮不好，忘却前嫌，真诚和解，人生此刻，在被什么样的吉光照亮？

姐姐的电影

　　提起《神秘的大佛》这部老电影，刚子总要说："那是我姐姐的电影！"家里富裕了，第一次国内游，刚子把目的地就定在乐山，要去看那大佛。媳妇理解他。他们也果然去了，是自驾游，途中还特别造访了少林寺，因为那也是"姐姐的电影"。怎么回事呢？刚子十三岁那年，姐姐考上了省城一所著名的大学，轰动了周围十几个村子，那片地方，还是头一回有考上大学的，父亲高兴，就出钱请来电影放映队，到村里场院连演两天电影。那两个晚上，不仅本村的男女老幼都搬着板凳去看，邻近几个村的也来了不少，甚至还有大老远的山区的青壮年，得到消息，集体坐着拖拉机赶来看的。真跟节期的庙会一样，热闹极了。放映前后，刚子跟一群小伙伴，在银幕前后跑来跑去，欢声笑语，仿佛个个都插上了翅膀，几乎飞上天。

　　那两个晚上的电影，放映队帮父亲精心安排，头一晚先演《神秘的大佛》，再演一部戏曲片《卷席筒》。《神秘的大佛》老少咸宜，都说好开眼，好过瘾。《卷席筒》呢，刚子等一伙皮孩子看得犯困，老人们特别是老太太们竟然看得抹眼泪、长叹息。结婚后媳妇让刚子讲《卷席筒》的故事，他竟讲不周全，媳妇就说："那不也是姐姐的电影吗？"他憨笑。第二个晚上安排的是《少林寺》和另一部戏曲片《墙头记》。本来应该先演《少林寺》，副放映员却错把《墙头记》的头一本装上了，那就先都看《墙头记》吧，谁知刚子和一些皮孩子却都看进去了，到如今刚子不仅能跟媳妇把那故事讲得四角周全，也给已经上小学的儿子讲过，儿子听了就说："爸，你老了我不会把您推墙头上的，我一定孝顺。"媳妇就笑："得是两兄弟，才会你推我也推，把老爸推在墙头两边下不去的，我跟你爸要是再给你生个弟弟，你再说这话才对榫儿。"儿子就说："知道。《墙头记》，那是姑妈的电影！"全家就笑成一团。

姐姐大学毕业，分配到北京一家国企工作。以往那些年，"学霸"这词儿还没流行，"知识改变命运"的说法也不见姐姐、姐夫提起，但是现在平心而论，姐姐分明就是学霸啊。姐姐没有依仗，就是靠努力学习，在专业领域能实干也善总结，才晋升到高级工程师的。刚子高中毕业没考上大学，他们那个村近二十几年自他姐姐后再没有考上大学的，附近十几个村子算起来也只有两个考上本科五个考上大专的，但是不管是刚子留在村里种庄稼养牛，还是后来进城在建筑公司当工人，从撮沙子的粗工到架子工，姐姐见到他，总跟他说："要学习。要掌握一门技术。技不压身。"他学不下去时，姐姐就跟他说："要把学习当成快乐的事情。"他后来学了暖通技术，到了工地，干活的看不懂图纸，他又能干活又看得懂图纸，让那些只能干活的好羡慕，他尝到了学习给予他的甜果。姐姐鼓励他："你虽然没上大学，但是只要你刻苦学习，以同等学力资格，你照样可以考取技术职称。"姐姐还跟他说："学习无止境。专业上的进取是必须的。其实，获取任何知识都可以当成一种娱乐。"姐姐在电脑上示范，比如，专业领域里遇到一种设备跟意大利有关，于是就查意大利，知道意大利是怎么回事，欧洲历史上曾有文艺复兴，意大利在文艺复兴时有三杰，三杰是谁？其中达·芬奇有幅名画《蒙娜丽莎》，查出来端详，画上美人现出神秘的微笑，那么此画现在由法国罗浮宫收藏，查罗浮宫，发现后来美国建筑师贝聿铭在罗浮宫中庭设计出了个玻璃金字塔，什么模样？查出来端详，喜欢不喜欢随自己，再查贝聿铭，知道他祖籍中国苏州，苏州园林狮子林本是贝家的，再延伸查出苏州的主要园林景观，想到'上有天堂，下有苏杭'的说法，于是查杭州，查到雷峰塔，想到《白蛇传》，查京剧资料，京剧四大名旦都演过《白蛇传》，程砚秋那一派的唱腔特点是什么？……啊，累了，歇会儿……你看，这不比打电子游戏收获大吗？"姐姐使他养成了把随机学习当成了娱乐的好习惯。

2018年夏天，刚子考取了暖通助理工程师，姐姐呢，又考取了建造师。双喜啊！刚子决定，请姐姐看场电影。一般影城的电影不稀奇。刚好国家大剧院搞了个世界著名歌剧的电影展映。姐姐和刚子都还没进过那个"水蒸蛋"造型的大剧院，于是选了一部《叶甫盖尼·奥涅金》，姐姐和自己两家，都去看。姐姐好高兴，本着她那"学习即娱乐"的习惯，事先做足了功课，这部歌剧是根据俄罗斯诗人普希金的长诗改编的，普希金是什么时代的人，还有什么作品，歌剧由柴可夫斯基作曲，柴可夫斯基还有哪些作品？原来著名

的 《天鹅湖》也是他谱曲的……

刚子买到的是一楼第一排的一溜座席。姐姐的电影，又增加了一个名目啊！

电影开演了。演到一半，银幕上的女主角塔吉雅娜在唱咏叹调时，刚子却发现，忙碌一天的姐姐靠在椅背上睡着了！啊，姐姐，好姐姐，你脸上的微笑多么美丽，多么甜蜜！弟弟诚心诚意奉献给你的电影，就算没看完全，你也必将永远铭记。

科林斯柱

　　他居住了半辈子的胡同杂院，拆除了，用拆迁款购置了一个两居室的楼房单元，住进去以后，真是惬意舒心。

　　住进没多久，就有一次老同学大聚会，忆旧之余，免不了询新，其中一问必是："换住处了没有？"这些年几乎人人都有搬家、装修、配置家用电器等等烦琐难然而又欢欣的经历，他也兴致勃勃地告诉同窗搬进了新居，报出地址后，当年同桌的崔洪亮马上说："啊，知道，那片楼都是经济适用房。"回到家里，整理部分同学递给的名片，这个是总经理，那个是副局长，还有研究员、室主任什么的，上面的地址虽然只是单位的，但这个是什么大厦，那个是什么中心，可见每天出入的都非寒酸之地，家里住的嘛，可想而知，大概也都跟他不属同类，比如崔洪亮就在名片上印出了办公地点是在恒基中心，又手写出住宅地址是天鹅湖别墅，那样的住房当然既非"经济"型，也绝不仅仅是"适用"而已。

　　同窗聚会之后，不知怎么搞的，住在那新楼里，他竟不大自在了。总觉得房间扁、厨卫小、楼道窄、绿地陋，暗中就去想象那天鹅湖别墅，动用了许多影视里的资源，却还是不能形成个明晰鲜丽的图像。

好在时间的流逝，特别是眼前的日常景象，最能消磨掉偶然的刺激。他也曾进城去故地重游。故居那片虽然已面貌大变，但不远处的胡同杂院仍是那么破旧凋敝，看到那些从院里走出来到胡同公共厕所去蹲坑的居民，他就顿时觉得自己那有抽水马桶的卫生间简直就是一只华贵的白天鹅。他也不时地到他那经济适用楼附近的地面去遛弯儿，结果就发现一里外紧贴旧楼搭建的一些小屋里，租住着一些外地人，煤气罐和灶台就那么搁在露天里，一到傍晚煮饭烧菜，杂七杂八的气息伴着扬尘扑鼻而来，虽然那些外地的大人小孩似乎其乐融融，他却为他们一叹，并暗自庆幸自家有墙贴白瓷砖、配有抽油烟机的厨房，锅里绝不会落进街巷的尘埃。

更让他心理复归于平衡的，是认识了同楼的一位邻居。他们同龄，也都属于提前退休的那个群体。这位"芳邻"大个头，络腮胡子，常常在下午三四点钟出现于庭院，坐在绿地中的长椅上，而且一定不会是单独待在那里，他身旁，一定会坐着他的老母。那妇人如果不是全盲也是半盲，坐着也还拄着拐杖，双手都搁在那拐杖头上，脸上总漾着一个满足的微笑。芳邻姓祝，比他大几个月，他唤为祝大哥。祝大哥显然是个大孝子，他搀扶老母遛弯和并坐晒太阳的形象，也不仅深嵌在他一个人的眼中心里。当然他观察得更细致些。他发现，每当祝大哥把老母在那长椅上安排稳当，自己就会去那边小卖部要来一瓶啤酒，待自己坐定母亲身边后，就把那啤酒瓶往脚侧一放，时不时地拿起来对着瓶嘴喝一口。

他头一回跟祝大哥搭话时，对方曾站起来，还请他就座，但那长椅坐不下三个人，后来双方都不计较，祝大哥就那么坐着，他就把双臂抱在胸前，稍息姿势，很随意地跟祝大哥闲聊一阵。说是聊，其实开头基本上是他问，祝大哥简答，后来就基本上是他侃，祝大哥听。他很喜欢那样跟祝大哥一起消磨时间。通过询问，他知道祝大哥家况比他家艰难，而且祝大哥半辈子当建筑工人，活动范围就在这座城里，最远只坐火车去过太原，没坐过飞机，没碰过电脑。他从与一个诸多方面比他不足的同龄人接触中，通过表达同情、代为喟叹，获得了一种心理满足。

那天他在家里摆弄老同学赠予的名片，爱人嗔怪他："那又不是扑克牌，洗来洗去干什么？"他说："你懂什么，一张名片一条路哩！"爱人撇嘴："哪条路你蹚得通呢？"他赌气："那怎么着！我就蹚一条试试！"他按崔洪亮手写的手机号拨了过去，居然一拨就通，而且，老同桌问他有没有工夫，若肯赏光，一起吃晚饭！他应邀前往，离家前得意地跟爱人说："我们那时候是男校，你放心，不是老狼唱的那种'同桌的你'！"

崔洪亮开着辆宝蓝色的宝马车，到他那楼盘外的一家餐馆外等他，相互老远就都望见，招手；他都顾不得走斑马线，越过马路往那地方跑去，两人握手后，崔洪亮就让他上车，原来并不是在那家餐馆请他，只不过是暂借那停车位而已。

嗳，那天的经历，怎么说呢，真叫人眼界大开，他这才知道什么叫先富起来，什么叫成功人士，什么叫豪华生活，什么叫一掷千金，什么叫梦想成真……原来，富人阶层的生活，已经到了那样的程度！

几乎是第二天中午，崔洪亮才又开车把他送到接他的那个地方。当他越过马路回到自己住的那个楼盘时，他觉得自己的眼珠子仿佛被人调换了，映入眼帘的每一个细节都令他触目惊心，真的真的，他对自己说：只不过是"经济"罢了，只不过"适用"而已……

　　爱人自然追问他究竟是到哪儿荒唐去了，他乜斜着眼睛，一边往长沙发上躺，一边倨傲地说："你见识过什么，昨晚我睡的是总统套房，你知道那里头的马桶盖上镶着什么吗？"爱人恨恨地说："喝昏了酒，找小姐去了吧？"他就嘴里嗤嗤嗤地发出怪声，伸直右胳臂，用右手食指朝爱人频频点着……爱人且不理他，管自走开了，他这才多少表达出了点心里头拥挤着要喷溢出来的意思："你们呀，懂什么呀，只当进个发廊找个小姐就算那个了……唉，真正的富人跟那些个全不相干啊！"

　　酒醒后，爱人也不再抱怨他，生活似乎回归于以前，但那次从傍晚到第二天午前的经历，令他回味无穷，他总想逮个由头跟爱人念叨念叨：鱼翅、鲍鱼、燕窝虚有其名，贵成那样，却并不可口，倒是西餐的法式红酒牛肉，真乃一绝！还有那个洗浴中心，进到里头真以为是到了天方夜谭般的幻境里！浴后去那完全是蔚蓝色情调的咖啡厅，才知道人家那些人真用不着找小姐什么的，哪儿会那么下作！有的是大学本科学历以上的白领女郎，个个有影视明星的美貌，个个影视明星却没有她们那个风度，交谈时往往夹杂外语，幽默全在骨子里头……人家讲究的是情感的完全自主，坚决鄙弃含有硬威胁与软利诱的非自愿行为……人家把珍视家庭稳定与享受婚外情缘处理得那么得体……当然，他也就因此知道，这就是崔洪亮那种人的日常生活，"同桌的你"每天也就是在这样一些场合里，磨合出他的生意，那天不过是捎带脚地把他叫上随喜随喜，也不把他仔细介绍给那些不断变换的人士，更不把那些出将入相的角色向他介绍清楚，其实那些男男女女也懒得把他搞清楚，倒是他冷眼旁观中窥破了若干微妙之处，自然也不去点破……哎，住进总统套房可是真的啊，其实只不过是宝马车驶过那家五星级饭店时，他问了句"那顶上有总统套房吧？"崔洪亮就顺势把车拐到那饭店去了……

"事如春梦了无痕"，有这么句古诗吧？但他的这场春梦却不仅留痕深重，还弄得他不找个听他细说端详的角色就浑身痒痒。终于，他锁定了祝大哥，接连几天下午，他站在祝大哥面前，滔滔不绝地讲述他的见闻，祝大哥老母不但目瞽，耳也聋，但也仿佛从他的讲述里获得了快乐，脸上的笑纹涟漪般抖动着；祝大哥听得专心，不时提起啤酒瓶喝上一大口，再抹抹被胡子围住的厚嘴唇；每当他点题说道："咱们至多算个小康，人家那可是大富呀！咱们能见识到的，也就井蛙那么多，人家可真是泱泱海阔凭鱼跃，朗朗天高任鸟飞啊！"祝大哥就似乎在微微点头，但那双鱼尾纹深刻的眼睛里，却并没有放射出如他双眼里那样的、燃烧着的艳羡之光。

那天他重点给祝大哥描绘那总统套房的种种细节，他发现祝大哥听着似乎有点心不在焉，他就说："也是，你哪儿想象得出那里头的模样，离你的生活实在太远太远了啊！那里头光客厅就有三个，每个厅的大理石柱子样式都不一样，你瞧，那天我拼命想记住，到底还是没记真……那里客厅的柱子我觉得最棒。哎，怎么跟你形容呢？那柱顶上的花样，真绝透了，那叫什么……莫斯科柱？不对，唔，反正是什么科……"

祝大哥听他神侃，绝少插嘴，这回却忽然接上去说："是科林斯柱。"

这淡淡的一句，仿佛炸雷响在耳边。他愣住了。待祝大哥喝完一口啤酒，他才问："你怎么会知道?"

祝大哥依然语气平淡地说："那大客厅里的柱子，是爱奥尼亚式；小客厅里的，是多立克式。"

他几乎是喊着问："你去住过?!"

祝大哥说："哪能呢，没住过。"

这天他回到家里，忍不住对爱人说："爆大冷门了! 咄咄怪事!"

爱人问那"冷门"以前先讽刺他："你要能从那富贵梦里醒过来，才叫爆冷门哩!"遂问他究竟爆了个什么样的冷门。他就说祝大哥居然知道那总统套房里的三种希腊古典柱式，把所在位置和名称报得那么精确!

爱人乍听也觉得奇怪，但把炸酱面弄好，两个人对坐要吃的时候，恍然大悟地对他说："对啦，听物业公司的人说过，祝大哥原是建筑行里少有的高级技工，这城里好多豪华建筑他都参与过施工，要不是为照顾他妈，他也不会提前退休啊，饶这么着，有的建筑公司还打着灯笼火把找到咱们这小区，求他去当施工指导哩! 那总统套间的柱子不得有工人去造，他造的怕还不止那些柱子哩! 那'同桌的你'他们整天享受的那些个房子，哪座不是祝大哥那样的人造的! 祝大哥他们就是造完了自己不用而已，好比母鸡下的蛋，母鸡不吃罢了，你跑去跟母鸡显摆那蛋，母鸡没咯咯咯笑你眼皮薄心眼俗，算是对你客气!"

也怪，先吃了爱人一番话，再吃那炸酱面，意外地香。那晚他竟破例地连吃了两大碗。

没用的故事

一个母亲带着八岁的儿子，坐在公园的长椅上。母亲疲惫地仰靠在椅背上，身边是竖靠在椅背上的提琴盒，她拼命抑制自己，却还是把养神变成了沉睡。儿子坐在她身旁，另一边是一个大画夹子。儿子轻轻推推母亲，母亲没有反应，他跳下长椅，四面张望，仿佛一只小鸟，想飞，却不知道往哪边飞好。

那是星期日的中午。公园里人不多。一个老爷爷恰好散步到那里，看见了那睡熟的母亲和就要跑开的孩子，一瞥间，老爷爷意识到，这对母子肯定是上完了上午的特长班，还要赶下午的特长班，因为家住得远，所以只能到这公园里来小憩一下。

小男孩就要拔腿跑开，老爷爷轻声叫住他："小弟弟，别跑远了！"

小男孩仰头望望老头，心想你管得着吗？我要能飞，飞得老远老远的，飞到天那边，才好哩！

老爷爷指指长椅上的东西："别让人顺手牵羊呀。"

小男孩歪歪头，意思是：哼，都让人拿走了才好哩！

老爷爷笑了。他把小男孩引到对面花丛中的甬道上，指着那些花跟小男孩说："你把最美丽的一朵，找出来吧！"小男孩问："那有什么用呢？"老爷爷说："不是为了用。你能找吗？"小男孩就找，他指着一朵，快活地宣告："那朵那朵那朵，它最美最美最美！"老爷爷点头。两只蓝喜鹊叽喳叫着，掠过花丛，升腾到那边大柳树上去了。老爷爷说："你知道它们为什么这么高兴吗？因为那边湖里，新来了一对野鸭。""那跟它们有什么关系呢？"小男孩问。"朋友多了呀！"小男孩还问："野鸭能给他们什么好处？"老爷爷眯眼俯看小男孩，小男孩仰起的脸上，一双黑眼睛很亮。老爷爷就让小男孩跟他坐到甬道上没有靠背的石凳上，隔着花丛，斜对着小男孩母亲打瞌睡的那个长椅。

老爷爷说，他要讲些故事，不过这些故事没什么用，也给不出什么好处。老爷爷讲了起来，小男孩开头精神不集中，可是，没多久他就越听越入迷，"后来呢？""还有呢？"小男孩正缠着老爷爷再讲，那边他妈妈忽然惊醒过来，先是左右一望大惊失色，然后就跳起来锐声叫唤他。

小男孩回到他母亲身边，那母亲不由分说拍了他脖子两下，指指手表说："晚啦晚啦，快走快走！"母亲背起提琴，小男孩背起画夹，匆匆往公园外头走去。老爷爷望着他们的背影，小男孩并没有扭过头来张望。

一个多月过去了。又是个星期日的中午。公园附近派出所来了个报案的母亲。她一个肩膀上挎着提琴，另一个肩膀上挎着画夹。她哭着报告，儿子丢了！情况是：带儿子上午去提琴老师那里上完课以后，到麦当劳里吃午餐，准备休息一下以后，下午好去美术老师那里上课；为了防止自己犯困，她还特别要了一杯咖啡；谁知到头来自己还是趴在小餐桌上睡着了！以前是吃完麦当劳以后到公园里去休息，后来觉得公园里的安全性不如快餐店里，没想到快餐店里也出问题！……民警只能先安慰这位母亲，她一把眼泪一把鼻涕地大声哭诉：每个星期六上午她带孩子去补习英语、下午去补习电脑，每到"双休日"她是比上班还累，为的还不是这孩子的前途？没想到这孩子竟越来越难管教，根本不懂得做母亲的一片苦心！而社会又是如此险恶，拐子竟拐到快餐店里去了！……

她的宝贝儿子究竟哪儿去了？原来，他和妈妈在麦当劳里坐在靠大玻璃窗的座位上，妈妈打盹的时候，他忽然看见了那回在公园里遇见的老爷爷，正从窗外走过，他犹豫了一下，就溜了出去，尾随着那老人。原来那老爷爷就住在附近的居民楼里，他一直跟着老爷爷进了那楼，眼看他开锁进了自家的单元门。孩子在那门外歪头想了想，就踮起脚尖去按门铃。门开了，老爷爷看见他大吃一惊，他大声提出要求："我想听您讲没用的故事！"……

正在派出所里一筹莫展的那位母亲，她的手机忽然响了起来。不久就在派出所里呈现了大团圆的场面。当天晚上，那孩子把他记得的那些没用的故事讲给母亲听。母亲惊异万分，为什么这些故事孩子会记得那么清楚？孩子睡熟后，母亲还在枕上琢磨，一时也理不清头绪，但那些故事里的那些小鸟、云朵、伸长缩短的树影、飘落在湖心的鹅毛、抱着毛栗的松鼠、只露出半个脸蛋的狸猫……却分明粘在她的意识上，让她疲惫的心，感受到一种意外的温柔与熨帖……

那边多美呀！

1

我妻吕晓歌 2009 年 4 月 22 日晚仙去。

我不能承认这个事实。我不能适应没有晓歌的世界。

一些亲友在劝我节哀的时候，也嘱我写出悼念晓歌的文字。最近一个时期，我写了不少祭奠性文章，忆丁玲，悼雷加，怀念孙轶青，颂扬林斤澜……敲击电脑键盘，文字自动下泄，丝丝缕缕感触，很快结茧，而胸臆中的升华，也很容易地就破茧而出，仿佛飞蛾展翅……但是，提笔想写写晓歌，却无论如何无法理清心中乱麻，只觉得有无数往事纷至沓来、丛聚重叠，欲冲出心口，却形不成片言只语。

晓歌一生不曾有过任何功名。对于我和我的儿子儿媳，她是一个伟大的存在，但对于社会来说，她实在过于平凡。人们对悼念文字的兴趣，多半与被悼念者的公众性程度所牵引。晓歌的公众性几等于零。这也是她的福分。

王蒙从济南书市回到北京，从电子邮件中获得消息，立刻赶到我家，我扑到他肩上恸哭，他给予我兄长般的紧紧拥抱。维熙和紫兰伉俪来了，维熙兄递我一份手书慰问信，字字真切，句句浸心。燕祥兄来电话慈音暖魂。李黎从美国斯坦福发来诗一般的电子邮件。再复兄从美国科罗拉多来电赐予形而上的哲思。湛秋从悉尼送来长叹。我五本著作的法译本译者，也是挚友的戴鹤白君，说他们全家会去巴黎教堂为晓歌祈祷……他们都是公众人物，他们都接触过平凡的晓歌，他们都告诉我对晓歌的印象是纯洁、善良、正直、文雅。老友小孔小为及其儿子明明更撰来挽联："荣辱不惊，风雨不悔，红尘修得三生幸；音容长在，世谊长存，青鸟衔来廿载情。"但是唯有我知道得太多太多，可我该如何诉说？

忘年交们，颐武、华栋、祝勇、小波和小何、李辉和应红……我让他们过些时再来，他们都以电子邮件表示会随叫随到。我知道我们大家都处在一个歧见越发丛滋、人际难以始终的历史篇页中，但我坚信仍有某些最古朴最本真的因素把我们心灵中最柔软的部分黏合在一起。这个世界每天有多少人在死亡，但他们仍真诚地为一个平凡到极点的晓歌的仙去而吃惊，为夕阳西下的我的生理、心理状态担忧，这该是我对这世界仍应感到不舍的牵系吧。

温榆斋那边的村友三儿从老远的村子赶到城里的绿叶居，一贯不善于以肢体语言交流的他，这次见到我就拉过我的双手，用他那粗大的手掌握了拍，拍了揉，揉了再握，憨憨地连连说："这是怎么说的?!"

和三儿对坐下来以后，我跟他说："三儿，我想写写你婶，可就是没法下笔。"没想到他说:"就别写呗。"三儿告诉我:"我爹我妈特好。就跟你跟婶那么好。特好,就不用说什么话。"三儿爹妈相继去世十来年了。他说他还记得有一天的事情。那一年他大概十来岁。他妈给他爹刚做得一双新鞋。鞋底是用麻线在厚厚的布壳帛上纳成的,鞋面又黑又亮。那天晌午暴热,他爹光着膀子,穿条缅裆裤,系条青布腰带,穿着那双新鞋出门去了。忽然变了天,下起瓢泼大雨。他妈就叹气,那新鞋真没福气!过了一阵,他爹回家来了。浑身淋得落汤鸡一般。他爹光着脚,满脚趾渍着烂泥。新鞋呢?三儿妈和三儿都望着三儿爹。三儿爹身姿很奇怪。他两只胳膊紧紧压着胳肢窝,胳膊上的肌肉和胸脯子肉都鼓起老高绷得发硬。

他也没说什么,三儿看出名堂来了,就过去,从爹胳肢窝里先一边再一边,取出了紧紧夹在那里面没有打湿的新布鞋来。三儿妈从三儿手里接过那双鞋,往炕底下一放,就跑过去捶了三儿爹脊背一下,接着就找毛巾给他擦满身雨水……

是呀,三儿爹和三儿妈,包括三儿,在那个场面里,甚至并没有一句语言,但是,那是多么真切的家庭之爱!

我听到此,强忍许久的泪水忽然泉涌。晓歌仙去后,我多次背诵唐朝元稹悼亡妻的《遣悲怀》:"昔日戏言身后意,今朝都到眼前来。""诚知此恨人人有,贫贱夫妻百事哀。""独坐悲君亦自悲,百年都是几多时!""唯将终夜长开眼,报答平生未展眉。"越过千年,穿过三儿爹妈暴雨时的场景,直达我失去晓歌的心底深处,始信有些情愫确属永恒。

我要将关于我和晓歌共同生活岁月里的那些宝贵的东西,像三儿爹把三儿妈做的新鞋紧夹在腋下不使暴雨侵蚀一样珍藏。"就别写呗"，我心如矿。

2

晓歌仙去后，多日无法安眠。蒙兄郑重地劝我用药。终于还是没用。十天后，渐渐可以断续入睡。总盼梦中能与晓歌重逢，但连日梦里来了一些平日忘掉的人，却并无晓歌身影。

直到晓歌仙去后的第 23 天，应该已经是 5 月 15 日早上了，我睡在床上，忽然听到窸窸窣窣的声音，那正是晓歌以往在卧室走动的衣衫摩擦声，多么熟悉，多么亲切！我睁开眼，呀，分明是晓歌回来了！我就从被窝里伸出一只手，招呼她："晓歌，你回来了吗？"晓歌就走过来，蹲下，握住我的手！呀！那是多么幸福的一瞬！……然后，晓歌就站在梳妆台前，梳她的头发。她什么也没说。她又何必说什么！

……忽然又是在我们新婚后居住的柳荫街小院里，耳边似有当年邻居高大妈李大婶说话的声音，晓歌继续梳头，我看不到她面容，只觉得她垂下的头发又长又密又黑，她就站在那边默默地用梳子梳理着……我就发现晓歌买来了新菜，一种是带着一点黄花的微微发紫的芥蓝菜，一种似乎是芹菜，量不大，根根清晰，体现出她一贯少而精的原则，我自觉地把菜放到水盆里去清洗……

……忽然我又躺在床上，仍有窸窸窣窣至为亲切的声音……多好啊！但……忽然想到那天我亲吻她遗体的额头，以及跟她遗体告别……那才是梦吧？我挣扎着从床铺上坐起来，仔细地想：究竟哪一种才是梦？……

　　……不知道为什么从床上下来后，竟面对一条长长的走廊，我顺那走廊跑，开始绝望：原来晓歌回家是梦！……

　　于是醒过来。晓歌真的没有了。再不会有她走动时衣衫发出窸窸簌簌的声响了。想痛哭。哭不出来。

　　才顿悟，原来，她于我，最珍贵的，莫过于日常生活里那窸窸簌簌的声响，包括衣衫摩擦声，也包括鞋底移动声，还有梳头声……

　　自从三儿给予"就别写呗"的至理箴言，我就决定将那许多许多的珍贵回忆深藏为矿。儿子远远试图引我回忆我和他妈妈的那些酸甜苦辣，我也只跟他讲到一个镜头——

　　那是1974年，他三岁，我和晓歌带他回四川探望爷爷奶奶，爷爷奶奶那时候被遣返到祖籍安岳县，需先坐火车到成都再转长途汽车方能到达。在成都，挤公共汽车的时候，我把他们母子推塞进了车门，自己却怎么也挤不上去了，被甩在了车下。那时成都的公共汽车秩序一片混乱，一辆来过，下一辆什么时候来，或者干脆再不来了，谁也说不清。我心急如灌沸汤。弱妻幼子，他们在成都完全找不到方向，那时候哪有手机，他们和我失去了联系，天已放黑，如何是好？总算又来了一辆摇摇晃晃的公共汽车，总算在站前停下，但我们等车的挤作一团，谁也挤不上去！那汽车竟又开走了。我绝望了！我想我不如徒步去往要到达的那一站。但那需要多长时间？他们母子就算平安地到站下了车，该在那里等我多久？天完全暗了下来，那时街灯多被打碎，一片漆黑！忽然，又来了一辆公共汽车，有人喊："末班末班！"为了妻儿，我拼足全部生命力往上挤，我挤上去了！

我在目的地那站挤下了车，我一眼看见了我的妻儿站在那里等候我，妻拉着儿一只手，表情看不清，但儿子却使用了鲜明的肢体语言——他一只手没有脱离妈妈，另一只手使劲挥舞，而且，他抬起一只脚，再重重地落到地上……我迎上去，儿子另一只小手立即伸过来让我紧紧地握住……我们，经过一段锥心的离别，终于又会合到了一起，并为这样的重聚而感到深深的欣慰……我对已经快到不惑之年的儿子说：远远，我们就是这样，穿越岁月的风雨，作为三粒尘埃，依偎着生存过来的，而现在，一粒尘已经仙去，我们两粒还在人间，尽管对人生的意义有许多宏大的理论、严厉的训诫、深奥的探讨，但我以为，记住那次我们短暂而漫长的离别与卑微而深沉的重逢之乐，也许也就理解了亲情在人生中的全部意义……

远儿说他完全不记得三岁时的那次失散与重聚。但听了以后他热泪盈眶。

我把他妈妈第一次梦回的情形讲述给他。我找出宋朝苏轼的《江城子》词读给他听："……夜来幽梦忽还乡，小轩窗，正梳妆……"

亲爱的晓歌，愿你常回家，在你的梳妆台前窸窸窣窣地梳理你的长发……

3

"针线犹存未忍开。"晓歌的遗物，应该清理，却不忍清理。

我和晓歌是新式夫妻。我们互相尊重对方的隐私。晓歌嫁给我以后没带过来什么隐私物品，但她后来有自己的一些笔记本，她会从报纸上剪贴下一些自己觉得喜欢或可资参考的文章、图片夹在里面，也会写下一些给自己看的话语，她应该断断续续地记过一些日记，还有我们一起旅游归来后的一些追忆性文字，我猜想也会有一些我跟她争吵后（有几次非常激烈很伤感情）她对我的怨言甚至意欲分手的气话。我们的争吵究竟源于什么？追忆起来似乎真是"风起于青蘋之末"，都属于"蝴蝶效应"，比如一件东西究竟是放在卧室衣橱里好还是搁到阳台杂物柜里好，可能就是一场大风暴的起始点，我或是正碰到文章写不顺发不畅之类的情况，自以为烦躁有理，她或是生理上恰失平衡正在难受，于是话赶话，抬硬杠，越吵越离奇，直到她气得咽哭，我才会幡然悔悟，到最后，总是我真诚地去抱着她双肩频频认罪忏悔，过一阵她似乎也确实原谅了我。但在她仙去后，这些令我痛苦的回忆越发地凸显出我性格中的劣质成分，使我意识到，从某种角度看，我实在是一个社会畸零人和家庭怪人，难为晓歌几十年竟终于还是宽厚地容纳了我。

　　我惹过多少事啊！试想一下，你家的电视机里播放着新闻，忽然新闻主播表情严肃到极点地告知全世界："现在播出一条刚刚收到的消息……"这条消息点了你家男主人的名，他惹了祸，被停职检查，那女主人会怎么样？那一天，我作为被点名的男主人，尽管还算镇定，心里也还是有些个发慌，而作为女主人的晓歌呢？我已经记不得她的具体表现，总之，她让我非常舒服，完全没有在外面压力上再增添哪怕一丁点儿家里的压力或抑郁……凡遇大事她总如此，她会为一样东西不该让我鲁莽地扔进阳台储物柜跟我动气，却绝没有为我在社会上惹出的祸事上给予我一句的埋怨和一丝反常的脸色——其实往往明明牵涉到她。

晓歌也曾偶一为之地将她隐私笔记本里的一段文字抄录给我——尽管那时我已经使用电脑处理文字，她却始终还使用纸笔——表示愿意公开。我读了后一字未动地代她投给了《羊城晚报》，而他们也就原封未动地在《花地》副刊上刊出。那是晓歌在1997年和我一起应日本基金会邀请访问日本后，在1998年写成的。我将其录入了电脑，现在引用在下面：

宫岛的鹿

吕晓歌

去秋，我随先生前往日本访问。去濑户内海的游览胜地——宫岛。那天，太阳躲在灰暗的云层里，散落着细细的雨丝。我们乘游轮抵达宫岛，进入游览区宽敞的售票大厅。鹿！几只小鹿！我一时惊喜万分！这之前，陪同的翻译山根小姐虽已向我们介绍过宫岛上有许多鹿，但如此地开门见山是不曾预料到的。几只鹿正徘徊在过往的游人间，那温和的目光像是在期待着什么，还有几只鸽子在鹿的脚边觅食。我感到很惊讶，原来人与动物能这般地互不干扰，这般地和谐么？这时我发现有一只鹿正从果皮箱口处拽出一张纸片在咀嚼着，它们一定是饿了。我自幼喜爱动物，那鹿饥饿的样子，令我心中不忍，于是赶忙走到大厅一角的小卖部用了三百日元购得一包饼干，走过去给那几只鹿喂食，一片片递到它们口中。开始我有些紧张，虽然知道鹿是以植物为食且性格温顺的反刍类动物，但如此没有阻隔地与它们接触，却是有生以来第一次。但我很快就发现它们灵巧得很，在接受食物时，叨食准确却又对人秋毫无犯。我坦然喂食，倏地不知从哪里一下子冒出来十几只大大小小的鹿，它们闻风而来，将我紧紧围住，争着获取我手中的食物。我这才有些惶恐，担心招架不住它们，但更多占据心灵的仍是快乐，那无与伦比的快乐！我将手中最后一块饼干投给了一只只及人膝盖高的小鹿，然后向它们挥手，对不起，山根小姐在等待我们上路了。

进入宫岛内，展现在我们面前的是一幅十分壮观秀美的"浮世绘"：蔚蓝色的大海环抱着郁郁葱葱高达 530 米的弥山，山上分布着多个天然公园，那里有浓荫蔽日的原始森林，有四季盛开的鲜花、碧青的草、翠绿的松和多彩的秋叶，其间掩映着大大小小体现着日本独特风格的建筑——神社、寺院和茶室，真是如诗如画的人间仙境。我与先生都已到了知天命的年龄，自然放弃了登山，由山根小姐指引，漫步在山脚下一条蜿蜒的小路上。这时你会发现所经之处与目光所及的地方，路旁、树下、溪边、山坡上、草丛中……时时可见到那俏丽多姿的鹿影。它们是这岛上放养的小型鹿，体态轻盈玲珑，最大的不超过人的胸，通体浅棕色，背上带有白色的斑点。天公奇妙地赋予了这些生灵华美的盛装，雄鹿头上都伸展着一对丰硕的叉角，它们都有一双温静如水的眼睛，一副安安然然的体态，它们以生命的美丽点缀着大自然的山山水水，也给游人带来无尽的欢趣。

原来这岛上出售一种专为游人提供喂鹿的食物，只要 50 日元一包，打开看里面是一些面包干，我买了几包一路上投喂它们，当时心想：假如身边有一群孩子，我定会让他们人手一份，使他们从小懂得要关爱这些大自然的生灵。

不觉中，我们步入了一条热闹的商业小街，街两旁充满了出售琳琅满目的旅游纪念品的摊档小店，及具有地方风味的餐厅、茶室，就在这条人来客往、熙熙攘攘的小街上，鹿仍然可以畅通无阻，不见有人驱赶它们，而它们也十分守规矩，尽管那些店铺的大门都是敞开的，它们并不贸然入内。有的鹿像嘴馋的小孩，一路上跟着我们要吃的，久久不肯离去，个别顽皮的还将头碰碰你。先生是个谨慎从事的人，他一边挥动着雨伞企图阻止前来"冒犯"的小鹿，一边说："当心啊！它们毕竟是兽，是缺乏理性的！"他的忠告也许是对的，但我却不以为然，狼食小孩的故事虽由来已久，但那却是久远的事了，现代人将地球上的动物都快杀光吃尽了，却还大言不惭地声言人是理性的，细想起来，人生在世所受的种种伤害，有多少是来自缺乏理性的动物的呢？

一阵急促的雨点落下，我们顺势进入一家茶店，坐下来休息品茶。山根小姐说："前些时，曾有人嫌宫岛上的鹿日益增多，提出要予以裁减，但遭到热爱动物人士的坚决抵制，"她边说边扫视着窗外，"不过今天显然比以往看到的鹿少多了。"啊?! 我感到浑身一阵发紧。继而，山根小姐转过身与正在忙碌的女老板对话，然后对我们说："问过了，鹿一只都不少，今天因为是雨天，它们大都在山里没有出来。"听了她的解释，我一颗悬起的心才慢慢地平复下来。我手捧着碧绿、清香的日本煎茶，心中默念着："宫岛的鹿，祝你们永远平安！"

在离开宫岛前，我精心选购了一对木制的、上面有着精美鹿影的壁挂带回北京，将这段记忆永存。

和我一起重读这篇文章后，儿子说：其实妈妈写得比你好，这才真是文如其人啊！

是的，直到她仙去的前一天，晚饭后她还提着小纸袋去给楼区里的流浪猫送猫粮和干净的饮水。这个蔚蓝色的纸袋以及里面剩余的猫饼干和水瓶，我们现在搁在她遗像下。

但我和儿子都还不忍去触动她床头柜抽屉里的那些包括大小不一的笔记本等遗物。我们也许会永远保留，却并不翻阅。

4

我自己一直保留着一些从十三岁以来的大小不一的笔记本。从婚前一直保留到婚后。其间由于种种原因丢失损毁了一些，加上旧书信旧照片，现在也还足可填满书柜的一格。除旧照片不算隐私早已公开外，其余的东西晓歌从不曾过问，我也一直没有拿给她看过。

2008 年，我曾想把一个 1955 年的读书笔记本拿给她看，跟她预告过，她也表示有兴趣，但因为种种原因，未能实现这项交流。

那是我现存最早的一个笔记本。是 13 岁时候的东西。

笔记本很小，长 15 厘米宽 10.5 厘米大小，厚约 1 厘米，并没有写满。里面粘贴了一些从报纸上剪下的作家像，有鲁迅、普希金、海涅、雨果、塞万提斯、惠特曼、聂鲁达……

那时候我读到些什么？喜欢什么？

自然，第一页上我就恭楷抄录了苏联作家奥斯特洛夫斯基的名言："人最宝贵的就是生命……人的一生应该这样来度过：……献给世界上最壮丽的事业——为人类的解放而斗争。"

接下去是俄罗斯作家契诃夫的话："人的一切都应该是美丽的：面貌，衣裳，心灵，思想。"

我抄录了不少诗，其中有雨果的《啊，太阳》："啊，太阳，神明的面孔／山沟里的野花／听得见音波的山涧／细草丛中飘荡着芬芳／啊，树林里四处逼人的荆棘……"也有那时候中国儿童文学作家田地的《家乡》："一条小路沿着山脚与河岸／弯弯曲曲又细又长／就是天天走这条小路也不厌烦／因为没有比家乡更好的夏天／可以在大枫树下乘风凉／再没有比家乡更好的月亮／可以在打谷场上捉迷藏……"

我为苏联一位并不怎么著名的作家奥·哈夫金写的反映后贝加尔湖地区中学生参军在卫国战争中英勇牺牲的长篇小说《永远在一起》感动得不行，写下颇长的读后感，还抄录了书中的片断。我喜欢安徒生童话，对许多篇都写了读后感，但对王尔德的《快乐王子集》（巴金译）我这样写道："前面有的故事说明不要自私，更不要虚荣，反映出那个时候社会的不公平，还有'哲学其实是一团肮脏无人道的东西'……但倒数第二个故事我还不大明白，总的来说这本书不大使我满意……"

我前后提到的书计有（不按时代地区分类只按出现顺序）：《杨柳树和人行道》（苏联瓦希列夫斯卡娅）、《鼓手的命运》（苏联盖达尔）、《古丽亚的道路》《卓娅和舒拉的故事》（均为苏联英雄传记）、《猪的歌》（日本左翼作家高仓辉的小说）、《铁门中》（周立波）、《真正的人》（苏联波列伏依）、《绿野仙踪》

（美国法兰克·鲍姆写的长篇童话）、《斯巴达克》（未记下究竟是哪个版本）、《太阳照在桑干河上》（丁玲）、《李有才板话》（赵树理）、《腐蚀》（茅盾）、《红色保险箱》（苏联反特小说）、《草叶集》（美国惠特曼诗集，楚图南译）、《儒林外史》（清朝吴敬梓）、《洋葱头历险记》（意大利儿童文学作家罗大里的长篇童话）……

我想给晓歌翻看这个笔记本，除了打算引出我们也许有过的相同或不同的阅读记忆，找到我们之所以能走到一起并持续相伴的心灵密码，也是因为在这个小小的笔记本里，还夹着几张压平的糖果包装纸——我们少年时代都攒过糖纸；还有我从杂志上剪下来的彩色的小白兔扶着猎枪叉着腰的画像——那时候根据苏联作家米哈尔科夫创作的童话《骄傲的小白兔》拍摄的电影《小白兔》热映颇久，那"提倡集体主义，反对个人主义"的主题在课堂上老师反复向我们讲述过，也让我们写过相应的作文……见到这些东西晓歌一定会莞尔……

但是，我有绝对独家的东西让她观看，那体现出我在十三岁时确实已经有着鲜明的个性，而这个性中具有优美的成分，就凭这个，晓歌后来跟我的结合应是无悔的……

那是夹在这个笔记本里的一幅钢笔画。不是临摹别人的作品。是我自己想象出来独立完成的。它画在一张薄薄的片艳纸上。那个时代我们做数学作业都使用那样的纸张。一张 16 开的片艳纸，对裁再对裁，成为 64 开的一小张，就在那上面，我画了两个姑娘，站到一个有矮矮的栅栏的悬崖上，朝前面开阔的田野和河流眺望，高一点的姑娘梳着两条长辫子，似乎在指着前方说："那边多美呀!"矮一点的小姑娘短辫上扎着蝴蝶结,提着个小篮子,朝美好的那边望去……

我想让晓歌看这幅我十三岁时候画出来的钢笔画。画出这幅画十五年后,我们相遇并且结婚,过了一年我们有了宁馨儿远远……

我们经历过那么多风雨坎坷,我们也有过那么多甜蜜欢乐。"那边多美呀!""那边!"原来只意味着生活中尚未来临的时日,现在,晓歌仙去了,也就意味着一定有着某种生命的彼岸,晓歌先行一步,我也会终于抵达……我们会在神秘的"那边"重逢,那边肯定是美好的!

我已经把这幅画复制放大,挂在我们的卧室里。晓歌,你再回来时,我又会感觉到窸窸簌簌的声响,那一定是你在一边梳头一边欣赏这幅图画。

掐辫子

　　一对白领情侣长假携游，去到一处近年开发出的山野景点，见到瀑布深潭，她高兴得跳起来欢呼，山风掠过，将她的草帽吹落潭中，她还没回过神来，他已经跃入潭中，捞起草帽，游回潭边，跃到岸上。她还没做出反应，周边的游客已经响起掌声。

　　他们躲到僻静处，他把上衣脱下，晾到灌木上。她说："吓死我了。知道你要表达，可也犯不着这么冒险。"他说："除了对你表达，其实，还有另外的内心秘密。"她狐疑了："什么另外的秘密？"他告诉她，掉在潭里的，是草帽。草帽是用什么做的？麦秸。把麦秸用水泡过，然后用双手编成辫子，他们老家妇女几乎一年四季都会在做完别的活计后，来顺手干这个，叫作掐辫子。一挂辫子大约弯成五圈，近年来的收购价，是一挂一元钱，一个能干的妇女，一天掐辫子能掐出五六挂……她听到这儿放心了，明白他内心里，有区别于她这样的城里生城里长的人的眼光和心思，草帽对她来说，不过是一种便宜的遮阳物品，可是对他来说，是他到城里来上大学以前，奶奶、妈妈、姐姐们日常掐辫子变化成的产品。她引他聊得更多。他细细叙说。他告诉她，他们那个家乡，离交通枢纽远，历史上属于兵家必弃之地，如今则属于商家缓争之处，无山无水，开发不成旅游区，总之，那是一处平凡、平淡、平庸的所在。但是平实之地也有平安之福，城市化的浸润，离得还远，村庄虽然盖起了新房，却仍有古朴风貌，有人问城市膨胀耕地减少，为什么粮食还有得吃？他说，那就是因为还有他家乡那样的存在，每年还种大片的小麦，小麦收过种大片的玉米。而大田劳作之余，妇女们就维系着久远的传统——掐辫子。她在秋阳下听他讲家乡，心里仿佛陆续注入一缕一缕的光亮。他没想到她爱听这些。他进一步告诉她，他大学四年的费用，学费是爸爸供，生活费呢，全是奶奶、妈妈和姐姐掐辫子掐出来的。她把玩着那渐渐变干的草帽，忽然觉得，那是有生命的东西，她把草帽像宠物般拥在胸怀。

他们原来的计划，是顺那山谷跋涉到最深处，据说那谷端有更高更奇更美的瀑布，那里有开发出的农家院接待游客。但是，她提议改变行程，转而去他的老家，她说她想看掐辫子，甚至想学着掐辫子。他很高兴。他们交往并不久。这是他原来幻想过却不敢贸然提出的。是的，这个假期很长，他们完全来得及转换目的地。

她随他前往他的家乡。绝对距离并不远，却要先坐火车，慢车站票，熬过一夜，再换长途汽车，再换三轮摩托，车载的终点是一处大集，从那大集镇再徒步一小时，才到他家那个村子。确实无特点可言，就是不多的树，模样雷同的房舍。他把她引到自己家时，已经夕阳西下。一进院，不用他指点，她就看到好几个盆，有塑料盆、铝盆，还有一只陶盆，里面浸泡着大体等长的麦秸，散发出一种香臭之间的暧昧气息。他妈妈迎面出了屋，手臂上有几挂刚掐好的辫子，不是知道他们来了表示欢迎，她是地道的不速之客。他叫完"妈"就介绍说"这是我女朋友"，她赶忙称呼"大妈"。进屋以后又见到他奶奶。姐姐已经出嫁，但就在邻村，他说明天或许就会回来见面。奶奶坐在那里掐辫子，弄明白她的身份后咧开只剩几颗残牙的嘴无声地笑了好久。她随即听见院子里鸡在拍翅狂叫，她到门边往外看，是大妈在抓鸡。那只母鸡显然一贯得宠，万没想到今天风云突变，因此拼力挣扎，他知道她的心思，怕她跑出去拦阻，就站到她身边轻轻搂住她的腰，但是她懂得，大妈听见儿子把她介绍出来时，并没有什么强烈的表情，但是此刻她那满院抓鸡的肢体语言，把她面对意外之喜的满腔热情表达得淋漓尽致。一个人对另一个人如此看重，并且以如此淳朴的形态表达出来，是她职场生活中不曾经历的。

晚饭后和大妈聊天，才知道如今四季都有人进村来收妇女们掐好的辫子，去做草帽。她发现东厢柴草间堆了不少废弃的辫子，大妈悄悄告诉她，那都是奶奶掐的，老人手劲不够，掐不出合格的了，可是，掐了一辈子，喜呀悲呀什么心思都掐进去了，所以不告诉她人家不收，还由着老人掐……她意识到这里的妇女掐辫子其实更具有超出换钱的生命意蕴，眼睛潮湿了。

他的爸爸是兽医，那天到远村去服务，第二天一早才回来。她和他一起站在院门外，远远看到那乡村兽医骑着自行车从白杨树下过来，她忽然想大声呼唤："爸爸！"

三粒芥

盘盘 1992 出生。如今就要大学毕业了。

1

盘盘去年暑假有天看电影回到家里，身上有爆米花的气味。妈妈也没问她看的什么，她也懒得跟妈妈说那电影的事情。妈妈正在厨房炸虾片，盘盘进去，拈起一片炸好的嚼着，随口报告："真讨厌！又在楼门口遇上傻子了！"他们那个楼里，有个弱智男子，都三十多岁了，生活倒基本上能自理，但是无法就业，父母倒还富有，就白养着他。盘盘说："咱们家真不该买这楼的房子，成天指不定什么时候就撞见傻子，真败兴！"妈妈就说："傻子也是一个生命。世界上不会也不能都是聪明人。你可以不理他，可是别蔑视他。"

爸爸出差了，那天晚上吃完晚饭，母女俩坐在沙发上闲聊。妈妈说，如今的电影院真气派，可是如今的电影，我跟你爸大都不爱看。可是我们小时候，那是特别爱看电影的。那时候，村里头都有场院，就是收拾庄稼的地方，脱粒、扬场、晾晒、装袋……活儿告一段落，就会在场院里演电影。总觉得那时候的电影都那么好看，比如那些纪录片，看着也过瘾。不过，对于我们小孩子来说，其实放映电影之前的那段时光，比看电影更欢畅。傍晚，流动放映队的叔叔就来了，挂起银幕，架起机器，接上喇叭，我们男女小孩，就都忙着拿来家里的大小板凳、椅子什么的，占座儿。大人们倒不慌不忙。妇女们会来得早些，带上没纳完的鞋底。大老爷们则等到宣传的幻灯片都放上了，才抽着烟陆续来看。

盘盘就说：我知道，爷爷他们村，跟姥姥的村，紧挨着，无论在哪边的场院演，两个村的人都挤着看。你跟爸，是不是先青梅竹马，后来就眉来眼去，最后就办了喜事，有了我？

妈妈说，你那是胡诌八咧。直到上初中，一个中学了，因为不同班，我还根本就没觉得有他那么一号。他后来也说，在看电影的场院，他也总爱逗那个雄鸡哥，但是却从来没注意过我。后来赶上改革开放，我们分别考上了不同的大学，毕业以后都分配到城里工作，经人介绍，这才对上象的。

我要跟你讲的，就是姥姥村里，有个雄鸡哥。为什么管他叫雄鸡哥？这就跟演电影有关系。说起来，这个雄鸡哥，命真苦。他还没成年，爹妈先后得病去世了，就跟着哥哥嫂子过，没想到，哥哥嫂子在一次拖拉机车祸中又双亡了，他就跟侄子侄媳妇一起过。那对夫妇待他不能说好，也不能说很差。他倒是还有父母留下的老房子，跟哥哥嫂子的院子挨着，打通了，侄儿媳妇不欢迎他来一起吃饭，但是能做好了端给他一份，当然那时候吃的都很简单，无非窝头咸菜棒糁粥，偶尔也会有点炒菜，有点肉，吃顿饺子什么的。实行生产队编制的时候，他每天也都下地干活，挣工分。他平时闷声不语，村里场院演电影了，他也活跃起来。他平时没钱买香烟抽，演电影之前呢，也不知是怎么形成的游戏规则，你给他一支烟，他就给你唱歌。他翻来覆去唱的就是一首歌。那首歌你们这代人恐怕都不知道了，我们那时候人人会唱，就是秧歌剧《兄妹开荒》里的那首歌：

> 雄鸡雄鸡高呀么高声叫
>
> 叫得太阳红又红
>
> 身强力壮的小伙子
>
> 怎么能躺在热炕上做呀懒虫
>
> 扛起锄头上呀么上山冈
>
> 山呀么山冈上好呀么好风光
>
> 我站得高来看得远来么依呀咳
>
> 咱们的家乡到如今成了一个好呀地方
>
> 那哈依呀咳咳哎咳那哈依呀咳

盘盘就说，我知道这首歌，如今有重金属摇滚版演绎的，可潮了！

妈妈说：因为他年纪不小却跟我们平辈的人总唱这首歌，而且，往往是别人拿根烟逗他的，刚听他用肉喇叭唱出头两句，就摆手："成啦成啦，别吼啦!"他就只好停下，所以，他那头一句的高亢声调，成了我们童年时代最大的乐子，我们就一窝蜂地学他吼，雄鸡哥也就成了他永远的绰号。

那时候村里人都淳朴。雄鸡哥问人要烟，虽说人们拿他打趣，还都会给他香烟。经常是，他抽着一支，两边耳朵各夹着一支，胸前衣服口袋里还能装着几支。有一回，不知哪家的亲戚，来串门的，也来看电影，见他是个可以逗闷子的，就也说要给他烟，让他唱，而且要他把歌唱完，他就非常认真，脖子筋绷着，高声地唱到"那哈依呀咳咳哎咳那哈依呀咳"，才大口喘气。那人就把一支烟插进了他嘴里，还说要给他用打火机点上，但是雄鸡哥马上把那支所谓的名牌香烟啐出去了，因为那其实是根粪草棍儿，那人就拍巴掌狂笑，周围的人有的没弄清情况，也都笑，弄明白的，有的就摇头。后来电影开始放映，我就坐在雄鸡哥身边，我偶然一瞥，发现他两眼里流出两行泪水，那刚开演的电影哪有什么感动人的地方？我那时候还小，但是雄鸡哥的那两行眼泪，却仿佛流到了我心上，粘住，一辈子再甩不掉了。

听到这里，盘盘明白了，妈妈为什么跟她说这些。

盘盘问：这个雄鸡哥，是个什么形象？

妈妈说：其貌不扬，也不丑，非常平庸。说实在的，他那两行眼泪我记得真，他的相貌，现在已经非常模糊了。

盘盘问：他后来怎么样了？

妈妈说：实行承包了，他种承包的地。村办企业办起来了，他到皮革厂干活。村办企业又纷纷倒闭了，村里劳动力就"八仙过海、各显其能"了。他能力差。村里各家纷纷盖新房了，他侄子家也起了两层楼，他还住着旧房，两个院也隔开了，他自己起伙，吃得怎样，没人知道。他始终没娶上媳妇。就在你出生那年，听说他得病死了。

盘盘一时无语。她的心田里，拱出叫作慈悲的嫩芽儿。

2

盘盘和爸爸聊天的时候不多。那天不知怎么的，聊起生病住院的事情了。盘盘说，净在电影电视上见着病房，什么时候自己也住回院，亲友同学都拿着鲜花提着蛋糕来慰问，那多好玩儿！

爸爸就说，不生病不住院，是大福气啊。能往病房里瞎送花吗？花会携带病菌，像你奶奶当年住院，因为哮喘，不但病房里不能放花，就是走廊里也禁止进花。再说蛋糕，你当住院是过生日哩，尤其奶油巧克力的蛋糕，病人是不适宜吃的。

盘盘出生前，奶奶就过世了。爸爸讲起奶奶住院的情况，是住在一个双人间里。奶奶就是一个农民。但是因为你表叔在那医院工作，住院部的那层楼，病房都是八人间，只有走廊尽头有两个小间，也属于普通病房，但是难得住进那里头。除了你奶奶，另一个病人，是个女青年。我当然常去照看你奶奶。那女青年呢，是她妈妈照顾她。她妈妈姓汤，跟你奶奶很说得来，我管她叫汤姨。那女青年可能不姓汤，但是，我从没见她爸爸露面，我跟汤姨有时候也聊几句，和那女青年偶尔过话，但是互相都没有称呼过，反正眼光一接触，点头，微笑，就算打招呼了。

那汤姨和她的女儿，是名副其实的弱势生命。现在有弱势群体一说，弱势是个笼统的概念，主要是按社会地位、经济收入来说事儿，并不一定是指身体状态。那汤姨的女儿大概比我小两岁，医生诊断她得了骨结核，身体总是处在低烧状态，瘦弱的脸颊总是红得像蔷薇花，两只大眼睛总透着忧郁，有几分像《红楼梦》里的林妹妹。汤姨没病，但是她有的动作给我留下很深的印象，比如卫生纸，撕开卫生纸有什么难的？她两只手抓着，努起嘴唇用力，那个费劲啊！所以，我去看你奶奶的时候，就总要帮她们做些事情。比如给削菠萝。我能把菠萝肉削出旋转的花纹，先让她们欣赏，再削成小块搁盘子里，插上牙签让她们方便地享受。

你奶奶那次住院，有成效，家里人每次去看望，都明显在好转。但是汤姨的女儿没什么起色。我去了，也就尽量讲些让她们快乐的事情，安慰她们。汤姨的女儿会现出笑容，甚至笑出声音来，也许是害臊，笑的时候她把被头往上拉，掩住嘴。

你奶奶快出院了。有天我去，见汤姨在走廊里站着。开头我没意识到，她是刻意在那里等我。她招呼了我，脸上的表情有些异样，她叫出我的小名，那本是你爷爷奶奶才那么叫的，她跟我说："我想认你做干儿子。你能答应我吗？"我一下子愣住了。她见我反应不仅迟慢，而且表现出为难，就说："你别误会。我们没那个妄想。"那是什么意思，你懂的。

盘盘就笑说，她们那个妄想如果实现了，我就会有骨结核的遗传，我也就可以去住院，吃菠萝块了！

爸爸继续讲：面对汤姨那样的请求，我很难抵挡。但是我本身确实从未往那个方向想过。而且你要知道，那时候已经有媒人介绍了你妈妈给我，我们俩见面后都挺愿意。我就跟汤姨说："容我考虑考虑吧。"汤姨脸上仿佛有朵花在迅速凋谢。后来我们进入病房，像往常一样相处。

你奶奶要出院了。我用医院里一次性的输液管，剖开，编了一条金鱼一只虾。那是跟你表叔学的。医院里的输液管用过一次就报废了，有的医务人员会再予以消毒以后，剖开当作编织带，巧手编成各种有趣的形状，最流行的形状是金鱼和虾，若编成金鱼，输液管上的接瓶嘴正好可以充当鱼眼睛。在接你奶奶走的那天，我跟汤姨和她女儿告别，直到那时候，我还是没有回应汤姨那收我做干儿子的请求。但是我的不回答，以及临别时送给她们东西，就是我的表态。我把编成的虾送给汤姨，把金鱼递到汤姨女儿手里，跟她们说："祝你们幸福！"我现在仍记忆犹新，就是汤姨女儿忽然用被子蒙住头，一定是在被子里哭了起来，那被子勾勒出她瘦弱的形态，看得出肩膀不住地抖动着。

但是你奶奶出院，我必须照顾你奶奶，就转身走出了病房。

人在一生中，会遇见许多陌生人，有的会相处相当长一段时间，甚至会熟悉起来，但是，多半一旦分手，就再也不会相逢。这么多年过去，我再没有遇见过她们。我们普通人，都是草芥。逢春拱出地皮，成为一根细细的绿针。阳光雨露充足，能伸展枝叶，开花结果，如果遭遇灾害，那就夭折，也不会在历史上留下什么痕迹。那病房女还在世吗？若在世，还记得我吗？还会留着那个金鱼吗？若不是你提起住院什么的，我也不会忽然想起她来。

和爸爸聊完，盘盘查了词典。草芥：小草，喻轻微纤细的事物。盘盘觉得，从这次爸爸讲的病房女故事里，归纳不出什么教益。不过，她人生中头一回体味到了惆怅的滋味。

3

盘盘的爷爷为培养出了一个有出息的儿子骄傲。确实也是，运河边的村子里，能像他那样把儿子培养成大学生，后来又成为高级工程师的，扳手指头，扳不够一巴掌。可是爷爷很倔。盘盘爸妈在城里四环内贷款买下挺宽敞的单元房，三卧两厅双卫，接他来住，他住不惯，还最烦盘盘爸爸说那个话："可惜妈走得早点，要不，你们一起住进来，多美！"爷爷的说法是："她更受不了这儿！接来了，怕比我逃得还快！"可是奶奶走了，爷爷一个人过，爸爸妈妈不放心，有天开车去老家，盘盘也去了，动员爷爷进城养老，爷爷上了车，说："听我指挥！"让把车子开到镇上养老院，他说，那里有他的发小，住的屋子朝窗户外头望，就能看见运河的水流，他愿意住那儿，儿子媳妇孙女只要常去看望，他就觉得日子甜蜜了。

盘盘知道，爷爷心里是爱她的。可是，爷爷不像奶奶，能把那爱意表达出来。盘盘爱爷爷，没什么道理，他是爷爷，能不爱吗？爷爷在城里小住的时候，跟盘盘有过冲突。盘盘从冰箱里取出头天吃剩的比萨饼，放微波炉里转几圈，拿出来咬一口，满脸怪表情，马上就扔垃圾桶里了。爷爷看见生气。盘盘解释说："爷爷，变酸了，吃了我会肚子疼的。"爷爷就数落她："你尽是些吃饱了撑着的说辞。饿你几顿就好了！"盘盘就笑："爷爷好主意，这两天我体重又增了！明天只喝木瓜汁！"爷爷气呼呼，盘盘笑嘻嘻。盘盘说："比萨，木瓜，味道怪怪的，对吧？爷爷您是不爱的。"爷爷就说："凡能吃的都是好东西。都不能瞎扔！"怕老爷子从垃圾桶救出披萨饼来，妈妈趁爷孙俩说话，把垃圾桶及时清理了。

　　爷爷住进养老院以后，爸妈和盘盘去看望，爷爷话不多，眼睛也不怎么看他们，却总是盯着窗外的运河。盘盘知道，爷爷生在运河边，长在运河边，劳动在运河边，生育在运河边，最后也会在运河边告别人生。爷爷其实也就是运河的一部分吧。

　　冬天又到了。运河结冰了。盘盘自己去看望爷爷，爷爷也还总凝视窗外的运河。结冰的运河失却了秀丽，河边的树木光秃秃的，爷爷在那样的画面上看见了什么呢？

　　盘盘开始求职了。有天投完简历回家，爸爸下班早，妈妈还堵在回家的路上。父女俩就随意聊天。盘盘就说起爷爷总盯着运河冰面看的事情。爸爸就说，该讲给你听了，不过，还是等你妈回来，吃过晚饭，再坐下来讲。

　　又要讲草芥般的生命故事吗？盘盘也没太追究，爸爸为什么仿佛正式发布什么似的，非要在晚饭后茶话时才讲。

　　晚饭吃过了，爸妈和盘盘围坐在茶几边的沙发上，爸爸讲了起来。

　　你爷爷娶媳妇很晚。因为家里穷，过三十了，还是光棍。你的太爷爷，过世得早，你的太奶奶，一直守寡。那时候咱们运河这边的村子，比运河那边的村子，还稍微好些，那边特别穷。这边有大片的菜地，种大白菜，每年晚秋砍下白菜，会留下菜根，砍下的白菜装车运走的时候，会掉下些破烂的菜帮子。就有运河那边村里的妇女，过河这边来，挖走菜根、捡走那白菜帮子，好拿去充饥。过运河若从桥上过，需要绕很远的路，搭摆渡船，要花钱。但是，河那边村子跟河这边村子之间的河床，有一道凸起的石脊，河两边的人，都管它叫野马脊。它四季都没在水面下，秋天能透过水面模模糊糊地看出来。过河的人必须非常小心，才能踩着那道石脊过河来。

那些年，每到这边村子砍完白菜，那边村子就有妇女踩着野马脊，背着荆条筐，来挖菜根、捡菜帮。爷爷家的屋子外头不远，就是一片菜地。有天刮着大风，冻得人不行，居然还有对岸来的一个妇女，跪在那菜地里挖菜根。你太奶奶看见那妇女在寒风中直哆嗦，就让你爷爷出去，把她请进来，先暖和暖和再说。你太奶奶正熬了一锅棒子面菜糊糊，就盛出一碗请她喝。两个妇女就说起话来。敢情那也是个寡妇。临走的时候，你太奶奶就让你爷爷，往那妇女的筐里，装了好些个自己家腌的酸白菜。穷帮穷呀。这么着，两个寡妇就来往上了。你太奶奶还让你爷爷晚上也去挖菜根，给那寡妇存起来，那寡妇踩着野马脊过来，能给她装下大半筐。

就在她们认识的那年冬天，那寡妇有天就跟你太奶奶说，咱们两家都穷，你儿子娶不上媳妇，正好我有个闺女，如今也二十好几了，我就把我闺女，嫁你儿子吧。你太奶奶开头不敢相信，因为穷家的闺女，如果长得好，嫁出去也不难的。那寡妇就说，我不能拿闺女换钱，能嫁个憨厚人，比什么不强？就这么着，你的爷爷，就娶了你奶奶。

盘盘听了，大吃一惊，问："怎么，我的血脉里，有那挖菜根捡白菜帮子的穷寡妇的成分？我该叫她什么？"

妈妈说："这事你爸老早就跟我说过。那是你的太姥姥啊。不过，改革开放以后，中国整体解决了温饱问题，挖白菜根捡白菜帮子充饥的事情，似乎已经成天方夜谭了。所以我们这代人很少跟你们这代人讲这些旧故事。"

爸爸对妈妈说："可是，有个镜头，我一直没忍心跟你讲。现在我要跟你和盘盘讲出来。盘盘爷爷为什么总盯着那冰面看？是因为，那一年，遇上百年不遇的情况，土话叫囫囵冻，就是原来河面还没有上冻，忽然气温骤降到零度以下，咔嚓，河面就封冻住了。那天天亮，有人在河边大喊，人们跑去看，在那野马脊上，冻死了一个妇女，她肯定是踏上野马脊后，忽然遇上囫囵冻，她本能地跪下，再也拔不出身子，整个人就冻成个冰雕了，而她背上，还背着那陪伴她多年的荆条筐。你爷爷奶奶奔到河边，一眼看出，那是你太姥姥，顿时捶胸大哭起来……"

盘盘听到那一刻，仿佛树木的年轮，顿时扩展，原来词典上的悲怆一词，不再缥缈，她的心智成熟期，来临了。

芍药盈筐满市香

难忘那些美好的日子。

杂院里有位大姐在小厨房里操持晚饭，不断地吟唱着当时极为流行的《乡恋》，隔院不知哪家在用四个喇叭的录音机放送着《潜海姑娘》，那电子琴的蛙音随风飘来。我在自己的小屋里收拾东西，心想就要迁往的新楼单元，该不会再一家之音大家皆听、一家烧鱼各家皆闻吧。忽然窗外有人唤我，是住在不远的什刹海湖畔的张叔，忙迎出去。他听说我就要搬离北边杂院，往南边去住单元楼了，特来送行。他手里提了个藤筐，筐里是满满的芍药花。我见了大吃一惊："这不是把您那屋前花池里的花儿，全剪给我了吗？"他笑："可不是！早告诉过你，当年有人去糟害我那池芍药，手拔脚踹，还拿开水泼根！可是也怪，那宿根竟然不死，隔年又冒嫩芽。也不敢让它长起来呀，十来年里，总是悄悄拿土给封上，以为它再也开不出花来了，没想到，这两年它冒出来，也没怎么施肥拾掇，嘿，它就猛开大花！这不，今年又这么灿烂！"我接过满筐芍药，感动得不行："真是的，您把芍药全给了我，难道不心疼吗？"他笑："今年的花剪了，明年开得更旺呀！"又说："咱们爷俩，七八年的交情了，前六年，还不敢大摇大摆地来往，这两年，不才能在什刹海边大说大笑的吗？你搞文学的，你该懂得白居易那诗吧？'离离原上草'，吟的是什么？今儿个我给你个别解吧。离草，说的就是这芍药。我给你送芍药，就是跟你来惜别呀！"我还真觉得新鲜："白居易那诗，吟的不是野草，竟是芍药？"他笑解："可不是！芍药在几千年前，就出现在中华大地上了，有特别栽种的，也有自然野生的，它是宿根植物，可不是'一岁一枯荣'嘛，当然'野火烧不尽，春风吹又生'，而且繁殖起来，势不可当，为什么说'远芳侵古道'？一般野草有什么芳香？只有大片的芍药才会香满古道城郭嘛！那诗怎么收尾的？'又送王孙去，萋萋满别情'，离草嘛，送别的时候引出诗情的植物，就是芍药嘛！"他说的时候，一直望着我的眼睛，最后问："你这一去，还会常回这边来吗？"我别过头，望着那搁在小桌上的满筐芍药，一瞬间，觉得包括那邻里间声音气息的强制性共享，竟也难舍难分。

迁走以后，其实遇上原来邻里的机会还是不少。那一阵社会生活刚开始多样化，热点还是很集中，比如到王府井新华书店去，排队购买恢复出版发行的西方古典文学名著，就会遇到原来胡同里的邻居，他排在前头，很幸运地买到了《欧也妮·葛朗台》，到我买时巴尔扎克的几种傅雷译本都已售罄，但我买到了包括《大卫·科波菲尔》在内的五种书，也非常高兴。跟邻居分手道别，一问，他是要去中国美术馆看展览，特别是要看那幅硕大的油画《父亲》，而我则是看完那巨幅头像才来的新华书店。又一晚，去首都剧场，在前厅与张叔不期而遇，我们都是去观看北京人民艺术剧院复排的话剧《茶馆》的，演员还是原来的阵容，看完我们在剧场外路灯下聊了一阵，都深感"野火烧不尽，春风吹又生"乃人间正道。我说："您那对白居易《赋得古原草送别》的另解，我现在越来越膺服啦。开水泼不死真善美！我现在年年春天要供满屋的芍药花！我现在住的那地方，离丰台很近，丰台又恢复芍药花的种植啦！"

我迁往的那栋楼里，住进若干富于艺术气息的家庭，我跟其中石大爷石大妈一家，有了来往。他们的儿子儿媳妇，跟我大体是同龄人，他们都是京剧演员，恢复传统剧目以后，儿子忙于排演《大闹天宫》，儿媳忙于排演《虹桥赠珠》，我跟他们接触的机会并不多。石大爷寡言，我去串门，主要是跟石大妈聊天。石大妈的祖父富察敦崇，著有《燕京岁时记》，1983 年我第一次去法国，在巴黎塞纳河畔的书摊上，看到过很早就翻译成法文的版本，因为书上有中国原版书影，所以知道是什么书。石大妈深受书香门第熏陶，对北京风俗掌故，随口道来，都令我觉得口齿噙香。说到芍药花，石大妈能背诵出不少相关的竹枝词，比如："燕京五月好风光，芍药盈筐满市香；试解杖头分数朵，宣窑瓶插砚池旁。""天坛游去板车牵，岳庙归来草帽偏；买得丰台红芍药，铜瓶留供小堂前。"她告诉我，以往"四月清和芍药开，千红万紫簇丰台"，更有"万顷平田芍药红"之说。虽然那时候听说丰台正努力恢复花乡的地位，但满北京城还是很难找到花店，更难在春四五月得到芍药。我在出版社当编辑的时候，一位同事黎大姐听我想年年有芍药插瓶，便笑道："我过两年退休，就开个花店，年年春天为你进芍药，你来优惠！"后来她果然开了花店。在能到花店购花、订花以前，每到仲春，我总是骑车去丰台找花农，从他们那里得到可插瓶的芍药，记得有一春返回时遇到潇潇春雨，虽然带了雨披，还是挨了淋，骑回我们那栋楼，先去石大妈家分她一些芍药，她忙递我干毛巾擦拭，又去沏姜糖水给我喝，我发现她家门扇旁挂着个纸剪的人形，她递给我热腾腾的姜糖水，告诉我："那是我刚剪的扫晴娘。挂上她，祈愿别老阴天下雨。"她赞我用藤筐盛芍药是雅人雅事，我就想起《红楼梦》里的史湘云，是用鲛帕裹起许多的花瓣，构成了一个芍药茵，那才真是雅入云端啊！其实，用藤筐盛花，本是什刹海畔的张叔的做派啊！回到自己家，一边用几个质地大小不同的花瓶花钵分插购来的芍药，一边责备自己：怎么就很久没有去看望张叔了呢？

那些年的生活真是"芝麻开花节节高"，各家相继安上了座机电话，虽然没有手机，但是出门带个传呼机，北京人俗称"蛐蛐机"，"蛐蛐"一叫，显示出来电方号码，找部座机回应，也觉得挺有派的。我家是安装座机比较早的，听到自己家里有电话铃声响，不但不烦，还挺得意。那时接到的电话，多是喜讯：工人体育馆的诗歌朗诵会去不去？美国电影《金色池塘》电影票要不要？但是有天接到个令我悲痛的电话，是张叔家属打来的，告知我张叔仙去。我去吊唁，提去满篮的芍药花，放在他的遗照前。我没有哭，因为我知道，他晚年赶上了好日子，本属于他私产的那个小院子，又回归到他家名下，院里那池开水泼不死的芍药花，每年仲春繁花似锦。

后来我又搬了几次家。不管迁往何处，春四五月都会购来大筐芍药，分插在瓶钵之中，摆放在客厅茶几上、书房电脑旁、床头柜一侧、飘窗正中……当年的芍药开放后，会逐渐变成形态优美的干花，依然会氤氲出香气，有的冬日来访者，对芍药干花也发出赞美。今年初春，我照例向花店预订了一百枝芍药，进入仲春，花店按约将芍药送来，分插摆放那些芍药，用去我半天的时间，我忆念告诉我芍药别名叫离草的张叔，还有也已仙去的剪出扫晴娘的石大妈……我想起许多美好的人美好的事，现在盛绽的芍药在电脑旁，以它的芳香鼓励我在键盘上敲出这篇文章。

手捻陀螺

那家人住着好大一幢别墅，女主人为了某种考虑，要把女儿的钢琴从一楼挪到三楼去。搬家公司都有挪钢琴的业务，但是女主人早就知道，有"要想平安换琴房，必得请来钢琴梁"一说，钢琴梁并非艺名梁梁或某位钢琴演奏家，他是个搬运工，起先受雇于一家搬家公司，他五短身材，膀大腰圆，络腮胡子，超厚嘴唇，堪称大力士，总是负责搬运体积最大、分量最沉的东西，遇到钢琴，总是以他为主，带着另外三四位师傅一起搬运，从未有过闪失。后来音乐学院大搬迁，需要把几百架钢琴从旧琴房挪到新琴房，他带队把任务完成得极为出色，名声大噪，就脱离那家搬运公司，自己注册了一家专门挪移钢琴的小公司。如今城里跨入小康的家庭，多有为独生子女置备钢琴的，富豪家庭更在别墅中摆设三角大钢琴，因此，钢琴梁的生意相当不错，当然，如果不是钢琴，凡特殊的重物，他那个小公司都承揽手工搬运。

那家太太打通了钢琴梁电话，说当年钢琴进家，就是请他搬运的，第二天调琴师来调琴，说凡钢琴梁搬运的钢琴，不仅没有纹丝磕碰痕迹，而且调起来一定不会遇到异常情况，说明梁师傅不是仅仅靠力气，更多是用脑子，因地制宜地进行挪移，是把钢琴也当作一个生命来呵护的……钢琴梁还能回忆起那次搬运的情况，问明别墅楼梯的结构尺寸，同意接这个活儿，却提出一个附加条件，就是他儿子这几天放假，媳妇在超市上班，怕他也走了，孩子在租借房那边乱跑，因此，他带三个师傅来的同时，还想捎上他的儿子梁勇，希望能给他儿子提供一个做作业的地方。那家太太问他儿子多大，原来，跟她宝贝女儿一般大，都上小学五年级，就爽快地同意了："就带他来吧，他们俩还能一起学习，挺好的。"

那天钢琴梁带着三位师傅来了，那家太太忘了那孩子的名字，就笑称他钢琴小梁，又唤过女儿薇薇，安排钢琴小梁和薇薇在一楼大客厅落地窗旁的麻将桌那里写作业。

那边太太给钢琴梁提要求，钢琴梁拿出卷尺，量楼梯的尺寸，拐弯的地方，量了好几次，精确到微米，量完直噱牙花子，甚至提出："您干吗非挪楼上去呢？"富太太也不解释，只表示她会多给劳务费。

这边钢琴小梁和薇薇坐在麻将桌边，各自摊开自己的课本和作业本，钢琴小梁认真地做算术题，薇薇却尖着耳朵听那边的动静，生怕她妈妈改主意，冲那边大声嚷："就搬楼上！就要搬嘛！"她想的是，这一搬，还得请调琴师再调音，也还要再调整从音乐学院特聘的钢琴老师来家教的时间，她可以松快好几天了，哎呀，夜里做梦该不再有那些钢琴谱上的"蝌蚪"乱蹦乱跳变成癞蛤蟆的怕人情景了！

薇薇问钢琴小梁上的哪个学校？小梁道出那借读学校的名字，薇薇撇嘴："连区重点都不是呢！"就告诉小梁自己上的是什么名牌学校，虽然在市中心离家很远，但每天有雇的司机接送，那车可是宾利啊，听说过吗？小梁不懂什么是宾利，但是也很自豪，他指指窗外："我爸新买的！"那是一辆国产小面包。薇薇笑了："那也算是车？"做完三道题，小梁说："我要玩玩了。"薇薇说："好呀！我们地下室有游泳池，你想游吗？"小梁说："爸爸定的规矩，我做完三道题，可以轻松三分钟。"就从衣兜里掏出个木头削的手捻陀螺，在那麻将桌上玩了起来，薇薇也玩，却不能让陀螺久转，就愤愤地问："你会弹钢琴吗？"小梁摇头，薇薇用手指划脸皮："还钢琴小梁呢！叫你琴盲小梁还差不离！"这时候就听楼梯那边有钢琴梁号令另外三位师傅的声音，小梁就说："你家这台琴是奥地利生产的蓓森朵夫吧？比德国产的斯坦威还贵还重。"薇薇双手一拍："哇噻，你懂钢琴啊！"

那天那个时候，薇薇的爷爷先坐在客厅沙发上打瞌睡，后来醒了，招呼薇薇："宝贝儿，小天使，我的报纸呢？"薇薇很不耐烦："不就在茶几上吗？"小梁就过去，从茶几上拿起报纸，双手递过去："爷爷，您看报。"薇薇爷爷接过去，惊讶地望着他，问："你是哪家的孩子？"薇薇就大声说："他是钢琴小梁！"又问小梁："你看他像不像只老了的喜羊羊？"小梁不言语，心想：我爸教我的，对长辈要尊敬。薇薇又告诉他："爷爷平时不住在这儿。他自己也有大单元。他要过生日了，多少岁呀？不告诉你，你自己猜。"小梁问："爷爷过生日，你送他什么礼物呀？"薇薇说："我画张画儿送他，他准特别高兴。"小梁说："我爸下月过生日。我要买个钥匙链送他。现在保密呢。"薇薇说："买什么呀！我有好多钥匙链，外国的，我去拿一堆来，你随便挑。"小梁说："我自己买。"薇薇问："你哪儿来的钱？"小梁说："我捡饮料瓶卖废品，攒了十来块了。我要买个他最喜欢的。我知道他最喜欢什么样的。"后来他们又写作业，又玩陀螺。

　　钢琴挪窝成功了。那家太太付了钱，一边往外送钢琴梁一边就给调琴师打电话。那辆小面包车开走了，那家太太发现薇薇手里捏着个东西，忙问："那是什么脏东西？扔了洗手去！"那是钢琴小梁送给她的，钢琴梁亲手雕出来的陀螺。薇薇把紧握陀螺的手藏到身后，宣布："我要跟钢琴小梁做朋友。我会邀请他再来跟我一起做作业！"那家太太两条眉毛快飞出脑门了，张开嘴巴半天合不拢。

神圣的沉静

还记得童年在重庆的一些事。我家住在南岸狮子山，从那里可以到一座更高的真武山去游览。真武山上有段路非常险，靠里是陡峭的山岩，靠外是极深的悬崖。那天玩得很开心。返回时，我故意贴在悬崖边上走，还蹦蹦跳跳的，甚至以颠连步跃进。七岁的我还不懂生命的珍贵。那样做，有存心让母亲看见着急的动机。那悬崖下面的谷地，荒草里凸现着一块怪石，那石头自然生成盘蛇的状态，当中的一块耸起活像蛇颈和蛇头。传说结了婚的男女，从悬崖上往下掷石头，如果掷中了那条石蛇的身子，就能生个儿子。混混沌沌的我，自以为也懂得成年人的事情，听大人们有那样的议论，想起自己也同邻居女孩子玩过扮新郎新娘的游戏，竟然也拾起石块朝悬崖下奋力掷去，把握不好投掷的重心，身体的姿势从旁看去就更惊心动魄了。

还记得那天母亲的身影面容。她紧靠着路段里侧的峭壁，慢慢地走动。

她一定后悔转到那段路以前没能牢牢牵着我的手，把我控制在她身边，她自己往前挪步，眼睛却一直盯在我身上。我顽皮地蹦跳投掷，不住地朝她嬉笑，怄她，气她，悬崖边缘就在我那活泼生命的几寸之外。事后，特别是长大成人后，回想起母亲在那段时刻的神态，非常惊异，因为按一般的心理逻辑与行为逻辑，母亲应该是惶急地朝我呼喊，甚至走过来把我拉到路段里侧，但她却是一派沉静，没有呼喊，更没有吼叫，也没有要迈步上前干预我的征兆，她就只是抿着嘴唇，沉静地望着我，跟我相对平行地朝前移动。

　　那段险路终于走完，转过一道弯，路两边都是长满茅草和灌木的崖壁了，母亲才过来拉住我的手，依然无言，我只是感受到她那肥厚的手掌满溢着凉湿的汗水。

　　直到中年，有一天不知怎么地提及这桩往事，我问母亲那天为什么竟那样的沉静。她才告诉我：第一层，那种情况下必须沉静，因为如果慌张地呼叫斥责，会让我紧张起来，搞不好就造成失足；第二层，她注意到我是明白脚边有悬崖面临危险的，是故意气她，尽管我不懂将生命悬于一线是多么荒唐，但那时的状态是有着一定的自我防患意识与能力的，一个生命一生会面临很多次危险，也往往会有故意临近危险也就是冒险行动，她那时觉得让我享受一下冒险的乐趣也未尝不可。我很惊讶，母亲那时能有第二层次的深刻想法。

　　母亲去世快二十年了，她遗留给我的精神遗产非常丰厚，而每遇大险或大喜时的格外沉静，是其中最宝贵的一宗。我写第一个长篇小说《钟鼓楼》时，母亲就住在我那小小的书房里，我伏桌在稿纸上书写，母亲就在我背后，静静地倚在床上读别人的作品。我有时会转过身兴奋地告诉她，我写到某一段时自我感觉优秀，还会念一段给她听，她听了，竟不评论，没有鼓励的话，只是沉静地微笑，后来《钟鼓楼》得了茅盾文学奖，那时母亲已到成都哥哥家住，我写信向他们报喜，母亲也很快单独给我回了信，但那信里竟然只字未提我获奖的事，没什么祝贺词，但语气沉静地嘱咐了我几件家务事，都是我在所谓事业有成而得意忘形时最容易忽略的。

2000年第三次去巴黎，又去罗浮宫看达·芬奇的《蒙娜丽莎》，在众多的观赏者中，我忽然产生了一个非常私密的感受，那就是蒙娜丽莎脸上的表情并不一定要概括为微笑，那其实是神圣的沉静，在具有张力与定力的静默里，默默承载人生的跌宕起伏、悲欢聚散、惊险惊喜。那时母亲已仙去多年，我凝视着蒙娜丽莎，觉得母亲的面容叠印在上面，继续昭示着我：无论人生遭遇到什么，不管是预料之中还是情理之外，沉静永远是必备的心理宝藏。

免费午餐

　　父亲在世时，曾向我讲述过他年轻时所获得过的一次免费午餐。那时父亲才十七八岁，一个人在社会上闯荡，本想投考名牌大学，无奈身无分文，只好向祖父的一位老友求助，此人在当时社会上已享有很大的名气，经济状况极佳，并且从小看着他长大。同年夏天，父亲考上了协和医学院，这令他万分兴奋，而筹措学费成了当务之急。

　　那位名人见了父亲，不待父亲发话，便感慨万千地说我祖父这人性格真够特别，竟可抛下家小一个人远走高飞！又说我后祖母实在不像话，祖父寄回的钱居然一个字儿也不给我父亲，书香门第的后裔沦落成了流浪青年！

　　父亲听了非常感动，过了一会儿，有电话打进来，名人便和蔼可亲地对父亲说："中午有个饭局，无妨一同去，席间可以继续聊。"父亲就跟着那位名人，乘坐当时仍颇时髦的弹簧马车到了前门外的撷英番菜馆，这是当时显贵名流们才有财力与雅兴去消费的一家最著名的西餐馆。

那天在席间出现的，几乎都是后来进入历史的人物，有的是社会活动家，有的是艺术家，有的是学者、教授。刚进入餐厅时父亲惶恐不安，非常自卑。但那位名人牵着他的手引他入席，并向大家介绍说他是祖父的公子，显然祖父在众人心目中也是有相当分量的，父亲发现席间的名流们对他都很友善，于是也就慢慢放松下来。

父亲没有详细地向我讲述这顿免费午餐的结局，但有一点是交代得很清楚的：他没能从那位名流伯伯那里得到另外的帮助。

我问父亲："您饭都吃了，为什么不能要求他借给您钱呢？"

父亲说："他们一直聊得很欢，我简直没有办法插进话去。"

我再问："吃完饭，您可以单独向他提呀！"

父亲说："饭局一散，我发现他们都忙极了，各人都有自己的'下一站'……我实际上也没有办法找到一个单独的机会……人们都纷纷礼貌地，甚至可以说是带有爱怜之情地跟我握手告别……"

我还问："那么，您可以再到他家里找他呀！"

父亲说："也曾有过那样的念头，不过，没有去……"

我说："是因为觉得他太虚伪了吧？"

父亲正色道："不！怎么能怪人家虚伪呢？那顿午餐，人家让我一起去，是出于真心真意的！"

我说："可是，他到头来没有借给您钱呀！"

父亲说："我讲这件事给你听，要你悟出来的是，别人本来就不该你不欠你的！在你一生中，你应该尽量去帮助别人，可是却一定不要有依赖别人的想法！别人可能会向你提供一顿免费午餐，但你自己一生的餐饭事业，还是需要你自己去挣出来！"

心灵百叶窗

　　你的心灵小木屋，有没有与外界沟通的窗口，那扇心灵之窗，你安装百叶帘了吗？

　　常常，你为那从窗口满泻而入的金光满心欢喜，无比自豪。是的，人生怎能没有光明，心灵怎能任其幽暗？心灵小木屋必得有大千世界的光和热涌入，才会有生机，有生趣，才能酿出灵感，产生出创造的冲动。所谓幸福欢乐，与心灵门窗的敞开程度，一般来说是成正比的。

　　但是，在生命历程的某些时段，外界所射入的光未必都是纯净的阳光。你取得了某些成绩，获得了某些收益，于是，捧场的光、阿谀的光、嫉妒的光、怀疑的光，都可能灼热刺目地破窗涌入。这或许令你兴奋莫名，忘记了自己的实际斤两；或许令你顿生烦恼，不能冷静自持。这时，如果你的心灵之窗安装了操纵自如的百叶帘，那么，你就可以灵活调整那叶片的开合程度，使那些光线恰到好处地透射进来——你需要适度的鼓励之光，以滋润你那在奋进中也许有些疲惫的心灵；你也应该适度地容纳批评挑剔之光，以使自己清醒地认识到自己的不足，甚至还可以有更深层次的领悟——即使你的作为已接近至善至美，但他人仍会严酷地审视你哪怕是一丝的不妥、一毫的疏忽。你要习惯这种人类的心灵碰撞现象——其实，你作为别人的一个"他人"，那审视称量的眼光又何尝不苛刻？

在生命的某些时刻，不仅要卷起百叶帘，而且应洞开窗扉，让外界的阳光、气流挟带着人间的复杂滋味，任其涌入，这往往会给我们带来生命中最直接的快感。但是，在生命的更多时段，还是以心灵之窗的百叶帘，把内心的光线与氛围调节在对自己最佳的状态吧。如果外界泻入的光线太强，就把百叶合拢一些，保持一派安谧平静；如果外界一时阴雨绵绵，就点燃你的心灯，把你的心灵小木屋照得和平时一样明亮。

你那心灵小木屋的窗户还没有安装百叶帘吗？莫迟疑，快动手，赶紧把它装上！

高处的药匣

他头一次把女朋友带回家，那姑娘很乖巧，到厨房去帮未来的婆婆烧菜，他和父亲坐在厅里看电视转播的球赛。忽听厨房里传出哎哟一声，女朋友不慎烫伤了手指。他母亲心疼得握住那手指头不住地吹气，又大声呼叫他父亲："快拿獾油来！"他父亲便赶忙去书房。书房有一排书柜，靠门的那架最高一格只摆了半边书，剩下的空间放着一只藤编匣子，那是他家的药匣。

父亲身材高瘦，伸臂熟练地取下了药匣，他接过，麻利地取出獾油，送过去，母亲赶紧给未来儿媳妇的手指抹獾油。他女朋友咯咯笑着说："难得的体验啊！都说獾油治烫伤特灵，总不信，现在这么一抹，果然药到痛除，是什么原理啊？"母亲埋怨父亲："药匣子总搁那么高，多少年了，就不能改改你这个陋俗！我早说过獾油应该就放在厨房，谁会弄错了？我能拿獾油煎锅贴给你们吃吗?!"

女朋友跟他独处时，询问他爸爸那"陋俗"是怎么形成的，他坦白：他小的时候，不知道怎么搞的，嘴馋得惊人，见着跟糖果、豆子差不多的东西，抓起来就往嘴里送。有次竟把母亲刚买回来的红色圆衣扣也搁嘴里了，父亲看见赶紧设法给掏了出来。从此以后，除了跟他讲道理"不是什么东西都能搁嘴里吃的"，还特别注意，不让会被误认为是糖果的东西再搁在他够得着的地方，尤其是药品。他从四岁起，就记得他家的药匣搁在书柜高处，他就是搭着椅子，伸长胳膊，也够不着。女朋友听了笑道："你小时候怎么那么弱智啊！怪不得，是你的'陋习'，才引出了你家的'陋俗'。"他点头："也许，正是因为小时候弱智，所以现在我才有那么多的创意！"

有情人终成眷属，女朋友成了妻子，她跟公婆熟了，他也跟岳父母熟了。比较起来，他的父亲，算是一个"闷人"。他坦言，上中学的时候，最怕的作文题目就是"我的父亲"。但是直到上了大学，他才渐渐懂得，父亲对他的爱尽在不言中。父亲总怕他错拿药品当零食，因而把家里的药匣一直放到高处，甚至他已经长大成人，也还习惯性地那样摆放。母亲和他身体都不错，很少用药，因此虽然取药时偶有怨言，却也始终没有将家用药匣改换地方摆放。那高处的药匣，已经成为他家伦常之爱的一个特征，住房几次重新装修，书柜也更新几次，靠门的书柜最高一格，总还摆着那只藤匣。

中学的语文教师也曾在他写作文为难时启发他："你父亲虽然寡言，总还会有几句暖你心的话语，你要仔细回想，想起来，写出来，你的作文一定不错。"他也曾努力地回想，实在想不出，只好硬编胡诌几句，老师一看就知道是假的，给他的评分怎么高得了？但是，现在他很后悔，想不出话语来，难道就想不出那默默的动作吗？他记得，父亲把那藤匣取下来，戴上老花眼镜，耐心地整理里面的药品——凡已经过期或快过期的，一律淘汰；那些说明书，买来时看过，却还要一一温习；还会在一只干净盘子里，将有的药片用小刀（那小刀先用医用酒精消过毒）剖分为两份或四份，再装进同一药品的空瓶里，并在瓶体上贴上一块橡皮膏，又在橡皮膏上写上他的小名。原来，根据说明书上的提示，儿童用药量要减半或再减半，这种做法到他十三岁以后才终止。

儿童时代，他起初是见了觉得是糖果的东西就盲目地往嘴里放；后来这毛病改掉了，却又有了另一种毛病，就是无论父母还是亲戚朋友送来的礼物，凡能拆卸的，他玩了几次以后，一定会偷偷拿到储藏室里，用改锥等工具拆开，以满足那"它怎么会动呢"的好奇心。常常是拆开了也还是不明白，而且再也装不回去。但也有时候居然弄明白是发条或小电磁子在"作怪"，而且顺利地复原，那就玩得特别开心。长大以后，母亲告诉他，每当他拿着玩具藏起来拆卸时，父亲都跟母亲说："别惊动他，只当我们不知道。"但是储藏室的那个工具匣里，原来还有锯条、尖锥，父亲怕他使用不当伤了手，都早就取出来藏到了别处。

父爱无声。如今他和妻子回家看望，发现父亲明显衰老了。父亲血压不稳定，需要经常服用相关药品，母亲为了他取用方便，就把藤匣里的两种药搁在长沙发前的茶几上。那天父亲倚在沙发上养神，见他和妻子来了，和蔼地点头，嘱咐老伴："还把这药瓶放藤匣里，需要的时候再取出来。"母亲问："为什么？"他下巴朝儿媳妇隆起的肚子那里点点，于是母亲和小两口都明白了，第三代很快来临，要当爷爷的他，仍牢记着许多药品说明书上那句免不了的话："请将本品放在儿童不能接触的地方。"

悲喜交集

　　古希腊剧场有种石雕，是两张并列的人脸：一张眉尖嘴角上翘呈现着欢喜，一张眉尖嘴角下弯表示悲痛。那时的人类就懂得，人生多变，结局不同，所以反映人生的戏剧要分为喜剧和悲剧。后来，希腊石雕演化为戏剧的图腾，就是一喜一悲两张脸。

　　就个人而言，欢乐固然应该成为生活的主流，但是，悲痛也并非都是多余的情绪。只知欢乐而没有悲痛的人生，未必是灿烂的人生。能够悲痛，并将悲痛控制在适当的程度，在悲情的宣泄中达到心理平衡，痛定思痛，化悲痛为力量，从而感悟出能够避免失败的良策，重新踏上人生的旅途，则是睿智、有福之人。

　　该大笑就大笑，该痛哭就痛哭，才是完美的人生。弘一法师圆寂时，留下"悲欣交集"四个字，那是最高的精神境界，我们几时修得到此?!

谁在喊

十九年前，我在美国参加了若翠的婚礼，婚礼是在她夫君的牧场举行的。

十六年前，我在北京接到若翠的电话，她说她跟夫君下榻在王府饭店，没时间跟我见面了。她问我可好，我简单说了说自己的状况，顺便问起当年跟她一起去美国的几个熟人，她说："唉，那几位呀，还只是在华人圈子里混。"她说她现在几乎不跟华人接触，交往的都是跟她夫君相关的白人。我问她："你们有孩子了吗？"她说，孩子明年出生，他们会让孩子受最好的教育，健康成长。

九年前，我第二次去美国，妻子晓歌跟我一起去的，若翠在牧场接待了我们三天。她夫君去欧洲了，就她和她的女儿翠茜在家。翠茜那时已经七岁，上小学了，每天她开车接送。那孩子相当傲气，对我们爱搭不理的。若翠说："翠茜能说简单的中国话，她爸爸一再强调，孩子今后还是掌握双语为好。"但无论若翠怎么动员翠茜跟我们说中国话，翠茜就连"你好"两个字也不说，总在叽里咕噜地跟她妈妈说英语。

　　三年前，若翠来北京料理她父亲的丧事，我们在家里招待了她一次。我们劝她节哀，至于她夫君和女儿为什么没一起来奔丧，我们没问，她倒主动说了出来。她夫君正所谓"商人重利轻别离"，原来他不仅有从祖上继承来的很大的牧场，还涉足多种商业投资，总在飞来飞去地忙他的生意。翠茜嘛，她叹了口气，说已经进入了叛逆期。有一天，她独自在家，忽然来了快递，是翠茜从网上订购的一件T恤衫。她打开一看，大惊失色！那T恤衫上印着英文："我要杀死母亲！"我和晓歌听了大惑不解。若翠说美国法律没有明文规定卖那样的"文化衫"非法，人家就可以在网上兜售，购买者可以选择内心想杀死的任何一个人的名字来要求印制。我们就奇怪："你对女儿那么好，她心里怎么会那么痛恨你呢？"若翠忍不住落下眼泪，她说，那是因为，有一个问题她永远无法为翠茜解决——翠茜一直上的是高尚社区的学校，那里的学生里没有亚裔孩子，绝大多数是白人孩子，还有些黑人孩子。开始，翠茜觉得自己跟别的孩子没什么不同，但渐渐，她就从别人眼睛里发现，她的皮肤、眼睛、鼻子……跟那些美国孩子差距越来越大。而这些特征，都不是来自父亲，而是来自母亲！为此，她无论如何不能原谅母亲……

　　2006年我去美国，若翠来听我讲《红楼梦》。后来，我们在曼哈顿一家咖啡馆聚谈，她先到，谈了一阵后，她夫君也来了。她夫君粗通中文，希望我能帮助他们的翠茜"认识中国"。她把那意思跟我更具体地展开，说她原来那种"既然到了美国，就要彻底进入白人圈"的想法大错，对她自己造成的损失且不论，对翠茜那是毁灭性的选择。翠茜现在的心理危机，实质上是一个身份认同问题。现在她决心促成翠茜利用假期到中国留学，学中文，了解中国，从血缘上、文化上认同中国。她说翠茜的学校前些天举行了一场"喊叫大赛"，参赛的学生要当众高喊出自己憋在心里的一句话。翠茜参赛那天他们两口子都去了，事前他们也不知道女儿究竟会喊出什么。翠茜那天拼足全身力气喊出的一句话是："我是美国女孩！"

回北京的那天，在纽瓦克机场，我惊讶地发现，若翠和她的夫君，还有一位亭亭玉立的姑娘，一起来给我送行，那姑娘当然是翠茜。若翠告诉我，翠茜在"喊叫大赛"中得了冠军。赛后不少同学找她谈心，说这才知道她心里有那样的压抑感，也才知道他们有意无意中伤害过她，表示从今往后大家要更多地沟通。可是，翠茜却拒绝领取奖杯。她自己用瘪脚的中文对我说："现在，我问我，那是，谁在喊？那个人，是谁？"她没表达尽的意思，我已经了然。

携鸡童子

　　我知道一位农村少年，他们中学的一个歌舞节目被所在地区的电视台相中，作为领唱兼领舞，他本是可以在当地电视台正月初五的一台贺岁节目里露脸的，可是他却毅然放弃了那难得的机会，他的理由，是那天他必须充当携鸡童子。

　　从市里请来负责加工排练的导演对他说："你放弃的不是一次电视晚会，你可能就此错过一生的转机。"他的班主任老师觉得无法以语言表达遗憾，就长长地叹息了一声。

　　十六岁的少年却坚定地选择了携鸡童子的角色。他们那地区农村婚嫁的习俗尽管早已融进了诸多现代化的因素，但携鸡童子的设置，毫不夸张地说，已经有上千年的承传。就是在男方到女方家里迎亲的队伍里，一定要有一个携鸡童子。这童子要携带一只硕大古老的木制鸡笼——目前村里只有一家还藏有祖传的这种大鸡笼，最上面既是吊钩又是提手的部件包着铜皮，每家娶媳妇，都会借用——装进一只五彩大公鸡，随浩荡的迎亲队伍——如今是乘坐一队大红色的小轿车——来到新娘家，新娘家的嫂子、弟妹、妹子等，会拿来一只肥硕的母鸡，装进那鸡笼里，在打开笼栅接收母鸡的当口，携鸡童子和新娘家的人都会十分紧张，因为他们有着决然相反的任务，在新娘家的那方来说，他们应该趁那机会拔下公鸡的毛来，最好拔掉三根，然后拿去给尚未走出闺房的新娘，给她塞到鞋垫下，让她踩。那是有讲头的："一打公，二打婆，三打女婿，好祥和！"意思是作为新媳妇进了门，她不但不会受欺负，还能把公婆丈夫制服，当然，目的还是为了全家的日子祥和，但这祥和需以她为主心骨。这村俗真是很有意思，颇有"女权主义"的色彩。那么作为携鸡童子呢，他在开笼栅接受母鸡时，则一方面要脸挂笑容一团和气，一方面则要以身体的巧妙挪动遮挡，来防止对方拔去公鸡的鸡毛。据说这风俗延续到今天，女方的人只是虚张声势，并不一定真拔毛，携鸡童子也只当是一场游戏，故意遮来挡去，双方笑作一团。公鸡母鸡会合关上笼栅后，女方就不能再伸手去拔毛了，携鸡童子即使护卫成功，任务还只完成了一半，另一半任务，是要趁女方不备，偷走女方家一对茶盅或饭碗，将其双双再搁进鸡笼中。笼中的公鸡母鸡自然是象征男婚女嫁，一对盅碗则象征着永远富足。其实携鸡童子只是装作"偷"，女方早备妥上好的盅碗装作"看守粗心"，携鸡童子会倒掉盅碗里的红糖水，"趁其不备"将其摞起来放进鸡笼。然后，携鸡童子会随着迎亲的队伍返回男方家里，当然，那队伍里会增添新娘及新娘家送亲的眷属。

有人会认为携鸡童子在婚礼中的行为好笑吗？会认为充当生活里的携鸡童子这么个角色，大大地不如在当地电视贺岁黄金档里露脸吗？

我知道，就有那么一位农村少年，他堂哥虎年正月初五娶媳妇，他自愿放弃上当地电视台春晚，甘愿为堂哥去充当携鸡童子。按当地习俗，携鸡童子的第一人选是新郎的未成年的亲弟弟，如无亲弟则请堂弟代劳。他堂兄无亲弟，也无其他堂弟，他到虎年才足十六岁，家族和他自己都认为他责无旁贷。

　　可是现在离虎年春节还早。他们的那个很有地区特色的歌舞节目仍在不断加工中。替代他的演员虽然已经选好，也很努力地在排练，市里来的导演还是觉得他应该选择上电视，不理解那农村婚俗里的携鸡童子的角色为什么会深深地吸引着这个有着文艺才能的少年。班主任问导演，能不能跟电视台说说，反正每个节目都有先期录像备用，他们学校选上的这个歌舞节目，就让这个学生参与录像，到虎年正月初五那天把这节目的录像镶嵌进去，那天他去当他的携鸡童子，亲友和他自己当晚还能从电视上看到，岂不皆大欢喜？导演就说："那哪儿能行！"

　　十六岁的农村少年，为即将充当携鸡童子向往不已。问他为什么？他说："说不出来。反正以后我娶媳妇，也不能少了携鸡童子。"

照镜子的保安

　　在小区中心花园溜达，他跟几个脸熟的业主聊天，说起保安，都叹气说真是一茬不如一茬，一蟹不如一蟹。记得刚入住那年的头批保安，多数都形体面貌顺眼，有次某号楼电梯突然故障停运，保安们就帮住高层的往上提购来的物品，有的还背着老太太爬上十多层，令业主们感动不已。可是到如今，保安似乎只剩下一种功能，就是看守小区内的车位。楼盘初开时，开发商和入住者都颇自豪，这小区的地下停车场和地面车位，是按五户三车的比例配置的，没想到现在已经逼近一户一车，故尔任何未包车位没有车证的车子进入，保安都要登记车牌，发放卡片，叮嘱绝不可占有车位，须尽快离去，这样的车子放入后，进口处的保安立即用对讲机告知车子将去的那栋楼的保安，那里的保安就会迎上去警告不能长久停在楼门前，而出口处的保安，就会被通知到又有外来车辆车号是什么，提醒他们注意离去时收回卡片……小区里的车位纠纷层出不穷，保安为此疲于奔命。

他平时鳏居小区某栋一层某单元，节假日女儿女婿会带着外孙子来探望，晚辈来时自驾一辆小车，就停在他那单元卧室窗外，那里没划车位，勉强可挤停在丁香树下，按说也不至于妨碍内部车道的畅通，多次如此也没生发出问题，谁知一个周六老少三辈正在享受天伦之乐，门铃大响，开门看是保安，说是他们那车不能停在那里，他女婿不高兴了，女儿也趋前抗议，他气不打一处来，责问："我交的物业费，就是为了养你们这样的白眼狼吗？"当然后来弄明白，是有辆运家具的厢式大货车，要通过他窗外的那条通道，而女儿女婿的那辆小车的屁股，确实碍了事。事情化解后，他还耿耿于怀，因此在中心花园听一位徐娘说，"如今呀，千万别把保姆当闺密，把保安当保镖！千万别让送快递的进门槛，别接陌生号码打来的电话"，深以为然，颔首不止。

他本来从未正眼看过那些保安。那天他从超市购物回来，忽见进口处的保安竟然在那里照镜子！原来，小区进口处安装的是一种很堂皇的伸缩栅栏门，那栅栏门起始部分仿佛一个不锈钢的柱形柜子，两边的最上面，不知道为什么都镶着一面正方形的镜子。伸缩栅栏门早缩在一边停用了，继之是用一个遥控的起落臂，最近那起落臂坏了，就用一个用绳子拉动的带轱辘的铁皮箱，裹上黑黄条纹的外皮，替代那起落臂的拦车、放行功能。当时正好无车过来，那保安就站到那栅栏上的小镜子前，自我欣赏起来，甚至脱下大盖帽，用手来回捋头发，似乎在追求某种造型效果。待那保安照完镜子转身，他一瞥，认出正是那天来按门铃让挪车的"白眼狼"，不免分外鄙夷。

那晚在中心花园又跟一些业主聊天。他就把保安照镜子的情形拿来挪揄一番。个头不足一米六五，小眼睛尖猴腮，居然也臭美！一位老哥就说，楼盘刚入住那年，到这里当保安还是个不错的职业，是签约的，所以来应聘的不乏部队复原的帅哥。如今都是由保安公司提供保安，全是试用，基本上不给转正，工资低于餐馆的洗碗工，还总是拖欠工资，所以只能招来一米六五以下的，要么半老头儿，要么才十七八岁，全是穷乡僻壤来的……一位徐娘就感叹：这些小伙子也够苦的，两个人轮班，一班十二个小时，每天伙食费才八块钱！真该给他们合同保障啊！那位老哥就说，雇人的不讲信用，被雇的就懂守信吗？这不，拖来拖去，总算节前发了工资，钱一到手，当天就有七个不辞而别，也不管这里的人手接不接得上，按说过节更应该加强保安，如今啊，咱们"老头拉胡琴——吱咕吱（自顾自）"吧！他就说，那照镜子的保安，三十郎当岁了吧，倒没跑，想来是凭他那条件，跑别处也未准被录用。那徐娘就说，昨天见他下了班不抓紧休息，往东边网吧跑，如今这样的青年人，全爱到虚拟世界里头去逍遥。那老哥则揭露，据他们那楼看门的保安说，那小子是想到网上找个姑娘，假装他的对象，带回老家去让父母开心，为了这么个目的，那小子愿意把攒下的三千块钱全给那假对象呢！他就想，照什么镜子啊，外貌长成那样的！

那夜，他被一种声音从睡梦中惊醒。耸耳细听，是窗外有人用哭音说话。他下床披上衣服，走到窗边朝外望，丁香树枝叶筛下的路灯光里，依稀辨认出是那照镜子的保安在打手机。那小伙子错误地以为他那窗外的死角是个可以避开别人偷听的地方。只听那小伙子断续地哭着对接听者说："我不孝！……我全是撒谎……我传不了后！……我不孝！……我没法子孝！……"他的原本冷硬的心仿佛被无形的手掌一捏，迅即柔软下来，他退回床边坐下，深深地自责：凭什么自己对另一个生命照镜子那么鄙夷？……

雾锁南岸

随着记忆回到童年，我的空间比例感立即变更，我的视平线离地面不足一米，跟我个头平齐的是家里那几只大鹅，我混在它们里面一起朝花台那边摇摇摆摆而去，它们欢快地叫着，我觉得听明白了它们的话语，是在鼓励我朝前走，不要怕会从花台里爬出来的菜花蛇。

那时候只有大人将我抱起，我才会注意到大人的面容，当我自己在地面上跑来跑去时，我觉得亲切的面容主要是那几只大鹅。我觉得自己跟它们没多大区别，它们似乎也把我视为同类。

"刘幺！莫让鹅啄了你！"一个大人走近我身旁，记忆里没有她的面容，只有她的大手，很粗糙，很有力，握住了我的胳臂，将我拉往她的怀抱，几只鹅兄鹅弟抱怨地扇着翅膀，摇晃着让到一边。

抱起我来的，是我家的保姆彭娘。我在她怀里挣扎着："鹅才不啄我哩！我要跟它们耍嘛！"彭娘道："是有点怪吔，这些鹅啄这个啄那个，就是不啄幺娃！不过谨慎点为好啊！"说着彭娘就把我抱进灶房去了，她把我放到小竹凳上，哄我说："幺娃儿乖，帮我剥豌豆，我摆个龙门阵给你听……"

所忆起的这些，都在重庆南岸，那时我家的居所。

那是 1946 年到 1950 年，我四岁到八岁期间。我家那时所住的，是重庆海关的宿舍。那栋房子，是两层楼，下面一层，住的是另一家，那家的院门，在下面的一个平面上。我家的院门呢，则在山坡的另一平面上。院门由木头和竹子构成，进了院门，是个小院子，这小院子的右手边，是个几米高的坡壁，坡上有路，从那路上往下跳，按说就能跳进我家，但我家在那坡壁下面，布置了一个花台，花台上种的蔷薇，长成一米高的乱藤，一年里有三季盛开着艳红的蔷薇花，那些粗壮的藤茎上，布满密密的尖刺，令任何一位打算从坡壁上跳下的人都望而生畏。就这样，我家右边形成了自然的壁垒。左边呢，我家这个院子的平面，与下面那个平面，又形成了一个落差更大的坡壁，于是安装了篱笆。那栋两层的小楼，下面一层与我们上面一层原来有楼梯相通，因为分给两家，堵死了。那楼耸起在我的这个小院前面，二层正与小院的平面取齐，但楼体并不挨着坡壁，楼体与坡壁之间，是一道深沟，雨后会有溪流冲过，平时也有深浅不一的沟水滞留。那么，我们家的人怎么进入自己的住房呢？那就需要通过一座木桥，桥这头在我家小院，桥那头伸进楼上的一扇门，穿过桥，进入楼里，则是一个比较大的空间，充作饭堂，饭堂前面有门，门外则是一个不小的阳台，从阳台上可以望见长江和嘉陵江的汇合处，山城重庆的剪影历历在目。从饭堂往右，有条走廊，走廊里面有三间屋子，有间是摆着沙发的客厅，有间是父亲的书房，尽里面最大的一间，则是卧室，我虽然有自己的小床，但常常要挤到父母的大床上去睡，夜里做噩梦，拼命往父亲脊背上靠，结果给他出了大片痱子。那时大哥、二哥都常在外地，小哥和阿姐在重庆城里巴蜀中学住校，父亲每天一早要乘海关划子过江到城里上班，晚上才回来，因此，大多数时候，那个空间里，只有母亲、彭娘和我。小院尽里面，有三间草房，墙是竹篾编的，屋顶是稻草铺的，一间是灶房，一间彭娘住，一间是搁马桶的，大人要到那里面去方便，我是不用去那里的，我在屋子里有罐罐，彭娘每天会给我倒掉洗净。草房再往里，高高的坡壁下，有一片菜地，彭娘经营得很好，我家吃的菜有一半是在那里自产的。

彭娘到我家帮佣，有很长的历史。大约在1936年父亲从梧州海关调到重庆海关任职，她就从老家来到我家了。据二哥告诉我，那时候我家生活很富裕，住在城里，每晚开饭，要开两桌，除了自家一桌，总有一些同乡，坐成一桌来吃饭。那时给彭娘的佣金，是相当可观的。但是1937年抗战爆发以后，生活艰难起来，特别是日本飞机轰炸重庆，使得父亲不得不将母亲和孩子们先转移到成都，再转移到老家安岳。彭娘在我家经济上衰落时，依然跟我母亲兄姊转移各地，相依为命。阿姐告诉我，那期间父亲偶尔会来成都看望家人，但来去匆匆，留下的钱不够用，战时薪酬发放不按时，加上邮路不畅，母亲常常面临无米之炊的窘境。我就记得，有天在昏暗的煤油灯光里，母亲开口问彭娘借钱，彭娘就从她自己的藤箱里，翻出一个土布小包袱，细心打开，好几层，里面是她历年来攒下的工钱，都兑换成了银圆，她对我母亲说："莫说是借。羊毛出在羊身上。甜日子苦日子大家一起过。只是你莫要再生那个从桌子上往下跳的心！"

彭娘规劝母亲不要从桌子上往下跳，是因为那时候，1941年冬季，母亲又怀孕了，那时候父母已经有三子一女，而且还有一个年纪跟大哥相仿的，祖父续弦妻子生下的小叔，跟着母亲在抗战的艰难岁月里颠沛流离，父母实在不想再度生育，只是那时候没有什么避孕措施，不想父亲从重庆往成都短暂探视母亲的几天里，竟播下了我这个种，母亲找来不少堕胎的偏方，可是吃进去就会很快呕出来，于是跟彭娘说起，不如从桌子上猛地跳下，也许就把胎儿流出来了。有天母亲又让彭娘去为她买堕胎药，彭娘从外面回来，跟她说："这回我给你换了个方子！"母亲说："莫是吃了又要呕出来啊！"彭娘热好了那东西，端过去，母亲吃了一惊："这是什么啊？我怎么觉得分明是牛奶呀？"彭娘就说："是我给你买的牛奶！你这么一天天乱吃药，正经饭不吃几口，看你身子还能撑几天！你带着这么一大啪啦娃儿，不把身子保养好，怎么开交？给我巴巴实实喝了它！"母亲说："只怕喝了也要呕出来！"但是她喝下那牛奶，却不但没呕，还实话实说，"多日没喝过这甘露般的东西了。只怕上了瘾没那么多钱供给！"

　　于是到了1942年6月，在成都育婴堂街借住的陋宅里，母亲再一次临盆。母亲非常紧张，她对彭娘说："以前都是在医院，那里边什么都是现成的……"彭娘就"赏"她——四川话把批驳、斥责、讥讽、奚落说成"赏"——"说不得什么以前现在了，抗日嘛，大家紧缩点是应当的！再说了，现在怎么就不现成？七舅母当过护士，我自己也生过娃儿，一锅干净水已经烧滚在那里了，干净的毛巾，消过毒的剪刀，全齐备了，你就安安逸逸生你的就是了！"凌晨，母亲生下了我，接生的是我七舅母，助产的正是彭娘。彭娘后来说："原准备你出来后拍你屁股一下，哪晓得你一到我手里就哇哇大哭，你委屈个啥啊？"

我的落生，虽在父母计划之外，但既然来了，他们也就喜欢。父亲给我取名，刘姓后的心字，是祖上定下的辈分标志，只有最后一个字需要父亲定夺。父亲那时候支持武装抗日立场，反对所谓"和平路线"，就给我取名刘心武，据说彭娘听了头一个赞同，说："要得！我们幺儿生下来就结实英武，二天当个将军！莫去舞文弄墨，文弱得像根麻秆儿！"她哪里想得到，几十年后，恰恰是这个名字里有"武"字的，没成为将军，倒混成个文人。其实要说名字的"文艺味儿"，二哥刘心人、小哥刘心化，都远比我更适合作为作家的署名。

彭娘似乎比父母更宠我。她说我命硬，从小就懂得自卫，才几个月，她把我放在盆里洗澡，我坐在盆里，一只手死死拽住她的衣角，不使自己跌倒，"唷吧，这个娃儿，好大气力哟！"多年以后，彭娘说起，还笑得合不拢口。又夸我天生谨慎，说是他们老家乡里，有个娃儿，养活四五岁了，有天口渴，跑到饭桌前，欠起脚，抓过茶壶就对着嘴喝，没想到壶里是大人刚灌满的滚水，满壶滚水不容他躲避咕咚咕咚灌进了他食道胃肠里，好好的一个娃儿，竟然就活活烫死了！因此，到我家帮佣以后，对我哥哥姐姐，她从小不忘提醒：吃喝先要弄清冷热，尤其不能把住茶壶嘴就往嗓子眼里灌。但是我呢，彭娘说，怪了，从很小开始，她喂我水喂我饭，明明她已经尝过冷热，是正合适的，那勺子到了我嘴边，我总会本能地用舌尖轻轻地试着舔一下，在确认不烫以后，才肯让她将水将饭喂进我的嘴里；长到四五岁自己能倒茶壶里的水喝了，见到茶壶，总要先小心翼翼地用手指尖触一下，再轻轻摸几下，确定不烫，这才倒在杯子里，小口小口地喝。"哼吧，这个娃儿，心鬼细哟！"彭娘所肯定的我生命的本能，也许确是我存活世上的先天优势。

但是彭娘对我的宠爱，有时达到溺爱的程度，由此引出母亲与她的争议。有一回，我家那几只鹅不断怪叫，彭娘走出灶房去看，我随在她身后，只见我家那篱门外，有个人抛进绳套，要套走在最前面的那只鹅，彭娘就冲过去，大声呵斥詈骂："龟儿子！砍脑壳的！"篱门外的人只好收回绳套一溜烟跑掉了，我见状也冲到篱门边，朝外面大声骂："龟儿子！砍脑壳的！"母亲听见人声，这才从屋里出来，站在桥上问怎么回事，彭娘且不报告有贼套鹅的事，而是极其兴奋地向母亲报告说："好吧！刘么会骂人了吧！"她那样眉开眼笑地赞我大声骂人，令母亲十分诧异。其实我那次骂人，完全是鹦鹉学舌，"龟儿子"还勉强能懂，何谓"砍脑壳的"，实在懵懵然，后来长大了，才知道是咒人遭遇杀头死刑的意思。母亲对我们子女，家教严格的一面里，禁止"撒村"即骂人是头一条，尤其不许说那些涉及性的污言秽语，这种语言洁癖是否有些过分？依我后来的人生经验，是判定为过分的，使得我在少年、青年时期，因此被一些其实本质不错的同学疏离，我是那么样地不能口吐脏话，也使得我在自我宣泄时失却了一种偶可使用的利器。后来阿姐告诉我，母亲有次就跟彭娘说，莫教刘么骂人，他学舌你的"村话"，你要制止他才是。彭娘完全不接受母亲的批评，她有她的道理："村话村话，村里人说话，就那么直来直去，有啥子不好？我看你是离开村子当太太久了，一天洗几遍手，还不是喷嚏咳嗽的，哪里有我禁得起打磨！我虽跟着你们也离开村子好久了，到底还在种菜养鹅，时不时说几句村话，心里岂不痛快许多!"母亲听了，也只是笑笑，不过彭娘自己该"撒村"的时候照旧泼辣地"撒村"，却不再怂恿我学舌"撒村"。

彭娘深深地融入了我们这个家庭。她和母亲，亲如姊妹，我看惯了她们一起制作泡菜、水豆豉，灌肉肠，晾腊肉，两个人合拧洗好的床单再晾到绳子上……母亲会到灶房和彭娘一起做饭，彭娘会到我们住房里跟母亲一起收拾箱笼、拆旧毛衣、织新毛衣，她们有时会头凑头压低声音说话，一起叹息，或者相对嗤嗤地浅笑。彭娘爱护我们家的每一个人。父亲和大哥是一对爱恨交织的冤家，我在别的文章里写到过，也以他们为原型，将那父子冲突写进了我的长篇小说《四牌楼》里。一次彭娘煮好了打卤面，大家围着八仙桌吃，大哥顶撞父亲，父亲气得将一碗面摔到地下，喝令大哥："滚!"大哥搁下面碗，摇摇肩膀，取下椅背上的外衣，冲出屋子，果然一去不返。父亲盛怒，母亲也不敢马上劝解。那天小哥阿姐都在家。到晚上小哥要找锥子修理什么东西，阿姐要拿剪刀剪劳作老师（那时有门课程叫劳作课）留下的剪纸作业，却都没在以往放这些东西的地方找到，母亲也觉得锥子和剪刀的失踪不可思议，最后还是彭娘供认，她早发现父亲和大哥都像打火石，说不定什么时候就会撞出火花燃起大火，她怕父亲一怒之下会做出不理智的事情，确实，父亲恨大哥恨得牙痒时，放过类似《红楼梦》"不肖种种大受笞挞"那回里贾政那样的狠话，大哥上小学时惹祸被学校开除，父亲曾气得用锥子扎他屁股，所以为防万一，就把锥子、剪刀等屋里的利器在晚饭前都藏了起来。第二天、第三天……几天以后大哥也没有回来，母亲急得哭泣："他连吃饭的钱也没有，可怎么办啊?"彭娘就悄悄告诉母亲,她预见到大哥可能离家出走,因此,在大哥那搭在椅背上的外衣口袋里,装了好几个银圆,"他一时是有钱用的,再说了,他是条能挣到钱的汉子了,你放心,二天他回来,父子和好,你高兴的时候会有的!"母亲说要还她银圆,她生气了,"难道他们不也是我的儿女吗?"

　　彭娘确实是我们的第二个母亲。她最宠我,但其他的孩子她也都疼。那时候小哥阿姐每星期五晚上会从城里回南岸,小哥比我大一轮,玩不到一块儿,阿姐比我大八岁,勉强可以充当我的玩伴。每次阿姐到家前,我都会把一只大橘子,用一只大碗扣住,等她回家以后,让她掀开大碗,感到欣喜。但是次数多了,阿姐渐渐不以为奇,她到家后忙着别的事情,我几次唤她,她都懒得去掀碗。这情况让彭娘发现了,于是,有一次我缠着阿姐催她找橘子,她漫不经心地依然做别的事,彭娘就过去跟她说:"妹儿,这回刘幺给你扣了只活老鼠哩!"阿姐不信,马上去掀那只碗,谁知碗一掀开,阿姐和我都惊果了——碗下扣的是几只艳黄喷香的枇杷果!阿姐高兴得跳起来,彭娘笑道:"老鼠变成了枇杷果!"我老老实实地说:"咦,我扣的是橘子呀!"阿姐才知道,彭娘用枇杷换去了橘子。那枇杷是头些天客人送给我家的,父母分了一些给彭娘,彭娘说该给我小哥和阿姐留着,母亲说这东西不经放,你就吃掉吧,那时候家里没有冰箱,天气热得快,确实很容易把枇杷放烂,但是彭娘自己舍不得吃,她想出一种土办法,就是把鲜枇杷埋在米缸里,小哥阿姐回家前取出来,果然都还新鲜。那天阿姐觉得有意外收获,小哥得到彭娘为他留的那一份也很高兴。

　　彭娘给予我小小的心灵以爱的熏陶。她有"砍脑壳的"一类的骂人的口头禅，也有"造孽哟"一类表示同情、感叹的口头禅。来给我家送水的大师傅，是个哑巴。那时我家没有自来水，吃饭洗衣所需的水，都依靠拉木头大水车的师傅按时供应，大约每隔几天师傅就要来一次，先把那装水的车子停在院子里，再用水桶一桶桶地将水运进灶房间，倒进三只比我身子高许多的大水缸里，水缸装满后，要盖上可以对折打开的木盖子，往往是水注满后，彭娘就拿出几块明矾，分别丢到水缸里，起消毒、澄清的作用，当然，那是我后来才懂得的。送水师傅来了，母亲也会出来招呼，除了付钱，还让彭娘给他盛饭吃，彭娘会给他盛上很大一碗白米饭，米粒堆得高高的，那种样的一碗饭叫"帽儿头"，彭娘还会给他一碗菜，菜里会有肉。有回送水的师傅吃完要走，彭娘让他且莫走，师傅比比画画，意思是还要给别家送水，彭娘高声说："你看你那腿，疮都流脓了，也不好生医一医，造孽哟！"就跑到木桥那边住房里，问母亲要来如意膏，亲自给那师傅在创口上抹药，又把整盒的药膏送给师傅。这些我看在眼里，都很养心。只是很长时间里我都想不通，为什么要用"造孽哟"来表示"可怜呀"。

彭娘使我懂得，不仅要爱护人，像我们家养的狗小花、猫儿大黑，还有那群鹅，都是需要怜爱的。小花本是只野狗，被我家收留，它虽然长得很高大，其实胆子很小，彭娘笑话它："贼娃子来了它只知道喘气，贼娃子跑了它倒汪汪乱叫！"虽然小花如此无用，彭娘还是耐心喂它。猫儿大黑一身光亮的紧身黑毛，眼珠常常是绿闪闪的，它的存在，使得我们屋里没有鼠患。鹅儿里最高的那只，我叫它嘟嘟，为什么那样叫？没有什么道理，就喜欢叫它嘟嘟，我跟嘟嘟走到一起，彭娘说我们就像两兄弟。原来我家那蔷薇花台上，甚至三间草房里，常有蛇出没，自从嘟嘟它们长大，蛇都不敢到我家那个空间里活动了，我就亲眼看见，嘟嘟勇敢地把从蔷薇花台上蹿出的蛇，鸲得蜷曲翻腾最后像绳子一样死在那里。

当我在重庆南岸那个空间里度过我的童年时，中国历史正翻到最惊心动魄的一页。蒋介石在大陆的政权被推翻了，他带着一些人飞到了台湾。在解放战争爆发以后，我家忽然来了彭娘的儿子，我叫他彭大哥。后来知道，他是为了逃避被驱赶到战场上厮杀而躲藏到我家来的。他和彭娘住在草屋里，他很少出屋，更很少开口说话。但是还是有住在附近的海关人士发现了他，于是父母决定干脆让他大大方方露面。那时候我已经上了小学，原来读的是不远处的海关子弟学校，父母特意将我转到离家颇远的一所私立小学去读，父亲告诉海关同事，彭大哥是特意雇来接送我上学的。这当然说得通。于是，有一段时间，彭大哥就每天带我去远处上学。

1949 年入秋，重庆城开始呈现真空状态，国民党政府和军队撤离了，解放军却还没有开过来。于是发生了"九二火灾"，我曾有专门的文章描述过。从南岸我家望去，重庆城的大火景象非常恐怖，炙热的火气随风扑向南岸，为了防止意外，彭大哥就拿大盆往我家阳台那边的墙壁上泼水。"造孽啊！"彭娘不让我往江那边多看，将我抱到她住的那间草屋里，搂着我说："刘幺莫怕！有彭娘就烧不到你们家，伤不到你！"

那段日子，有若干恐怖记忆。除了目击对岸的旷世大火，还有国民党溃军的散兵游勇，时不时乱放枪。有一天彭娘去外面找难买的菜肉去了，家里只有我和母亲，一个穿道士装的人走进我家院子，母亲站在木桥上应付他，他反复指着母亲身后的我说："太太，你快把那娃儿舍给我吧，兵荒马乱的，你留下是个累赘啊，舍了吧，舍了吧……"我听懂了他的意思，害怕到极点，一只手紧紧地攥住母亲的衣角，只听母亲镇定地说："师父你快去吧，莫再说了，那是不可能的，请你马上离开。"那道士后来终于转身离开了。彭娘回来，母亲说起这事，彭娘把我揽到怀里，大声"撒村"，骂那道士，我这才"哇"一声大哭起来。长大了读《红楼梦》，读到甄士隐抱着女儿在街上看过会的热闹，忽然有道士和尚过来，那癞头和尚指着他女儿说："施主，你把这有命无运、累及爹娘之物抱在怀内作甚？……舍我吧，舍我吧……"我就总不免忆起自己童年时的那段遭际，真乃"阳光之下无罕事"，在惊叹之余，又不免因后怕而脊背发凉。

1949 年 10 月 1 日那天，北京宣布"中华人民共和国中央人民政府成立了"，我家那时父母小哥阿姐头靠头挤在一台电子管收音机前，听声音不甚清晰的广播。

但是直到那一年的十月底，四川才算解放，再过些时候，国民党政府的重庆海关才被接管。父亲被新中国的海关总署留用，调往北京，重庆海关则被撤销。

我完全没有意识到，那是我离别彭娘的时刻。而就在那些天以前，我刚跟彭娘闹过别扭。因为她竟把包括嘟嘟在内的鹅们都宰杀了。我大哭，不肯吃她烧出的鹅肉。彭娘试图用讲童话的方式化解我的愤懑，让我想象嘟嘟它们其实是变成了云朵飘在了天上，但那时我已经八岁，上到了小学三年级，她骗不了我。

全家都兴奋地准备迁往北京。狗儿小花由邻居收养，猫儿大黑由姑妈家收养。我们先要渡江离开南岸，到重庆城里，在姑爹姑妈家里暂住几天，然后会坐上大轮船，抵达武汉后，再乘火车去往北京。我不记得是怎么在大雾弥漫中离开南岸的，也记不清在姑爹姑妈家都经历了些什么，只记得终于跟大人们上了轮船后，我问母亲："彭娘呢？我要彭娘！"母亲告诉我："彭娘和彭大哥都回安岳去了。你这个没良心的，现在才想起彭娘！那天我们离开南岸，彭娘望着你哭得好造孽，你竟连头也没回，径自蹦蹦跳跳地随小哥阿姐他们往渡轮上去了！"我这才意识到，彭娘的体温，再传递不到我小小的身躯上了！望着滔滔江水，我号啕大哭起来。

我被劝回船舱，阿姐走过来，递给我一样东西，跟我说："彭娘留给你的，你的嘟嘟！"我用迷离的泪眼一看，是一把鹅毛扇。接过那扇子，在南岸那个空间里跟彭娘度过的那些日子，倏地重叠着回落到我的心头，我哭得更凶了。

什么叫生离，什么叫惜别，我是很久以后，才懂得的。可是对于我和彭娘来说，一切都难以补救了。

在北京，上到初中，学校里举行作文比赛，题目是《难忘的人》，彭娘当然难忘，我准备写她。可是，恰巧我构思作文时，小哥和他的戏迷朋友在我家高谈阔论。他们谈起拍摄京剧艺术影片的事情，说拍完梅兰芳，要拍程砚秋，程砚秋自己最愿意拍摄的，是《锁麟囊》，这戏演的是富家女将自己装有许多金银珠宝的锁麟囊赠给了贫家女子，后来遭遇水灾破了家，沦落异地，无奈中到一富人家当保姆，结果那富家女主人，竟恰巧是当年的那贫家女，而之所以致富，正是那锁麟囊里的金银珠宝起了奠基作用，二人说破后，结为金兰姊妹。这出戏故事曲折动人，场面变化有趣，特别是唱腔十分优美，其中的水袖功夫也出神入化。但是，没想到当时指导戏曲演出的人却认为，这出戏宣扬了阶级调和，有问题。结果就没拍《锁麟囊》，给程砚秋拍了部场面素淡冷清得多的《荒山泪》。听了小哥他们的议论，我对写不写彭娘就犹豫起来。于是，我不仅那时候没有写过彭娘，以后也只把对南岸空间里关于彭娘的回忆，用浓雾深锁在心里。

直到改革开放以后，我才打听彭娘的消息，据说她在临终前的日子里，念叨着她的一个个亲人，其中有一个是"我的刘幺"。

南岸的那个空间啊，你一定大变样了！不变的是彭娘胸怀传递给我的那股生命暖流，我终于写出了这些文字，愿彭娘的在天之灵能够原宥我的罪孽——在多变的世道里我没能保留下那把她用嘟嘟羽毛缝成的扇子，但可以告慰她的是，我心灵的循环液里，始终流动着她给予我的滋养。

惜别老罗

老罗从家乡来北京几年了，换过几种工作，从前年起在火车站附近一家餐馆打工，凡是营业时间，都站在卫生间外的洗手池旁，按照老板要求，给上完卫生间的男女客人递揩手纸，并至少要每一小时，趁里面没人的时候，轮流进男女卫生间去打扫卫生。他跟我说，女客大都不接他递过去的纸，也很少使用电动烘干机，而是用自己带的擦手纸或手绢解决问题；女用卫生间打扫起来也比较容易；男客们则即使烘干了手，也都愿意接他递过去的纸，不过经常是用来擤鼻涕；男用卫生间打扫起来可就麻烦透顶了，因为喝醉了酒，在里头呕吐的实在太多，老罗形容起那情景，使我极其反胃。我跟老罗说，像他这样的服务，是应该给小费的，他可以在洗手池旁，放一只小碟，每到营业时间，自己先把准备好的两元、一元和五角的"引子"搁在里面。老罗说老板开会时说了，谁也不许收小费，如果有客人给了小费，必须上交。一大早，以及午、晚两次营业之间，老板还安排老罗打扫餐馆外面的停车场。

人们都说北京秋天最好，老罗却最怕秋天，因为停车场两边的大杨树总要掉一季的叶子，每回他清扫起来都非常吃力，有时这边还没清扫干净，营业时间已经到了，老板巡视时发现卫生间门外洗手池边没有他，便会扯开嗓门喊他，搞得他跑动起来脚底下打绊儿。

那餐馆给打工者吃的，分成三等：厨师、配菜的，可以自己做来吃，只是别太过分就行；收银员，采购员，领班，允许分吃从餐厅、包房里撤出的剩菜；餐厅服务小姐，洗碗的，以及老罗，则只能吃大锅熬菜，里面很少有肉。有一回，厨房里一只龟死了，厨师不敢做给客人吃，报告老板，让老罗去扔掉，老罗舍不得扔，餐馆打烊后，封火前跟厨师打了招呼，自己炖来吃了，吃的时候也没觉得味美，也没感到恶心，但第二天身上好几个部位就都爆出了肿块，奇痒难熬。

在那餐馆打工是不给休息日的，每月工资先是 300 元，后来涨到 350 元。老罗把挣到手的钱全折叠在一起，用两根橡皮筋箍得紧紧的，搁在裤腰上的一个皮制烟袋盒里，晚上睡觉，把裤子连同上面的东西压在枕头底下；那撂钱也不是越来越厚，因为每隔一个时期，他就请假去趟邮局，给他老婆寄回一笔钱去。去邮局的假，至多两个钟头，老板当然批准。因为吃死龟身上肿出怪东西，老罗不得不上医院看病，老板大发善心，准了他一整天的假。老罗去了医院，花了挂号费，可是他舍不得花钱买医生开的药，跑到我家找我，说是看看我家有没有现成的药，我一听、一看，马上把他领回那医院，给他买下那些药，再把他带回家，口服的，立即让他开始吞服；外敷的，就给他用药棉棍敷上。他憨憨地跟我道谢，说：

"可怎么报答你?"我说:"你又来了,我们既然交了朋友,说这些岂不见外了?"后来我们下楼到一家小饭馆吃饭,怕他喝了含酒精的东西不利治疗,就直接吃的饭菜,也不敢点辣的,主菜是糖醋里脊,吃完了我才想到醋恐怕也是不利于内毒发散的,后悔没点红烧排骨。

因为有一整天的假,老罗越来越觉得是因祸得福——我们两个同龄人吃完饭后又在护城河边遛弯儿,边遛边聊,十分尽兴。我特别喜欢听他讲农村里的种种人和事,那大量内容是我从印刷品和互联网上获取不到的。他呢,则喜欢我讲些科学技术方面的事情,其实我也是一知半解,比如为什么电视能播出那么多节目,电话,特别是手机为什么能让老远的人听见声音,等等。我很怕我讲得并不对,他回家后再讲给晚辈听,以讹传讹。他说:"那不怕。我是只读到小学第五册就去揉泥巴了。现而今我要让孙儿一直读着走。他哪儿会听我的?说不定他以后来北京,把学得的说给你听,你还难懂呢!"我们俩就都呵呵大笑。

老罗身上起的肿块没多久就完全消失了。但那家餐馆换了老板,新老板认为根本不需要派一个人专门负责看管、清扫卫生间,就把老罗辞了。老罗找到我,不甘心就此回家,他说给独孙的教育费还没有攒够,还想在城里挣钱。我想起来以前的一个邻居,相处得不错的,也在开餐馆,而且生意很红火,前些天来过电话,邀我去他新开的分店同喜尝新,我那天虽然没去,想来我的面子还是会给的,于是当着老罗的面给那位姓李的老板打了电话,让他尽量收留老罗,他果然立刻应承了,让老罗第二天去报到,我对老罗说:"你可真是吉人自有天相啊!"

没有想到的是，半个多月后，老罗来找我，说是对不起我，他实在不想干了。这家餐馆的李老板安排老罗洗碗兼打扫院落卫生，活路不能说比以前累，而且一个月还给三天休假，但是，每月工资只有270元，还说定每月工资要暂扣50元不发，为的是防止雇员领工资以后忽然不辞而别——这种情况以前出现过，弄得老板措手不及——到合同期满一整年后，再把那逐月扣下的一共600元钱还给雇员。李老板还规定，作为洗碗工，老罗必须花50元买下他给的白大褂当工作服——尽管老罗自己有一件还能穿的半旧大褂。那厨房里总是非常热，洗碗却只能用冷水，而洗涤剂严格规定用量——每天三餐至多只许用一瓶，这样，生意越红火，老罗洗碗就不仅越吃力，最后没了洗涤剂也就很难把油腻洗净。李老板给雇员吃的饭菜倒不分等，都一样，油水稍大，但规定一律要在厨房里站着吃，即使餐厅打烊了也不能到客堂里坐着吃。厨房里不设桌椅板凳，唯一的一只高脚凳是给厨师长工作用的，也只有他闲下来时可以坐在上面休息。李老板没给老罗安排宿舍，晚上老罗和另两个雇员就在餐厅里各用六张餐椅拼起来当床睡，那西洋风味的座椅上挖有凹槽，坐时屁股舒服，当床睡腰身可就难受极了。最让老罗难以接受的，是李老板要求他自费一次性办理一年的暂住证、上岗证、卫生合格证，合起来约300元；老罗提出来先办半年的行不行？老板说：“要签合同就签一年，半年你就走人，我那时到哪儿找人顶你？”……我提出来支援老罗300元办齐那一年的三证，劝他尽量还是留下来，还说我打电话给李老板，在某些问题上给他求求情，看能否改进一下工作与居住条件，老罗却摆手说：“算了。替他细想，若不是这样行事，他那生意怎么能发达，开了一家又添一家？”

又说："真的，我这几天觉得自己老了，做不动了，我还是回家去吧。"

老罗真的要回家了。

他来告别那天，递给我一张浸着他汗味的纸条，上头写着他家的地址，好长啊，先是省，然后是市，再后是区，区后是镇，镇后是乡，乡后是村，村后呢，写的是"二社"，我说怎么会叫"社"呢？应该是"二组"吧？他说要么写"二队"，反正到了那最后一个字，怎么写都无所谓，肯定收得到了。他要我多给他写信，别怕他多花钱。我明白，他们那个"社"或者"队"或者"组"或者不管叫什么的管事的人，让邮递员把所有人的邮件都先放在那里，收件人去取时，一般信函要交他两毛钱，汇款单则要交五毛。老罗说："你写来吧，我一个月花一块钱也愿意。别怕我认不全，我孙儿念到第九册了，他能读给我听。"

我没有去送老罗。但我记得他搭乘的那趟车开车的时间。老罗买的硬座，要三十多个小时才能到达省城。我坐在书房电脑前，电脑上显示的时间告诉我老罗坐的那趟车开出北京了。我觉得心里出现了一大块空白。我从电脑桌抽屉里取出一张照片，那是我和老罗在护城河边的合影，儿子给我们拍照那天，河边玩耍的人很多，照片上除了我和老罗，身后左右还有些别人的身影。记得老罗拿到照片后说："啊呀，怎么净是些野人啊！"他们那地方把陌生人称作野人，并无谩骂的意味，但相对来说，我于他而言，不是野人而是亲朋了。越来越远去的老罗啊，我们什么时候才能再聚？人生苦短，真情难觅，而我们确实也都老了，磨砺得粗糙硬冷的灵魂，如何维系住那一缕超越功利荣辱的心线？

徐胜马利芳

　　和大学舍友餐聚，见面后大家纷纷问他："怎么，家里还是原来的？"他不以为怪。他刚坐下，也问身边的："二婚了吗？"餐聚间说说笑笑，还维系原配的，居然只有他和另一哥儿们，其余三位，两位二婚，一位刚刚离异，没来的那位发大财的，据说原配倒还没怎么样，二奶和小三已经掐得不可开交。世道已经跟父母那代不同，如今你看电视上的征婚节目，凡申明自己还是一张白纸的，几乎无一能够牵手，征婚嘉宾报告自己的情感经历若少于三次，选择方往往会流露鄙夷，就连主持人和评议嘉宾，也会对征婚者报告出的交往史提出这类的质疑："你们好了几年，难道就没发生更进一步的事情吗？"若回答最高境界无非牵手拥抱，则会代为叹息，甚至由此批评学校性教育的缺席。情感与婚姻彻底私人化，是社会进步，白头到老与多次爱情多次婚姻，都属正常人生吧。

　　席间那位刚刚离异的舍友，说自己是净身出户，如今在运河边一处楼盘租住，忽然问他："你还记得你初中时候有个同学，叫徐胜利的吗?"他说:"对呀,有那么个同学,你怎么认识?"舍友就说,徐胜利和他媳妇,都在他住的那个楼盘物业公司工作,他跟徐胜利聊过天,有次不知怎么就聊出了这层关系。舍友说:"没想到你原来是在运河边上的中学。听徐胜利说,你们那中学,升学率特低,你毕业后居然考上了名牌大学,全校轰动。如今他也上网,查你的词条,见你成绩那么大,高兴得不行!"他就问:"徐胜利如今过得怎么样?娶了个什么媳妇?"舍友说:"看样子,他对自己的生活挺满意的。他那媳妇,叫马芳。"他听了不由得"哇"一声。

　　说实在的,他早已把徐胜利、马芳两位中学同窗忘了。他一度十分笃信"知识改变命运"一说。受了高等教育,他确实过上了比较高等的生活。进入大公司,坐飞机就跟搭乘公共汽车一般,上午从北京出发,睡一觉抵达法兰克福,夜里却又是在开罗给家里通电话。近年利用节日长假,带着老婆孩子游了欧洲,又游了日本、美国,至于新、马、泰,早不新鲜,澳大利亚、新西兰刚去过,计划中的是马尔代夫和关岛。他绝不说"一生只爱一个女人"的妄语,有若干女人爱他,他也爱其中的若干,露水姻缘于他是情感旅游,"爱一处地方就留在那里"则是谵语,至少到目前他还珍视自己的原配和家庭,旅途劳累后回自己家,彻底地放松下来,是幸福感最强烈的生命时段。现在舍友忽然提及徐胜利和马芳,而且,舍友感叹道:"你那两位同窗,聊起来,不仅没坐过飞机,没出过境,他们的旅游足迹,最远也就是北戴河。我有时会看见,他们一起下班,各骑一辆自行车,男的在前头,女的在后头,各自的自行车车座上,夹着一个不锈钢饭盒,那应该是装他们每天中午的饭食的吧。他们的生存状态,跟我们,特别是跟你相比,是不是也太那个了?""是呀，太原生态了啊！"

确实，太原生态了。高二的时候，徐胜利和马芳就相好。一个并非帅哥，一个绝非校花，但是放学的时候，总是徐在前面走，马紧跟在后，同学们后来多次发现，两位在运河边手拉着手，他见着过马芳买了烤白薯，递给徐某人吃。于是，有回他和班上另一男生，逮着个机会，就冲到二位身旁去起哄，又在不少同学在运河边嬉戏时，用削铅笔的戳刀，在白杨树干上刻下了"徐胜马利芳"字样，是故意把两人的名字掺合在一起，结果徐某人倒没怎样，马芳气哭了⋯⋯肯定是马芳到班主任那里告了状。班主任，一位那时候也还没有嫁人的女老师，把他叫到办公室去批评了一顿："一是刻树皮影响树木生长，二是随着那杨树生长，字会越来越大，你会让人家越来越难为情！更主要的是，你脑壳里是些个不健康的思想，发展下去，非常危险！"但那危险因他后来考上名牌大学而烟消云散。

徐和马都没有考上大学。他们就在原住地继续他们的人生。他们结婚了。他们打一份普通的工，挣不算多的钱，养育他们的孩子，赡养他们的老人，估计听不到他们离异和二婚的消息，在网上输入他们的名字或许会出现一串相关的词条，是有这样那样的身份或成就的人士，但绝非他们，他们多半就会那么样地默默无闻一生。

有一天，他办完事，驱车路过运河，他停车努力寻找那株被他刻字的杨树，许多老树早被伐掉补种新树了，但他固执地寻觅，终于，在一株高大的杨树上，需要仰起头，才能依稀看到刻字，那最后一个字，笔画开裂得好厉害，但下半部分明显是个"方"字，于是，少年时期的无数往事，飞鸟般撞击到心头。他倚在树上，感悟到，有一种原生态的幸福，存在于这世间⋯⋯

一　赢

　　春节前，物业公司雇了些农民工给我们这座26层的公寓楼擦玻璃。我一个大午觉醒来，发现卧房外大阳台的玻璃分外明亮，心情大畅。起来活动完身体，坐到电脑前浏览信息，再起来活动，已是夕阳西下。踱至客厅，忽然发现，那最大的一块窗玻璃，竟然只喷了清洗液，而并未擦拭。赶紧给物业打电话，回答是：擦玻璃的农民工已经撤离，正在结算工钱。我赶到物业办公室，只见门外盘放着粗韧的缆绳，还有简陋的吊凳。几个高矮不等的农民工，在抽着烟等候着什么。我进到办公室，正听见物业管理员跟小包工头说："至少有两户投诉你们漏擦，现在天开始转黑，也没法子补擦了，你们又是明天返乡的车票，我只能是扣你们的工钱……"那小包工头很高的个头，很瘦的身躯，尽管下巴上冒着胡茬，面容看上去还年轻，说什么也不愿意被扣工资，宣称："我立个字据，过完春节回来，我一定来给补擦！"我本是去兴师问罪的，见那情形，意识到即使是十块二十块，对于他们农民工来说也非常宝贵，就插进去说："其实不是什么大事，我们自己想办法从侧面窗户够出去，用特制的窗刷子去刷那面大玻璃的外面，也能解决问题。"那小包工头摇头："别别别，那么高，你们太危险！我回来一定给补擦！"他果真立下个字据。他走了，物业管理员笑着把那字据递给我看："其实没什么用。他们原是那边新楼盘的建筑工，现在开盘不见人气，二期工程恐怕上不了马，他们节后回来估计工地也没活儿。这字据上虽然有他身份证号码、手机号码、租住房地址，到时候他不来补擦，我们也拿他没办法。"我拿眼一溜，只觉得那最后签署的名字很古怪，姓氏这里隐去，只说那名字——一赢。

春节期间虽有亲友来访，无人注意到客厅那面最大的窗玻璃没擦，吃完元宵，我把这事也忘了。前天，我正在客厅沙发上翻书，忽然发现窗外先是有粗缆绳晃动，然后从上方移下一个吊凳，吊凳上正是一赢，他认真地擦拭着那块节前漏擦的窗玻璃，我走近窗前，他发现了我，咧嘴笑……

他干完活，我把他请进家来，费了老大的劲。给他倒热茶，他说习惯只喝白水，也不一定要热的。终于引得他跟我聊起来。他说他不是什么包工头，真正的包工头有的已经在北京买下楼房住了。只是因为他们一起干活的乡亲，在没有大活干的情况下，由他牵头，联系一些类似这种擦玻璃的小活路罢了。我说现在北京光环路上就有多少大写字楼啊，哪座楼不需要定期擦玻璃啊，他没等我说完就摇头，告诉我人家一般都会跟专门的保洁公司联系，而他们也试着去那种公司求职，人家说早满员了。他问我能不能帮他找个比较固定的工作，一月一千就满足。我说没那个能力。他现出失望的表情，但也还能跟我继续往下聊。他说他1974年出生的，家乡在南北方交界的山区，他家属于乡里最困难的，他生下来好多年都没有正式取名儿，家里大人就叫他娃来，他四岁就能背几十斤的山草，直到八岁还没去上学。他们那个小村归一个大村管，那八里以外的大村才有一所小学。他没上学，可是非常羡慕能上学的同辈。有回赶集，卖掉一大筐菜，在集上捡回一张报纸，回到家他就自己来读，他先猜出了"一"，后来又猜出了"二""三"，可是找不到四根杠的他想象的"四"……终于，有一天大村的小学校长找到他家，跟他家大人说他必须接受义务教育，那校长其实也就是老师，那学校一共才五个老师，他们什么课都教。校长姓田，他去学校第一天，把那张旧报纸也带去了，得意地指点着跟田老师说，他认识"一""二""三"……田老师很高兴，跟他说：我要教给你笔画更多的字！当时就找出了"赢"字。就这样，他认识的第四个字并不是"四"而是"赢"。田校长知道他还没有正式的名字，就给他取名为"一赢"。但是他上完小学没有再上初中，初中要到二十里以外的镇子去上。他家的情况，还有村里的整个风气，使得他十几岁就外出打工，最近七年他都在北京，参加过奥运场馆的建设。他在离我们楼盘不远的仍遗留在三环与四环之间的村子里，租了一间石棉瓦的砖垒房，月租三百元。媳妇在清洁队扫马路。孩子带到北京，在住地附近的小学借读。我感谢一赢把他的故事讲给我听，他笑："我这算什么故事？"

我从明亮的阔窗往楼下望，一赢正蹬着放妥缆绳吊凳的平板三轮车离去。他与我的生活轨迹难以再次交叉，但我们却同在一个时代的故事中。

远去的风琴声

　　1950 年冬，我随父母从四川迁来北京，插班上学成为一个问题，住家附近的公立学校插不进去，只好先上私立小学，先上的那所私立小学就在我们住的胡同里，但是它因陋就简，竟然连风琴也没有。我上学的事情由母亲操办，她经过一番努力，终于把我送进了公立的隆福寺小学，那小学离我家稍远，母亲带我去报到那天，刚进校门，就听见音乐教室里传出风琴的声音，母亲颔首微笑，她认为风琴伴着童声齐唱的地方，才是正经的小学校。

　　这里所说的风琴，不是手风琴、口琴，当然更不是管风琴，而是指那种立式的踩踏板用手指按琴键发出音响的管簧乐器，它外形跟钢琴很相似，但钢琴是键盘乐器，虽然也有小踏板，弹奏时是要用手指敲击琴键，发声原理不同，乐感也不同。

　　那时候学生还不称教课的为老师，而是称先生。有天放学我就随口说起："'小嘴先生'教我们唱《二月里来》啦！"我觉得那首歌很好听："二月里来好风光，家家户户种田忙，只盼着今年收成好，多打些五谷交公粮……"我在城市里长大，想象不出"种田忙"是什么景象，更不懂什么是"交公粮"，正想跟妈妈问个明白，妈妈却先批评我："不许给先生取外号！"我就辩解："又不是我给取的！同学们背地里都这么叫她，她嘴巴就是特别小嘛！"妈妈说："我记得她姓因，你就该当面背地都叫她因先生！"我就笑了："咦吧！妈妈，你也咬不准人家那个姓啊！她姓英，不姓因！"我们四川人，分不清韵母 in 和 ing，一般都只发 in 的音，另外，也分不清声母 l 和 n，一般只发 l 的音。母亲虽然早年曾在北京生活过，但毕竟母语是四川话，我们全家到北京以后在家里也是讲四川话，这就使得我们的普通话虽然都讲得不错，但一遇到有这两个韵母和声母的字眼，还是难免露怯。

"小嘴先生"，现在回忆起来，是一个美丽的女子，她的嘴，是名副其实的樱桃小口，有趣的是她偏会唱歌，唱的时候小嘴张得圆圆的，声音非常嘹亮。她总是踏着踏板按着风琴教我们唱歌，时时扭过头来望望我们，这时我就特别注意到，她那张小嘴真的很厉害，发出的声音往往会压倒全班同学的合唱。

她有时候会让某个学生站起来独唱，不一定是把整首歌唱全，多半会让你唱几个音节，通过纠正你的唱法，来教会大家把歌唱好。上到六年级的时候，有次她就点我的名，让我唱《快乐的节日》。那首歌第一句是"小鸟在前面带路，风啊吹着我们"。我站起来，闭紧嘴，就是不唱。"小嘴先生"就问："你为什么不唱啊？"我说："要唱我就唱《我们的田野》。""小嘴先生"更惊讶："那又为什么呢？"有个同学就故意学舌："小了在前面带路！"他就知道我发不好"鸟"的音。"小嘴先生"明白了，微笑着看着我，对我说："不要慌，不要怕，要敢张口，要敢咬字。对了，老早我就教过你，叫我英先生，不要叫我因先生，跟着我说：（她吐字用力而且很慢）因为，英雄，印刷，影子……这次，再跟我说：小鸟，了解，列宁，树林……"我心里抗拒，咬着嘴唇，一些同学看"小嘴先生"很尴尬，忍不住笑了，"小嘴先生"却一点也不生我的气，对我说："好的，刘心武同学，欢迎你唱《我们的田野》！"《我们的田野》那首歌的歌词是："我们的田野，美丽的田野，碧绿的河水，流过无边的稻田，无边的稻田，好像起伏的海面……"直到后面才有一句里出现"雄鹰"，绝少 in、ing 和 l、n 的困扰，我就唱得格外舒畅，唱到第三句后，"小嘴老师"就去按风琴伴奏，后来又示意同学们一起合唱。唱完了，她对大家说："今天刘心武唱得真好，我们都为他鼓掌吧！"同学们就鼓起掌来，有几个男生还故意在大家的掌声结束后，再拍响几声。《我们的田野》成为那时段我最喜欢的歌曲。

1984 年，那时我已经成为一个作家，应邀到联邦德国访问，我带去了根据自己同名小说改编拍摄的电影《如意》的录影带，我所参加的那个活动允许我另带一部中国电影放映给大家看，我毫不犹豫地从电影局借出了谢飞导演的《我们的田野》，那是部表现中国"知青"命运的电影，以我们童年时代熟悉的歌曲《我们的田野》的旋律贯穿始终。我所带去的两部电影录影带投影放映时，观众不多，但映后反响都不俗。就在放映《我们的田野》的过程里，我忽然忆起了忘记很久的"小嘴先生"，耳边响起她循循善诱的声音——"跟着我说：因为，英雄，印刷，影子……再跟我说：小鸟，了解，列宁，树林……"在异国他乡，那幻听勾起我浓酽的乡愁。

直到 20 世纪 80 年代，小学校象征之一，仍是风琴伴奏下童声齐唱的音韵。1985 年我回四川，在一个翠竹掩映的山村留宿了一夜，那个村落在丘陵最高处，村屋大多以石头打基础，竹墙糊泥刷粉，茅草做顶，室内就是泥土地面，床边桌下会拱出竹笋，看上去很美，但城里人多住几日就会感到不舒服。我是借住在乡村小学的那排房子里，跟一位什么都教的山村教师同室而眠。那一夜我睡不踏实，是因为不适应，他却为什么也辗转反侧、失眠许久呢？原来，第二天，会有一架风琴运到学校来，而他，兴奋之余，却又惶恐，因为他一直都是吹口琴教学生唱歌，并不会按风琴，他曾来回走一百多里去县城，在那里的新华书店里，买到一本教授风琴演奏法的书，书已经几乎被他翻烂，但毕竟还要在实物上实践，才能真的演奏成功啊！那天午前，山下一阵"嘿咗嘿咗"的号子声，我停下水彩写生，忙去观察，只见那老师和队里的几位壮汉，正把用麻袋片裹妥的一架风琴，顺着弯成几折的石梯坎，往上面小学校抬来。那矮黑精壮的老师，满头满身全被汗水打湿，但是一双眼睛里，抑制不住快乐的光芒。不仅是孩子，凡当时在村里的男女，全都迎上去，那架风琴的到来，形成了山村的一次节日！第二天早晨，我随小学校师生，以及围观的村民，在那老师的风琴奏起的国歌旋律中，看学生干部将一面国旗升起在毛竹制成的旗杆上，那老师的演奏还不怎么达标，但其声响却十分庄严。下午我离开的时候，教室里传来老师按着风琴带领学生齐唱《大海啊故乡》这首歌，节奏不那么准确，每一句师生都耐心地反复演唱。当我走出很远，还能听见他们那质朴的歌声。

　　1987 年，那时候还没有出道的杨阳来找我，说要把我的一个短篇小说《非重点》改编拍摄成电视剧，那年头，单本电视剧是常规的存在，像我的长篇小说《钟鼓楼》改编拍摄成八集的连续剧，就认为是很长的篇幅了。《非重点》的故事讲的是一位家长千辛万苦把自己的儿子转到了重点学校，结果却发现那非重点学校的班主任老师非常优秀，儿子跟那老师难舍难分，令他惊诧之余内心震动。杨阳那时候在我眼中还是个小姑娘，她的处女作杀青以后请领导审查，坐在后排的她不禁有些紧张。她后来告诉我，当播放到四分之三时，她发现审查者摘下眼镜，掏出手帕揩眼角，于是她心里一块石头落了地。那以后杨阳的作品连续推出，斩获许多奖项，现在已经是资深的影视名导了。上个月我们约着见面，聊起来，我就说现在还记得她在那剧里有一段，是老师踏着风琴引领孩子们唱歌，她说正是在那个节点上，当年的审片者眼睛潮湿，她是刻意用风琴伴奏的稚气童声来烘托师德之美。但是杨阳告诉我，现在如果剧里要出现那样的风琴，得让剧务去找专门的道具公司租借了，那种公司出租几乎一切当下已经淘汰掉的旧日物品，包括第一代电视机，第一批被称作"大哥大"的手机，第一拨台式电脑等等。是呀，现在小学校的音乐教室里，钢琴已经取代风琴多年了。

我从 2005 年到 2010 年，应邀到央视《百家讲坛》录制播出了《刘心武揭秘〈红楼梦〉》系列讲座共 61 集，到现在其视频和音频不仅可以方便地从电脑上获得，也可以通过手机收看收听，影响还是蛮大的，坦率地说，还是挺有成就感的。

但是，就在前些天，我在微博上看到这样一条留言："听刘老师说，绛珠仙草追随神瑛侍者下凡，只修得一个驴体，哇，吓了我一跳！"想说的是"女体"却让人听成"驴体"，什么发音啊，见此条微博留言我立即脸热。其实我在讲座里，in、ing 不分，l、n 不分的地方还有不少，但以此处的错音最为搞笑！蓦地就忆起了英先生，她当年是何等苦口婆心地教诲我啊，我现在能以"毕竟乡音最难改"为自己辩护吗？英先生如果健在，该往百岁去了，岁月会流逝，生命会衰老，立式风琴会式微，远去的风琴声难以复制，但那以真善美熏陶人心灵的师德，却是永恒的光亮。

在柳树臂弯里

不止一次，村邻劝我砍掉书房外的柳树。四年前我到这温榆河附近的村庄里设置了书房，刚去时窗外一片杂草，刈草的过程里，发现有一根筷子般粗、齐腰高、没什么枝叶的植物，帮忙的邻居说那是棵从柳絮发出来的柳树，以前只知道"无心插柳柳成行"的话，难道不靠扦插，真能从柳絮生出柳树吗？出于好奇，我把它留了下来。没想到，第二年春天，它竟长得比人还高，而且蹿出的碧绿枝条上缀满二月春风剪出的嫩眉。那年春天我到镇上赶集，买回了一棵樱桃树苗，郑重地栽下，又查书，又向村友咨询，几乎每天都要花一定时间伺候它，到再过年开春，它迟迟不出叶，把我急煞，后来终于出叶，却又开不出花，阳光稍足，它就卷叶，更有病虫害发生，单是为它买药、喷药，就费了我大量的时间和精力，直到去年，它才终于开了一串白花，后来结出了一颗樱桃，为此我还写了《只结一颗樱桃》的随笔，令它大出风头，今年它开花一片，结出的樱桃虽然小，倒也酸中带甜，分赠村友、带回城里全家品尝，又写了散文，它简直成了明星，到村中访我的客人必围绕观赏一番。但就在不经意之间，那株柳树到今年竟已高如"丈二和尚"，伸手量它腰围，快到三拃，树冠很大又并不如伞，形态憨莽，更增村邻劝我伐掉的理由。

今天临窗重读安徒生童话《柳树下的梦》，音响里放的是肖斯塔科维奇沉郁风格的弦乐四重奏，读毕望着那久被我视为赘物的柳树，樱桃等植物早已只剩枯枝，唯独它虽泛出黄色却眉目依旧，忽然感动得不行。安徒生的这篇童话讲的是两个丹麦农家的孩子，两小无猜，青梅竹马，常在老柳树下玩耍，但长大后，小伙子只是进城当了个修鞋匠人，姑娘却逐渐成为一位歌剧明星，这既说不上社会不公，那姑娘也没有恶待昔日的玩伴。小伙子鼓足勇气向姑娘表白了久埋心底的爱情，姑娘含泪说："我将永远是你的一个好妹妹——你可以相信我。不过除此以外，我什么也办不到！"这样的事情难道不是在每个民族、每个时代都频繁地发生着吗？人们到处生活，人们总是不免被时间、机遇分为"成功者"与"平庸者""失败者"，这就是命运？这就是天道？安徒生平静地叙述着，那小伙子最后在歌剧院门外，看到那成为大明星的女子被戴星章的绅士扶上华美的马车，于是他放弃了四处云游的打工生活，冒着严寒奔回家乡，路上他露宿在一棵令他想起童年岁月的大柳树下，在那柳树下他梦见了所向往的东西，但也就冻死了那柳树的臂弯里。我反复读着叶君健译出的这个句子："这树像一个威严的老人，一个'柳树爸爸'，它把它的困累了的儿子抱进怀里。"

自己写作多年，虽也有养樱桃的兴致，却总撇不下这老柳树情怀。2003年我发表的两个中篇小说《泼妇鸡丁》《站冰》，就全是此种意绪的产物。我想，尽管在多元的文学格局里，自己已经甘居边缘，但写作既是天赋我的权力，那就还要随心所欲地写下去。一位比我年长的同行在电话里对我说，写不出巨著无妨写小品，写不出轰动畅销的，写自得其乐的零碎文字也不错，记得那天晚报副刊上恰好刊出他一则散文诗，淡淡的情致，如积满蜡泪的残烛，令人分享到一缕东篱的菊香。这位兄长的话，更激励我超越狭隘功利。我目前精力还算充沛，短文之外，也还能写些篇幅较大的；以中篇小说为社会中的"未成功者"画像测心，引出对天道人性的长足思索，是我在2004年仍要持续下去的写作旨趣。

我会更好地伺候窗外的樱桃明星，我不会伐去那自生的陋柳。手持安徒生的童话，构思着新的篇章，我把目光更多地投向那株柳树。柳树的臂弯啊，这深秋的下午，你把我困累的心灵轻柔地抱住，而我又将把这一份支撑，传递给那些更需关爱的生命。

榛子奶奶

儿子叫他杨哥，我也跟着那么叫。杨哥五十开外了，人高马大，是个服装批发商，热爱摄影，近几年生意都让妻子打理，自己三天两头开着越野面包车，往远处去拍风光照，来我家，没别的话题，就是给我看他拍的照片，讲述拍照中的见闻。有时，儿子休息，杨哥就会拉上他去一起拍照。儿子用数码相机，杨哥坚持用装胶片的相机，"数码无艺术"，这是杨哥的口头禅，儿子也不跟他争论。

儿子告诉我，杨哥现在最大的愿望，不是生意上的发展，妻子埋怨他"哪天破了产，连相机也得拿去抵债"，他只呵呵傻笑。杨哥告诉儿子，现在生意确实难做了，但是保持一定的收益，维护他家小康的生活，由着他性子在摄影上"发烧"，这局面还是稳定的，"小康胜大富"，这也是杨哥的口头禅。

但是，杨哥常有失落感，不仅当着我儿子，在我面前，也扼腕叹息多次。杨哥热心参加各种摄影比赛活动，通过他，我才知道原来如今有那么多的摄影比赛，大多是某地某机构为开发本地区的旅游事业，或某企业为推广自己的品牌，在举办的相关活动里，有摄影比赛这一项。杨哥渴望得奖。儿子说，每当送出参赛作品，等待公布得奖名单的那段时间里，杨哥的眼睛就会由红变绿。但是杨哥总不能得奖。有两回得了三等奖外的"鼓励奖"，那能算得了奖吗？有回得了第二名，但那是赞助了三千元的结果，三千元不公开的赞助换回一千元奖金和一张奖状，杨哥自己也觉得可笑，"我都不好意思把那照片拿给您看！"杨哥不给我看，我也就没看，他扬言："我要得一次真的大奖，我就复制出来，装好镜框，给您挂到墙上！"我就笑："那何必！其实你们那次拍的榛子林就很棒，挑一张放大给我就行呀！"

那批照片确实很精彩。杨哥和我儿子轮流开车，去了北京最北端的一处山村，从带回印出的照片上看，那里真是世外桃源，植被竟然那么厚密斑斓，山下野花迷眼，山上高树茂密，古老的栗子树、榛子树那么粗壮雄奇，村居村路多用山石砌就，村民男壮女健，就连那些鸡埘猪圈，看上去也古朴悦目。当然，杨哥也不忘拍些具有时代特征的镜头，比如刚刚开业的"榛子林餐旅店"，接收电视信号的"银锅"，挎着双肩背书包的村童……杨哥挑出了三张最得意的，参加了一个严肃杂志举办的摄影大赛，那当然是不要参赛者交赞助费的，评委里有德高望重的摄影界老前辈和艺术界名流，儿子说"杨哥这次最少也是三等奖"，但是，结果却又是名落孙山。

那天我留杨哥吃晚饭，他有点喝闷酒的趋向，我就尽量打开他的话匣，控制他的酒量。他说要把几张制作得大小不一的榛子奶奶的照片给送过去，儿子就有些犹豫，说那地方手机没信号，而且气温降得早，把照片寄过去也就是了，何必再往那么个路况凶险的地方跑？杨哥就跟我儿子说："你不去我去，寄去，收不到怎么办？"见我听不懂，儿子就解释，榛子奶奶是村里的老寿星，据说过百岁了，山上最粗的那株榛子树，就是她栽的。榛子奶奶直到二十几年前，才头一回离开山村，进了趟北京，在天安门前，照了张相，但是"背篓邮递员"送信翻山的时候，在山溪边滑倒，掉到溪水里又转瞬跌崖的几个邮件里，有一个就是人家寄来的照片。我就跟儿子说，你应该陪杨哥把新拍的照片送到榛子奶奶手里。

他们送照片去，一进村就愣了。全村人正为榛子奶奶办丧事。唢呐吹出高昂的曲调，接着是鞭炮连串响。看到他们带去的照片，不仅榛子奶奶家的人高兴，村民们传看完，最大的一张就挂在了"榛子林餐旅店"的堂屋里，住在那里的几个年轻游客也都称赞拍出了百岁老人的独特神情。榛子奶奶的重孙子告诉他们，这是喜丧，他们两个就是天上掉下来的神仙！几个山村壮汉，胳膊交叉，组成了两乘轿子，让他们分别坐上去，随着送葬的队伍，往山顶上走。密密的树林，旋转的落叶，坠落的榛子、栗子、松子落到头上身上，让心窝好痒好甜……在山顶，那棵最古老的榛子树下，人们埋下了骨灰盒，竖起一块石碑。那天杨哥和我儿子成了山村的一员，每一户人家都跟他们称兄道弟，跟他们说常常回来，炕随便睡，馍随便吃，菜随便撅，酒随便喝……村民簇拥到村边，唢呐声声送别，杨哥和我儿子全笑着哭了。

他们回来给我提来一兜大榛子，给我看新拍的照片，我对杨哥说："这次拍的一定能得奖。"杨哥说："还要什么别的奖？我已经得了大奖啦！"

蜘蛛脚与翅膀

跟老伴看完《梅兰芳》，从电影院出来，在人行道上缓步前行，议论着观影心得。忽然觉得身后有竹竿点地的声响，一回头，是一位戴墨镜的盲人，立即意识到，不该占住脚下的盲道，让开后，道歉："对不起，真不好意思!"盲人却并不移动，叫出我的名字来。老伴好吃惊。我倒并不以为稀奇。想必他从电视里听过我在《百家讲坛》揭秘《红楼梦》的讲座。一问，果然。于是说："感谢您听我的讲座，欢迎批评指正啊!"本是一句客气话，没想到他认真地指正起来："你讲得好听，可是，观点另说，你有的发音不对啊。'角色'不该说成'脚色'，该发'决色'的音。刘姥姥，你'姥姥'两个字全发第三声，北方人习俗里是前一字第三声，后一字第一声短读……这还都是小问题，有的可是大错啊，你说史湘云后来'再醮'，其实应该是'再醮'，那'醮'字发'叫'的音啊。奇怪的是，你明明是认得'醮'字的呀。你前面讲贾府在清虚观打醮，'醮'这个字不知道重复了多少次，你都正确地发出'叫'的音啊!

寡妇'再醮'，就是她再次进行了祈福仪式，是改嫁的意思啊……"

老伴先替我道谢："谢谢啦，就是应该跟淘米似的，每一粒沙子都给他挑拣出来啊！"我非常感动，在这样一个傍晚，这样一个地点，陌生人如此不吝赐教，是我多大的福气啊！

万没想到，他接着讲出这样一番话来："这世界上，大概只有我单拨一个人，知道你为什么出这么个错儿……那一定是，五十多年前，在钱粮胡同宿舍大院里，你总听见我奶奶说'再醮''再醮'的……那是俗人错语呀，词典字典不承认的，你到电视上讲，哪能这么随俗错音呀，应该严格按照正规工具书来啊！"说到这儿，他脸微微移向我老伴，"嫂夫人，您说是不是这个理儿呀？"

我惊喜交集，双手拍向他双肩，大叫："喜子！是你呀！"

他用左拳击了我胸膛一下："苟富贵，毋相忘！你还记得我！"

我们进到附近一家餐馆，点几样家常菜，边吃边畅叙起来。

老伴问他："您怎么只听两句，就认出他来了啊？"喜子笑眯眯地说："他要没上电视，我也未必听得出是他。我们半个多世纪没见过了。当然，我一直记得他那时候的话音。那时候我们都没变声呢。我呀，眼睛长在心上。成年人，只要听见过一声，那么，再出一声，不管隔了多长时间，也不管在什么地点，哪怕很嘈杂，好多声音互相覆盖、干扰，我多半都能'看见'那个出声的人，一认一个准儿啊！"

我说："我在明处，你全看见了。可你是怎么过来的？能告诉我吗？"他说："我从盲人学校毕业以后，到工艺美术工厂，先当工人，后来当技师，现在当然也退休啦。我老伴也是心上长眼的。可我们的闺女跟你们一样。不夸张地说，我差不多把咱们国家出版的盲文书全读过了。现在闺女利用电脑，还在帮我增长见识。活到老，学到老，咱们这代人，不全有这么个心劲吗？"

我说："坦白说，这些年我真把你忘了，忘到爪哇国去了……"他说："人都有自己的命运，分离多年，遇上了能想起来就不易。其实我也曾经把你忘了，后来广播里、电视上有你出现，我才关注起你来。如果不是今天我恰巧也来听《梅兰芳》，也就没这次邂逅。闺女问过我：小孩时候，你就觉得这人能成作家吗？我就告诉她，是的，因为，他往墙上给我画过……"

回到家，我给老伴详细讲起半个多世纪以前的往事。那时候，在钱粮胡同宿舍大院，喜子奶奶常叨唠他妈是"寡妇再醮"，给好些气受。其实，喜子奶奶对他妈最不满的，是他的姐姐、妹妹都正常，他生下来却双眼失明。那时候他常坐在他家侧墙外的一张紧靠墙的破藤椅上晒太阳。有一次，我们几个淘气的男孩，就拿粉笔，以他为中心，往黑墙上画出蜘蛛脚，还嘎嘎怪笑。我开头也觉得这恶作剧很过瘾，但是，见到他脸上痛苦的表情久久不散，就有点良心发现，过了一阵，别的小朋友散去了，我就过去把那些蜘蛛脚全擦了，另画出了两只大翅膀。说来也怪，我也没告诉他我的修改，喜子却微笑了，那笑脸在艳阳下像一朵盛开的花……

老伴听了说："做人，你要继续发扬善良。如果你还写得动，那么，画蜘蛛脚，得奔卡夫卡的水平；画翅膀，起码得有鲁迅《药》里头，坟头上花环那个意味吧！"

皱皮苹果

从郊区书房回到城里的家，总会遭逢一大撂待拆看的邮件，我的习惯是先看熟悉者的，对于那些寄件方不熟悉的，一般是先拆看外表堂皇的。这是否有些个"嫌贫爱富"？但"金玉其外"的诱惑，恐怕是很多人都难以拒绝的，尽管往往会发现"败絮其中"，也只好叹息一声了之。有的来函，信封寒酸，字迹幼稚，右下角的地址是某镇某村，由作协或编辑部贴条转来，根据近年来的经验，这样的信函，很少是读我新作品后告知感想的读者来信，多半是附上他写的并不成熟的习作，希望我能往报刊推荐的。

回到城里，大体浏览一下积存的邮件后，我多半会下楼，到附近绿地遛遛。那天到票友聚集的廊亭，听他们轮番演唱，几位经常炫技的票友，已成为我们那一带的明星，我一见他们那堂皇的架势，就总要坐到廊栏上洗耳恭听，无论是裘派黑头，还是程派青衣，听着那些唱段，真觉得满耳落花，满心沁芳。不仅那些名票脸熟，就连总去旁听的，也有若干熟脸，有位年纪估计跟我相仿的，个头矮小，其貌不扬，他欣赏时，总轻闭双眼，一只手还随那声腔在膝上轻扣，他那满脸的皱纹也微微抖动，令我觉得非常滑稽。

那天傍晚遛弯回家，饭后想吃水果，去阳台取，我家的水果一般都放在阳台的一个大纸匣里，弯腰一看，所储水果不多了，又忽然发现，在角落里，有只不大的苹果，显然是很久以前买来，一直忘了吃的，赶忙取出来，放在手心里一看，它那表皮已经干燥得起皱了。

想起多年前读过的一首诗，忘了是国人写的还是翻译过来的，里头有几句是以苹果的名义请求："削我皮，或者用牙啃／之前，能否仔细欣赏一下／我表皮的美丽。"苹果，以及其他水果，确实有权利这样要求人类。实际上我是一贯比较注意水果外表的，而且经常"以貌取果"，也懂得把比如说苹果的外皮当作专门的审美对象，我曾很小心地将一只大苹果那华丽的外衣削成连续不断的螺丝转，然后将它巧妙地搁放到桌子上，令它望去仍是一只完整的大苹果。

那天我仔细端详那只皱皮苹果，忽然非常感动。它在被遗忘的那相当长的一段时间里，不让自己沾染霉菌，坚决地不腐烂，因此虽然它的表皮因脱水而发皱，却身无黑斑，并且让那红晕依然具有诱惑力，还散发出一种略带酒味的甜香。它是怎样度过那些寂寞的日子，如何洁身自好、保存实力，甚至还利用那被冷落的时间，尽量把自己的糖分保持住的?!

我把皱皮削掉，那苹果露出的果肉居然鲜若处子，先尝一口，异常香甜！吃完它，还回味了许久。

第二天，我又下楼遛弯，又去听那些票友演唱。那位我觉得颇为滑稽的听众，又在那里闭眼击节。我忽然觉得，他很像是一只皱皮苹果。待那边一曲唱完，我就跟他说，您为何不来上一段？他脸倏地红了，更像皱皮苹果了。接着也有其他人注意到了他，跟着劝，或者竟是跟着起哄，后来连操琴的也问，他究竟想露哪段？他呢，站起来，走到人群当中，说了声"让徐州"，清清嗓子，跟拉琴的对了对弦，然后在琴师配合下，居然唱起了言派腔，宛转优雅，吐字如珠，我觉得那一刻他就仿佛削掉皱皮的苹果，因为在落寞中久久地自爱，保存住了一腔鲜活，一旦得以施展，则散发出沁人心脾的香甜。一曲终了，掌声里，我悟出更多。

我承认，因为对积存的邮件里那些"皱皮"的一贯轻视，有的启封后潦草一瞥，就会马上当作废物丢弃。现在，我提醒自己，也许，那会是一只"皱皮苹果"，虽然其貌不扬，甚至猥琐鄙陋，但表皮里面，却会有鲜活的甜汁，我必须慎重对待，不得轻率处置。尽管到目前为止，还没发现好比能唱言派"让徐州"的高手能人，但殷殷期待之心，确是有了。

又想到，悠悠人生，谁能永居中心？谁能永有抢眼而马上被选取、光艳显示的机会？我自己，也颇像滑落到果匣角落的一只苹果，我能否努力避免感染霉菌，在洁身自好中，任凭表皮起皱，而内里仍默默地保持、积蓄着能贡献于他人、社会的精华呢？

竹 排 嫂

　　这是山东莱阳的一个镇子，一个很大的院子里，住着来自福建的老板，他经营竹排生意。他进料加工所制的竹排，不是在水上运行的那种筏子，而是用于建筑工地，铺放在脚手架上，供建筑工人踩踏的承重物。福建人为什么跑到山东做这样的生意？莱阳哪有竹子，竹子要从南方进货，他为什么不就在福建经营？镇子里的人们，很少有人对此寻根究底，反正自改革开放以来，人员流动，离乡谋生，已是常态，镇子附近村里的男人，就多有到城市里当建筑工人的，留守的媳妇们，则有不少到福建老板这里来打工，造竹排。

　　竹排的原料，一是竹子，大货车运来竹子，卸下，先要破开，再截成一定的长度，然后在截得的竹板上打孔；再就是比较细的钢筋，用来将打好眼的竹板穿起来。固定的方式有两种，一种是用能套住钢筋头的扳子，将露出竹排两边的钢筋头掰弯，箍定竹排；另一种是钢筋段两端有螺纹，然后将螺母旋进去箍紧。这是并不轻松的体力活儿，本应都由男子汉来干，但是如今镇子附近的村里，留守的男子多是老弱病残，于是，形成了竹排嫂大军，她们生产出的竹排，隔几天就有大货车来装走，福建老板望着满载的货车远去，笑逐颜开，竹排嫂们则盼着运竹子的货车到来，那样，她们就可以继续挣钱了。她们挣的是计件工资，每天东方发亮她们就来，在露天干活，中午不回村，自带馒头，就着花生米，喝老板供应的开水，吃完喝完，稍稍再说笑一阵，再接着干，直到天光模糊，收工时当着老板点数，算下来，每个竹排嫂平均每天能挣 80 元，一个月下来，能有 2000 多元的收入。这收入于她们至关重要，在城里务工的男人虽然每天的工资比她们高许多，但是要等到春节前，才能领足工资，若是大小老板拖欠，还得抗争一番，才能把钱带回家，因此，竹排嫂们每月一结的收入，便是家中老小生活的切实支撑。

羊群有头羊，竹排嫂里有头嫂，她男人恰好姓祝，从老板起大家就都叫她竹嫂。竹嫂五官端正，身体健壮，皮肤黧黑，嗓门特大。她男人在北京建筑工地干钢筋工。往往是，下小雨了，竹嫂带领妇女们退进简陋的檐棚下，继续制造竹排；雨下大了，有的人不干了，她套个雨披，还干，直到瓢泼大雨倾泻而来，她才罢休。她儿子上小学，放了学，就来工地找她，她让孩子趴在制造好的竹排垛上写作业。后来，另几位竹排嫂也让自己的孩子放学后过来，几个孩子一起写作业。竹嫂有时会去院外小店，买来小瓶的奶发给孩子们喝。

有次老板进的竹子，破开后飞出粉尘，显然那竹子是让虫子啃过了，老板还让制成建筑工地用于蹬踩的竹排，竹嫂就抗议："不行！建筑工人踩上去不安全！"老板说："知道你男人是干那个的，可哪能那么巧，偏赶上他去踩呢？再说，这样的竹片也不至于就会踩折！"竹排嫂们的男人都是在建筑工地干活的，听了老板这话一窝蜂反驳，一个说："她男人没踩上，我男人踩折了摔下来你偿命！"一个说："谁踩上也是个地雷！"竹嫂就跟老板说："我们还给你拿它做竹排，不过不是做建筑工地用的，做成养羊的那种！"养羊的竹排承重不用那么讲究，而且，竹片之间要留缝，好让羊屎蛋漏下去，当然，批发价也就低许多。老板不愿意："最近哪有来要那个货的啊！"竹嫂就做主："姐妹们，这批竹子咱们就给他弄成养羊的！"又对老板说，"你不能黑心赚钱，你要有良心！做成的羊排给你码得齐齐的，早晚能销出去！"老板退让了："好吧好吧，你个竹嫂，还真惹不起你！"

来了个新手，原来是在鞋厂打工的，鞋厂生意不好，被裁了，来做竹排。为了计件多得，她穿竹排的时候，本该在上好螺母以后，用锉子把露出的螺纹锉花，以防螺母在运送摆放中震松，她却省略那道工序，直到收工前，才被竹嫂发现，竹嫂不依，那媳妇说："你倒比老板还狠，哪有那么巧的事，偏我做的就散架！"吵到老板那里，老板对那新手说："你的男人，是在城里收废品吧？你要不跟竹嫂她们一条心，我也不敢用你了。我出的竹排为什么供不应求？口碑那么好？就因为我这里干活的媳妇们，男人全在城里建筑工地干活，她们的心思，是质量的保证，你想干下去，就得听竹嫂的，连我也得让她三分！"结果，那天竹排嫂们加班，把那新手做的竹排一个个找出来再加工，她们不再争吵，而是一起唱起了流行歌曲……

偷　父

那晚我到家已临近午夜，进门后按亮厅里的灯，从地板的印记上，我立刻感觉到不对劲儿，难道……我快步走到各处，一一按亮灯盏，各屋的窗户都好好地关闭着啊，再回过头去观察大门，没有问题呀！但是，当我到卫生间再仔细检查时，一仰头，心就猛地往下一沉——浴盆上面那扇透气窗被撬开了！再一低头，浴盆里有明显的鞋印。呀！我忙从衣兜掏出手机，准备拨 110 报警，这时又忽然听见窸窸窣窣的声响，循声过去，便发现卧室床下有异动，我把手机倒换到左手，右手操起窗帘叉子，朝床下喊："出来！放下手里的东西！只要你不伤人，出来咱们好商量！"

一个人从床底下爬出来了，那是一个瘦小的少年，剃着光头，身上穿一件黑底子的圆领 T 恤，我看他手里空着，就允许他站立起来。他站起来后，显示出 T 恤上印着一张明星的大脸，比他的头至少要大三倍，那明星也不知是男是女，斜睇着挑逗的眼神，说实在的，比他本人更让我吃了一惊，不禁用窗帘叉指去，问："这是谁?"那少年万没想到,我先问的并不是他,而是那 T 恤上的明星,更懵了,我俩就那么呆滞了几秒钟,他先清醒过来,嘴唇动动,说出那明星的名字,我没听清,也不再想弄清那究竟是韩星日星还是中国香港台湾的什么星,我仍用那窗帘叉指向他,作为防备,问他:"你偷了些什么?把藏在身上的掏出来!"

他把两手伸进裤兜,麻利地将兜袋翻掏出来,又把双手摊开,回答说:"啥也没拿啊!"我又问他:"你们是一伙子吧?他们呢?"他说:"傻胖钻不进来,钳子能钻懒得钻,我一听钥匙响就往外钻,他们见我没逃成,准定扔下我跑远了,算我倒霉!"看他那一副"久经沙场"、处变不惊的模样,倒弄得我哭笑不得。

我用眼角余光检查了一下我放置钱财的地方,似乎还没有受到侵犯,他算倒霉,我算幸运吧。我仍是伸出窗帘叉的姿势,倒退着,命令他跟着我的指挥来到门厅里,我让他站在长餐桌短头靠里一侧,自己站在靠外一侧,把窗帘叉收到自己这边,开始讯问。

他倒是有问必答,告诉我他们一伙,因为他最瘦,所以分工侦察,本来他到我家窗外侦察后,他们一伙得出的结论是"骨头棒子硌牙",意思就是油水不大还难到手。确实也是,我的新式防盗门极难撬开,各处窗户外都有花式铁栅,就防贼而言可谓"武装到了牙齿",但"智者千虑,必有一失",唯独大意的地方就是卫生间浴盆上面的那扇透气窗,那窗是窄长的,长度大约六十厘米,宽度大约只有三十厘米,按说钻进一只猫有可能,钻进一个人是不可能的,没想到站在我对面的这位"瘦干狼"——他自己后来又告诉我,在游乡的马戏班子里被训练过柔术的——竟能钻将进来!

"您为什么还不报警?"他问我。他能说"您",这让我心里舒服些。我把手指挪到手机按键上，问他："你想过，警察来了，你会是怎么个处境吗？"他叹口气，说出的话让我大吃一惊："嗨，惯了，训一顿，管吃管住，完了，把我遣返回老家，再到那破土屋子里熬一阵呗。"他那一点无所谓，甚至还带些演完戏卸完妆可以大松一口气的表情，令我惊奇。

我就让他坐到椅子上。我坐在另一头，把窗帘叉子靠在桌子边，跟他继续交谈。他今年 14 岁。家乡在离我们这个城市很远的地方。他小学上到三年级就辍学了。一年前开始了流浪生活。现在就靠结伙偷窃为生。有几个问题他拒绝回答，那就是：他父母为什么不管他？他们一伙住在什么地方？他钻进我的私宅究竟想偷窃什么？如果我还不回来，他打算怎么下手？面临这些追问，他就垂下眼帘，抿紧嘴唇。

我望着被灯光照得瘦骨嶙峋满脸灰汗的少年，问他："渴吗？"他点头，我站起来，他知道我是想给他去倒水，就主动说："我不动。"我去给他取来一瓶冰可乐，又递给他一只纸杯，他不用纸杯，拧开可乐瓶盖，仰头咕嘟咕嘟地喝，喝了一小半，就呛得咳嗽起来，我拿几张纸巾给他，让他擦嘴，他却用那纸巾去擦喷溅到桌上的液体，我的心一下柔软到极点，我摩挲一下他的光头，发现他头顶有一寸长的伤疤，凸起仿佛扭动的蚯蚓，他很吃惊，猛地抖身躲避，瞪视着我，我就问他："饿吧？"他摆正身子，眯眼看我，仿佛我是个怪物，我也不等他回答，就去为他泡了一碗方便面，端到他面前。这期间那窗帘叉滑落到了地板上，他很自然地站起来，把窗帘叉靠还到原处，又坐回去，于是我知道，这个少年窃贼和我之间已经建立了一种基本信任。

他呼噜呼噜将那方便面一扫而空。我知道他还不够，就又去拿来一只果子面包，他接过去，津津有味地啃起来。我有点好奇地问："你们不是每天都有收获吗？难道还吃不饱？"他告诉我："有时候野马哥带我们吃馆子，吃完撑得在地上打滚……这几天野马哥净打人，一分钱也不让我们留下……"我就懂得，我，还有我的邻居们，甚至这附近整个地区，所受到的是一种有组织有控制的偷盗团伙的威胁。他一定从我的眼神里看出了什么，吃完面包，抹抹嘴说："您放心，有我，他们谁也不会再惹您来了。"我又一次哭笑不得。

我想了想，决心放他出去。我对他说："我知道，我的话你未必肯听，但是我还要跟你说，不要再跟着野马哥他们干这种违法的事了。你应该走正路。"他又点头又咂嘴，样子很油滑。但是我要去给他开门时，他居然说："我还不想走。"我大吃一惊，问他："为什么？"他回答的声音很小，我听来却像一声惊雷："我爸在床底下呢……"天哪！原来还有个大人在我卧房床底下！我竟那么大意！竟成了《农夫与蛇》那个寓言里的农夫！我慌忙将窗帘又抢到手里，又拨110，谁知这时候手机居然没信号了，怎么偏在这节骨眼上断电！我就往座机那边移动，这工夫里，那少年却已经转身进了卧室，而且麻利地爬进了床底下，我惊魂未定，他却又从床底下爬了出来，并且回到了门厅，我这才看清，他手里捧着一幅油画，那不是我原来挂在卧室墙上的吗，这究竟是怎么一回事？我正想嚷，他对我说："我要——我要我爸——您把我爸给我吧——求您了！"

几分钟以后，我们又都坐在了餐桌两头，而那幅画框已经被磕坏的油画，则竖立在了我们都能看清的餐具柜边。我们开头的问答是混乱的，然而逐渐意识都清明起来。

那幅油画，是我前几年临摹的荷兰画圣凡·高的自画像，我那一时期狂爱凡·高的画风，根据资料，几乎临摹了我所能找到的凡·高的每一幅作品，这幅凡·高自画像是他没自残耳朵前画的，显得特别憔悴，眼神饱含忧郁，胡子拉碴，看去不像个西方人倒像个东方农民。出于某种非常私密的原因，我近来把这幅自以为临摹得最传神的油画悬挂在了卧室里。少年窃贼告诉我，他负责踩点的时候，从我那卧室窗外隔着铁栅看见了这幅画，一看就觉得是他爸，就总想给偷走，这天他好不容易钻了进来，取下了这幅画，偏巧我回来了，他听见钥匙响就往外逃，他人好钻，画却难以一下子随人运出去，急切里，他就又抱着画钻到卧室床底下去了……他实在舍不得那画呀，那是他爸呀！

我就细问他，他爸，那真的爸，现在在哪儿呢？他妈妈呢？他不可能只有爸爸没有妈妈啊！可是他执拗地告诉我，他就是没有妈，没有没有没有。后来我听懂了，他妈在他还不记事的时候，就嫌他爸穷，跟别的男人跑了。他爸把他拉扯大。他记得他爸，记得一切，记得那扎人的胡子茬，记得那熏鼻子的汗味加烟味加酒味……他也记得他爸喝醉了，因为让他拿什么东西过去迟慢了，就用大铲子般的手抓他过去，瞪圆了眼睛吼着要打他，却又终于还是没有打。爸爸换过很多种挣钱的活路，他记得爸爸说过这样的话："不怕活路累活路苦，就怕干完了拿不到钱。"他很小就自己离开家去闯荡过，有回他正跟着马戏班子在集上表演柔术，忽然他爸冲进圈子，抱起他就走，班主追上去，骂他爸："自己养不起，怪得谁？"他爸大喘气，把他扛回了家，吼他，不许他再逃跑。那一天晚上，爸爸给他买来一包吃的，是用黄颜色的薄纸包的，纸上浸出油印子，打开那纸，有好多块金黄色的糕饼，他记住了那东西的名字，爸爸郑重地告诉他的——桃酥！讲到这个细节，少年耸起眉毛问我："您吃过桃酥吗？"我真想跟他撒谎，说从来没有吃过……

他记得许许多多的事，他奇怪我会愿意听，他说从没有人这么问过他，他也就从来没跟别的人讲过他爸爸的事情，野马哥也好，傻胖、钳子什么的也好，谁都不知道他爸爸的事，就是他有时候闷了，想起爸爸那胡子茬扎人的感觉，想说，人家也不要听，而我怎么会愿意听？可乐喝完了，我又沏上两杯茶，给他一杯，让他从容地诉说，他坦言，觉得我有病，不过就是有病的人愿意听他讲，还有香茶喝，他为什么不讲个痛快呢？他就连他爸的那些个隐私也告诉我了：有那脸庞身都不错的娘儿们，愿意跟他爸睡觉，说他爸真棒，可惜就是穷。他问过他爸，是不是这以后就能添个妈了？爸就红着眼睛骂他。他懂了，那跟结婚是两回事，同居都不是，像每天清早叶尖上的露珠儿，漂亮是真漂亮，没多久就一点影儿也没啦！他注定是个只有爸没有妈的孩子。

他们那个村子，不记得在哪一天，忽然有人说村外地底下有黑金子，大家就挖了起来。他爸爸也去挖，是给老板挖，下到地里头，出来的时候，当天就给钱，他爸说这活路跟下地狱一样，可是上了地面真有几张现钱，也就跟升到天堂里头差不多了。什么是地狱和天堂呢？少年问，是不是一个像地下防空洞改的旅馆，一个像麦当劳和肯德基呢？我不知道该怎么回答他，真的。

于是他讲到了去年那一天，那是最难忘记，然而又是最难讲清楚的一天。那天半夜里村子忽然闹嚷起来，跟着有呜哇呜哇的汽车警笛声，他揉着眼睛出了屋……简单地说，村外的小煤窑出事故了，他爸，还有别的许多孩子的爸，给埋井底下了……过了好几天，才从井底下挖出了遇难矿工的尸体，人家指着一具说是他爸，他怎么看也不像，实在也不敢多看，别的孩子，还有那些孩子的妈妈、亲戚什么的，也都认不大清，不过点数，那数目是对的，大家就对着那些也分不清谁家的尸体哭……他为什么没有得到有关部门的补偿？他说不清，他只说他们村里死人的人家都没得着钱，矿主早跑了不见影儿，人家说他们那个小煤窑根本就是非法的，不罚款已经是开恩了，还补偿？

少年说，他从我那卧室窗外，望见了这幅画，没想，就先叫了声"爸"。他奇怪他爸的像怎么挂在了我屋里？他说绝了，他爸坐在床上，想心事的时候，就那么个模样。我难道还有必要跟他说，那是个万里以外，百多年以前的一个叫凡·高的洋人？

少年说这些事情的时候，眼里没有一点泪光。说实在的，电视里矿难报道看多了，我的心也渐渐硬得跟煤块没有多大差别，听这孩子讲他爸的遇难，也就是鼻子酸了酸，但是，当我听清这孩子这天钻进我的屋子，为的只是偷这幅他自以为是他父亲画像的油画，我的眼泪忍不住就溢出了眼角。

少年惊诧地望着我。我理解了他，他能理解我吗？我感到自己是那么软弱无力，我除了把这幅画送给他，还能为他，为他父亲那样的还活着的人们，为那些人的孩子们，做些什么？

一时的冲动中，我想收养他。但是我有儿子，已经结婚另住，并且即将让我抱孙子或者孙女了，我在法律上不具备收养权。我供他上学？即使他愿意以初中生的年龄，去小学再从三四年级读起，这城里的哪所小学又能收留他？我给他一笔钱，让他自己回乡去上学？那钱说不定明天就会大部分装进野马哥的腰包里。我每月给他寄钱？寄给他本人？他会按我的要求花费吗？……望着他，我一筹莫展。

"您放我走吧，还有我爸。"少年望望窗外，请求说。

我把画送给了他。或者说我物归原主。我忽然为他焦虑，就是这样一幅不算小的油画，他捧着出去，遇见巡逻的，人家一定会抓住他。我决定为他写一张条子，说明这画是我送给他的。我这才问他的名字，他告诉了我。他的姓氏比较少见，名字却非常落俗。我本想在纸条上连我的电话也写上去，稍微冷静点后，我制止了自己的愚蠢想法；写好纸条，我告诉他如果人家不信，他就带那些人来按我的门铃，我会当面为他做证。他把纸条塞进裤兜，也不懂得道谢，但他脸上有了光彩。我把门打开，他闪了出去。

关上门以后，我竟倏地若有所失。不到半分钟，我冲了出去，关上门，捏紧钥匙，希望能从楼梯天井望到他的身影，没有，我就一溜烟跑下楼梯，那速度绝对是与我这把年纪不相称的，我气喘吁吁地踏出楼门，朝前方和左右望，那少年竟已经从人间蒸发，只有树影在月光下朦胧地闪动。

我让自己平静下来。当一派寂静笼罩着我时，我问自己："你追出来，是想跟他说什么？"

是的，我冲出来，是想追上他补充一句叮嘱："孩子，你以后可以来按我的门铃，从正门进来！"

夜风拂到我的脸上，我痴痴地站在那里。

一句更该说的话浮上我的心头："孩子，如果我要找你，该到哪里去？"

喜鹊妈

　　陈老太太原来一天里做两桩大事，近来只剩一桩大事，另一桩，缩减为一周一次了。

　　先说如今每天还必须做的那桩大事。是要到客厅窗边去做的事。那窗外下边有个空调室外机，陈老太太很少使用空调，炎夏时觉得热了就吹电风扇，那个空调室外机呢，她铺上一块橡胶脚垫，就成了一个饲鸟的平台。一年前，陈老太太去开窗透气，看到有麻雀在空调室外机上觅食，就取来面包，丢些面包屑，结果不但麻雀开心，还有些别的鸟也飞落过来抢食。这些鸟儿本来就不怎么怕人，陈老太太连续开窗喂食以后，有的鸟儿成了常客，就更是落落大方，自从有回她搓了些鸡蛋黄去喂以后，有的那雀儿对她扔下的小米，就大有不稀罕的表现，叽叽喳喳地仿佛在催她"给点更好吃的"。她发现体态大点的鸟儿，主要是黑白花喜鹊和灰喜鹊，需要喂大粒些的食物，就煮玉米，掰玉米粒撒下去，又煮红薯搓成跟玉米粒等大的小球去喂。渐渐每天除了偶然参与进来的过路鸟，许多鸟儿成了陈老太太窗前的常客。有一只大喜鹊，一天带着三只小喜鹊飞来，那三只小喜鹊显然是刚学会飞翔，尾巴还没长足，鸟喙颜色淡而且单薄，勉强跟着大喜鹊落到了空调室外机顶的垫子上，自己还不习惯啄食，仰着脖子张开粉洞般的嘴巴等大喜鹊去喂，那大喜鹊想必是妈妈，耐心地把食物衔起喂到孩子嘴里。陈老太太对那几只小喜鹊甚为怜惜，后来就专门为它们准备了用玉米糊蛋黄和肉泥糅合成的小丸子，一旦喜鹊妈带了孩子过来，就拿出来让它们专享，当然也难免有别的鸟儿眼尖嘴快，一口抢去的，陈老太太见了就呵呵训斥："抢什么！你们吃这个，就不怕得痛风！"

陈老太太生活非常有规律，但偶尔也会小小地乱套。那晚是老伴仙去三周年的忌日，虽说一直提醒自己不能伤感必须达观，究竟还是禁不住往事如烟云氤氲心头，夜里没睡好，早上起迟了，睁开眼，就觉得耳边十分聒噪，起来朝窗外一望，对面楼上，正对自己的那个楼层分界檐上，密密匝匝地站满鸟儿，都在朝自己住室这边鸣叫。她不得不先放弃洗漱，从冰箱里取出贮备的鸟粮，打开客厅窗户，往那喂食台上布食，鸟儿们就展翅冲上来抢食。

陈老太太原来也是每天必做，而现在减缩为一周一次的事情，则是为孙女儿小莺煲靓汤。小莺从小跟着爷爷奶奶长大。虽说一直有小时工每天下午五点来先打扫卫生或洗衣服再做饭，陈老太太别的事都放心让小时工去做，煲汤却总坚持亲力亲为，而且她有一册专讲煲汤的书，已经翻得卷曲油渍了，却还奉为经典，根据节气，变换着照那书上的指示煲汤来保养她的宝贝孙女儿。今年小莺考上了大学，住校攻读，周末才回奶奶这里。于小莺来说，摆脱了奶奶每天催喝靓汤的溺爱，乃是一件舒心之事，可是对于陈老太太来说，每当与外派中亚工作的小莺父母通电话时总要频频哀叹："你们在那里搞工程，没靓汤喝也倒罢了，可怜小莺还在发育期，那食堂伙食我试过一次就难受了三天，她现在一周才能喝我一次汤，长此以往，可怎么得了啊！"

这个周六晚上小莺没回来，直到周日上午奶奶喂鸟的时候才回来，陈老太太听见小莺的动静本应立即回身，把头晚的一腔埋怨和奉献靓汤的满心欢喜倾泻出来，可是，那空调室外机顶上的一幕，却使她惊诧莫名，愣住了。她认出了那只喜鹊妈，前些天她就发现跟随喜鹊妈的小喜鹊少了两只，现在跟着来的一只，身量尽管小，尾巴却已经长长的了，喙也颜色深了厚实了，可是，这只小喜鹊挤在喜鹊妈身边，还是张大嘴巴，希望喜鹊妈把上好的食物喂到它嘴里，喜鹊妈呢，却不但不衔食喂它，还生气地啄它的脖颈，甚至用自己的身体，拼命地把那小喜鹊往平台边上挤，一直把那小喜鹊挤得掉了出去，最后只能勉强展翅朝远处飞去……

陈老太太感觉小莺搂住了她一边肩膀，显然孙女儿也看到了那惊人的一幕。她听见小莺柔声地跟她建议："奶奶，您换两桩事做吧。这样喂雀儿，它们渐渐都不会自己去捉虫儿了。我喝了您十几年的靓汤，足够了，您也该放手让我自己去生存了，就像这喜鹊妈对待它的孩子一样……"

喊　山

　　放学的队伍过了马路就解散了。

　　赵普、张艇和倪飞三个男生一路，背着双肩挎书包，往绿荫四合的小街走去。他们的家都在那个方向。

　　小街上有座医院。医院墙外，一直竖着一个告示牌。这天，牌子新漆过，那上面的告示特别扎眼："医院附近，请勿鸣笛喧哗。"

　　他们几乎天天路过那里，以往都没怎么注意过那告示牌。这天放学，煞白底子上鲜红的大字忽然主动蹦进了他们眼里。

　　倪飞尖鼻子一歪，说："什么呀，不就是个破医院吗？我爸开着凌志车，什么时候想鸣笛就鸣笛……"

　　耳郭圆圆的赵普说："乱鸣笛要罚款的！"

　　倪飞笑得虎牙闪闪发亮："罚就罚！那回爸爸开车带着我们去游乐园，人家说我爸停车的位置不对，我爸眼都没眨，掏出一张百元大票就递了过去……到头来我们就是没挪！"

　　鼻翼边有颗黑痣的张艇斜了倪飞一眼："你爸有什么了不起？

他打电话请我爸吃海鲜，还总说让我爸带上我们全家'一起光临'……回回被我爸……那个词儿是什么来着？上回语文小测验还考过的——"

"婉拒。"赵普提醒说。

"对了，婉拒。挽救的挽，拒绝的拒……"

"不是挽救的挽，是女字边一个宛……"

"就你知道！"张艇很不高兴。

"写错了要扣两分呢！"赵普说。

"就你，那么在乎一分两分的！我爸说了，我将来要是考重点校差了分，别说差个一分两分的，就是差得再多些，他去一赞助，我也就上成了！"倪飞得意地说。

"算了吧！"张艇指着倪飞鼻子说，"你得什么意！……你爸请我们全家吃海鲜，我们——又该用哪个词儿来着——嗨，想起来了！我们——赏光——过吗？"

倪飞脸涨得通红，把头一甩："反正，我就敢在这儿喧哗！罚款就让他罚！还能罚穷了我爸?!"说完，顿着脚，伸直脖子大声喊："发——财——呀——！黄金——万两——呀——！"

几个骑车路过的大人，很不满意地朝倪飞望去；可是，他们并没有下车，也就那么骑过去了。

倪飞喊完，只望着张艇，脑袋左右摇摆，眼睛里喷出挑战的强光："我就敢喊！你行吗？"

张艇不服气。想了想说："那有什么？……管这事儿的王伯伯，他就跟我们一个楼住……大不了，我爸跟他一说……其实也不用我爸，我妈跟王阿姨一说，也就没事了……"

倪飞眼里还在喷挑战的强光："那你喊呀！你敢喊吗？"

张艇鼻翼边的黑痣跳了跳，仰起脖子，便大喊了一声："不——许——喧——哗——！"

这时墙里楼房中，似乎有人从高处窗户里朝外张望。

倪飞和张艇拔脚就跑。赵普愣了愣，也便跟着跑开了。

张艇先到家。那是个有传达室的大院子，里面是一排排外表不怎么起眼，可是里头每个单元面积都很大的，五层的楼房；楼房周围绿化得很好。

倪飞拐了两拐也到了家。他家是一个单独的小院，中式古典门楼，门楼旁有个很大的汽车库；院里却是一栋西洋式的小楼。

赵普的家相对要远些。那是一个杂居的院落。进了永远不关闭的陈旧大门，穿过别人家盖的小厨房，进入第二层院子，再穿过窄小的甬道，绕过一株上百年的大槐树，院落最深处，是他的家。赵普很爱自己的这个家。这个两间平房连带一个厨房的家虽然小小的，可是这些年来也不断地改进着，比如说自来水龙头接进了厨房，原来那台十四英寸的黑白电视请进了里屋，外屋添置了二十一英寸的彩色电视……

爸爸正在小厨房里准备晚饭。妈妈在上班还没回来。这种情形已经出现很久了。

"爸，我来剥蒜吧！"赵普放下书包，就要过去帮忙。

"不用。"爸爸告诉他，"你去里屋桌上看看吧。"

赵普马上跑进里屋。里屋书桌上搁着一本崭新的插图注释本《唐诗三百首》。他马上翻看，高兴极了！一看书背后的定价，好贵！还没问，爸爸从厨房里告诉他："今天又找到个临时的活儿，挣了三十块呢!"又命令,"念一首给我听!"

赵普傻呵呵地问:"念哪首?"

爸爸笑了:"哪首都好!你翻开是哪首就念哪首嘛!"

赵普一翻,呀,好长一首,顶头那句有个字就念不出来,吐下舌头,忙另翻一页,好了,念这首:"独坐幽篁里,弹琴复长啸。深林人不知,明月来相照。"

爸爸在厨房里用鸡蛋和黄酱炸吃面拌的酱,他高兴地嚷:"好美!好香!"也不知道是赞这诗还是赞那酱……

第二天放学时,班主任温老师——一位打扮很入时的青年女教师,点名让赵普、张艇和倪飞留下,到办公室去谈话。

三个人去了,并排站在温老师办公桌前。

温老师一脸严肃地问:"昨天放学以后,你们路过医院外头的时候,是不是大声喧哗了?"

张艇马上回答说:"我没有。"

倪飞望着窗外操场上他爸爸赞助给学校的那高高的联合运动器械,几个同学正在爬绳和悬梯上锻炼……他脸上现出冷笑,心想,喧哗了又怎么着?

温老师轮流望着他们,叹口气说:"大道理我也不用讲了……你们想想,倘若是你们的爸爸妈妈正在那里住院治疗,本来安安静静的,忽然,窗外一声大吼、怪叫——那不是影响治疗和休养吗?……"

张艇马上说:"我爸我妈不会住那个医院……"他爸他妈都是在特别的医院看病,就是他生了病,他爸他妈也不会让他到这个区级医院看病的。

倪飞也说："我们家有自己的保健医生……"他们家的人就是要住院，也只住那所中日合资的高级医院，只是到目前为止，还没出现过那种必要。

赵普说："不管我们在不在那儿住院，喧哗都是不对的……"

温老师盯住他问："那么，你认错啦?"

赵普说："我没喧哗。"

温老师问："你们三个在一起的。你没喧哗，那么，他们俩谁喧哗啦?"

赵普不吱声。

温老师又轮流望着他们，说："做了错事，只要勇于承认，改正就好……"

张艇马上说："我没做错事。"

温老师便只轮流打量倪飞和赵普。

倪飞笑嘻嘻地说："爱喊爱叫的同学很多，怎么见得就是我们呢?"

温老师便从抽屉里拿出一张照片来，对他们说："人家拍下来啦!……正好有亲属来看望住院的病人，又正好在那病房里拍照，人家听见楼底下院墙外有人故意怪叫，就用望远镜头，给你们拍下来啦!唉，今天一大早这照片就送到校长办公桌上了……我真替你们难为情!"

温老师把那张彩色照片放在桌上，三个男生都低下头凑过去看。那照片上，张艇和倪飞都是正转身跑开的一瞬，只有赵普呆呆地站在那里，仰望着上方，嘴巴还有点微张。

温老师指指照片说："铁证如山啊!"

张艇细细一看，放心了，吁出口气来说："我说没我事儿嘛!"

倪飞摸了摸后脑勺："唔，就算我也喊了吧！"

温老师却对倪飞说："你也不必为赵普打掩护！"接着又讲了一番应注意社会公德、有错误应勇于承认改正等道理。末了，她放走了张艇和倪飞，留下赵普一个人。

赵普非常委屈。他说："我真的没喊。"

温老师说："照片摆在这儿。你最明显……"

泪水涌到了赵普眼眶边。他拼命咬嘴唇，心里说无论如何不能让眼泪流到脸颊上。

温老师说："明天请你家长来学校一趟……"

赵普点点头。

温老师回想起，赵普妈妈来开过家长会，还发过言，应该是对孩子的成长很操心的，便说："请你妈妈明天来一趟吧。"

赵普说："她不能来。她不好请假。"

温老师觉得赵普平时没有这么倔，听了不太高兴，便说："难道你爸爸就好请假吗？"她猜，赵普大概是怕妈妈不怕爸爸，这种情况在她教的学生里屡见不鲜。

没想到赵普的回答令她意外："我妈没下岗。我爸下岗了。"

温老师望着赵普，心软了。她沉吟了一下，缓缓地说："其实，这也不算一件太大的事。好吧，就不劳累你的家长了。你自己认真写一份检查，明天——啊，明天星期六——下星期一交给我吧。"看赵普还在那里，狠咬着嘴唇不动弹，就又把桌上的照片往他跟前一推，说："这照片你拿去吧，也不必还给我了。把它当作一面镜子吧，经常看看，也好提醒自己不要再做有损公德的事！"

赵普趁温老师眼光移到那张照片上，飞快地用袖口抹了一下眼睛……

当晚，吃完炸酱面，赵普拿出那张照片，跟爸爸妈妈讲了事情的经过。

"真是铁证如山呢，"妈妈仔细地研究那张照片，说，"从这上头看，还真不好确定倪飞和张艇喧哗了没有……你可是分明张着嘴，仰着脖子，朝人家医院大楼里张望……"

"他们喊完就扭身跑了，我没马上离开……"

"那你在那儿干什么呢？"

"我……我心里想，多不好啊，那楼里的病人该多烦呀……就那么，不知不觉地，仰头朝那楼上窗户望了一下……谁知道，人家就给我照了个正脸儿……"

"可照片上你张着嘴……"

爸爸在一旁插话了："仰头的时候，可不就容易张开点嘴巴么……不信，你看！"说着仰头给妈妈看。

妈妈看看爸爸，又看看赵普，扑哧笑了："你们俩呀，原来，我只当就耳朵长得一般滴溜溜圆……"

妈妈爸爸都相信赵普确实没在医院楼下喧哗。

"检查呢？"赵普问。

"哎呀，你没有犯过的错误，也不能乱写检查呀……唔，我知道，你也不愿意检举他们……再说，他们死不承认，老师又不相信你……我们去帮你解释，老师又可能会觉得我们是袒护你……这可难办了！……"妈妈皱起了眉头。

赵普忽然心里委屈得不行，这回他让眼泪尽情地滴落到面颊上，可咬着嘴唇，不让喉咙里的声音冒出来。

"哎呀，这事就先搁着吧！什么事不能先搁下呀！……"爸爸拿起那本《唐诗三百首》，说，"先念首诗念首诗……看看，看看，我这一翻翻到了哪一首……哟，怎么，还是……弹琴复长啸……?"

妈妈拍着赵普肩膀说："你委屈，你就大声地哭吧！"

爸爸摇头说："别，别……咱们邻居里，也有年老体弱怕惊扰的……"他望着翻出的诗句，忽然来了灵感，拍下耳朵说："生活里常有不痛快的事……没关系，咱们明天找个地方，尽兴尽意地……长啸一顿！对对对，就是去喊山！去到那不干扰别人的地方，喊山！……"

第二天一大早，他们果然坐长途汽车去了远郊，登上了一座不知名的山峰。那虽然不是人们认定的风景区，可是从植被丰茂的山上朝下一望，视野是那样开阔，田野、村落、小河、池塘……在晴阳下是那么美丽动人，可亲可爱！

爸爸说："咱们喊吧！喊出自己的心愿！"说完，他就把双手拢在嘴唇边，当作扩音喇叭，然后，运足了气，雄赳赳地高声喊道："一切——都会——好——起来——!"

妈妈跟着也用那样的姿态，快活地朝着蓝天白云和锦绣大地高喊："我——爱——你——们——!"喊完朝着爸爸和赵普大笑，笑完又喊，"我——喜欢——圆圆的——大耳朵——!"

赵普只觉得有头小豹子，就要从胸膛里蹿出来……爸爸妈妈都笑眯眯地望着他，等着他喊出第一声来……他把双手拢到唇边，拼出全身力气，喊道："我——要——争——气——!"

"——争——气——! 争——气——! 争——气——!"

山谷中回响着赵普那清亮的童声。

蓝玫瑰

　　阿芬敲击着"三星餐厅"的后门，门开了一条缝，露出的那张脸是她最不愿看见的。

　　那张刀把似的脸上，两只小眼睛像两只钉螺，毛蚶似的嘴巴里吐出她最不愿听见的话："又找阿胖！人家懒得见你！"

　　可是刀把脸立刻就被从背后薅开了，这回露出的是阿胖本人。其实阿胖并不算胖。他和阿芬来自几千里外的同一村子，在乡村小学里互为"同桌的你"。村里都把阿胖叫作阿壮。自从阿胖进城谋事，一步步发展到在这"三星餐厅"打荷——打荷是行话，就是给大厨配菜——认识他的人就把他叫作阿胖了。这听来是个挺吉祥的称呼，因为阿壮的奋斗目标就是上灶当大厨，十厨九胖嘛，他倒希望自己早些个发起福来。

　　阿胖见是阿芬，问："什么事？"

　　阿芬便给他使眼色，阿胖于是走了出来，餐厅后门安有弹簧，砰地自动关上了。阿胖回头望望，凑近阿芬，再问："什么事？"

阿芬说："帮个忙……"一边说,一边把眼睛晃到餐厅后墙边。阿胖眼光随之游动,于是看见了一个大纸箱,纸箱表皮上印着"富士苹果"字样,阿胖估计那里头必不是苹果,他问:"什么东西?"

阿芬说:"是花,玫瑰花。"

阿胖"啊"了一声,问:"怎么又卖上花了?钟点工不做啦?"

阿芬也不细解释,只是说:"你给我保管一下!"

阿胖心上仿佛被阿芬的手指尖挠了一下。当年他们在一起时,阿芬常对他用这种命令的口吻说话:"阿壮,你的铅笔呢?给我!""阿壮,帮我家摘花椒去!"……村里孩子们做娶媳妇的游戏,大家公推阿芬扮新娘子,谁扮新郎官呢?正讨论或者说正竞争中,阿芬大声命令:"阿壮,你当新郎!"……

可是,他们近来的关系嘛,有点儿那个……阿胖家在村里从比较穷的变成了比较富的,阿胖本身在城里也算有了门技术,立住了足,可是阿芬家因为种种原因,成了比较困难的人家了,阿芬在城里也总没能找着个可心可意的、能较稳定地挣钱的事儿。今年过春节时,他们都回了家,阿壮家里,给他说了一门亲事,那也是当年他们的同学、玩伴,是村民委员会主任——也就是村长——的闺女;初六时,阿壮家摆了几桌酒,鞭炮放得满村的鸟儿散尽后三天不敢再进村……回城时,在长途汽车站,阿芬和阿壮遇上了,阿芬命令阿壮:"给我拎着包儿!"阿壮赶紧接过去,脸红得像喝醉了酒,讪讪地说:"我……我们,没扯结婚证呢……"阿芬白了他一眼:"谁问你来?!"

回到城里,他们再没见过。阿壮以为阿芬再不会主动找他来了，没想到现在阿芬活生生地站在了他的面前，要他代为保管那一纸箱的东西。

阿胖白天在餐厅厨房里干活，晚上食客散尽，把餐桌拼起来，就成为他和另外几个雇工的眠床。厨房，还有储藏间里，本来就堆放着许多杂物，特别是这类纸箱，很多，所以，替阿芬存放这么一个纸箱，没多大的困难。

只是阿胖不明白，玫瑰花应该赶紧卖掉啊，怎么要在他这儿存放呢？他问。阿芬反问他："哪天是情人节？"

阿胖还真答不出来。别看他混成了打荷的技术工，下一步就要上灶当厨，挣得挺不老少，可他没阿芬见识多。阿芬在不同的家庭里做过钟点工，其中很多雇主是知识分子，属于新派家庭，不用专门求教，耳濡目染之间，便积累了不少阿胖未能掌握的知识和讲究。比如，五天以后，也就是 2 月 14 日，是情人节，过这个节，最大的讲究，就是情人之间，一般是男士向女士，赠送玫瑰花，到那一天，品种最好的玫瑰花，能卖到六十块一枝，就是最一般的，常见的红玫瑰，也要十块钱一枝……所以，阿芬趁今天红玫瑰的批发价还是一百枝四十块，赶紧批出了这一纸箱——整一百枝；据说到明天再批，就要一百枝五十块了，后天则会涨到八十块，到情人节那天早晨，会涨到三百块，甚至五百块，而且还不一定能拿到货！……

"连这都不懂！"阿芬解释完，斜睨着阿胖，鄙夷地说，"你还打荷呢！"

阿胖顿时惭愧得脖颈痒痒。他迈步到那纸箱前，掀开盖子往里看，一百枝红玫瑰，大概每二十枝包成了一扎，体积只占了半纸箱，一点不显得多，不禁咋舌说："呀，到过那个节那天，这四十块就要变成一千块啦！……这么有赚头，你怎么不多批出些来？"

阿芬训斥他说："赚是要赚，不能往钱眼里钻！钻也要会钻，批多了，怎么保管？一个人在街上卖，又没有店，卖足这一百枝也就不容易，再多，当天卖不出，第二天只好三毛钱一枝处理掉——都怕没人要了！"

阿胖抱起那纸箱，说："好轻！我往储藏室一放，人不知鬼不觉的……你十四号一早来取吧！"

阿芬急了："什么？放储藏室？那我用得着找你！……憨胖！……你要给我放冰箱里头，别放冷冻室，放最底下，平时你们放鲜菜的地方……懂吗？"

阿胖愣住了。实施这一任务顿时显得相当艰难……

"怎么，你不愿意？"阿芬问他。

阿胖忙说："我……怎么都愿意……你放心吧！……"

阿芬忽然低下头，两只手攥住垂在胸前的围巾头上的流苏……她对阿胖发命令轻而易举，想说出句道谢的话来却仿佛力不胜任。"阿胖……"她竟嗫嚅着，造不成句子了……阿胖抱着纸箱，站在她跟前，呆呆地望着她，等她把句子造出来……

阿芬抬起头，正视着阿胖，终于造出了句子："……等我有了自己的小花店……那时候，买个花卉保鲜柜……我们就不用……"

阿胖心里滚过一道暖流，忙接上去说："……就不用这么……小打小闹地……光是一百枝了……冰柜我来投资！……"

阿芬一惊，瞪了阿胖一眼："你！谁要你来？"

阿胖委屈地说："你刚刚说过嘛……我们……"

阿芬心旌摇荡起来："我说过……吗？……你！……"

两个人都不记得是怎么分的手。

当天晚上，阿胖请刀把脸去附近康乐城打保龄球。刀把脸是餐厅的杂工，负责洗碗盘还兼搞厅堂卫生。他干活倒不惜力，也不嫌工资低，可是老板一直想炒他的鱿鱼，不为别的，就为他总是懒得搞个人卫生，一双小眼睛总是挂着眵目糊，一星期刷不了一回牙。老板最怕顾客看见他，逢到卫生检查，便把他提前轰出去，由他闲逛一时。刀把脸爱管闲事，说闲话，阿胖把阿芬的那些玫瑰花搁进冰箱后，别的同事都不会多嘴多舌，这几天估计老板来了也不至于遍查冰箱，所以重点是防范刀把脸。阿胖请刀把脸打了一小时保龄球，末后又请他坐到吧厅，让他点饮品，刀把脸点了一客名叫"红粉佳人"的鸡尾酒，没等酒来，更没等阿胖发话，他便主动拍着阿胖的肩膀说："老弟，哥哥明白……我一朵花也没看见过哟！"

接下来的几个晚上，阿胖临睡前，总要打开冰箱，查看那些玫瑰花，并给各束花调换一下位置。到了十三号晚上，那一百枝红玫瑰大体还都完好，只是有一二十枝花瓣边缘似乎有些个蔫卷发乌，这一二十朵明天或者把它们卖得便宜点儿，按一千元算下来，损失的那部分钱他心甘情愿给阿芬补上。当然啦，阿芬是不会接受他的补偿的，不过，就是听阿芬拒绝时的那几句横话，似乎已成为一种甜蜜的期待……

那个节，那个他原来不甚清楚的节，终于随着天边一缕缕的朝霞来临了。那天一早，他蹬着三轮车去蔬菜批发市场为餐厅备鲜菜，朝霞用红玫瑰般的亮光罩住他，使他心里头仿佛也开放了许多艳红的玫瑰。他尽量地早去早回，并且嘱咐了工友们，倘若他还没回来时阿芬就来了，就请他们把那些寄存的红玫瑰交给她，并问清楚她将在什么地方卖那些花……

阿胖急蹬如飞地返往餐厅后门，一路上他注意观察，没什么情人成对成双地出动呢，这样早取出花去，是没必要的啊……他估计阿芬不至于已经来过并取走了花，想到会有跟阿芬见面的机会，能亲自把花交付给她，以及可以为有的花瓣边缘有些个蔫卷发乌而向她道歉，甚至当场兑现赔偿，他竟哼起了"爱江山更爱美人"的流行曲来……

可是刚拐到餐厅后门外，赫然映入眼中的，是老板的那辆黑色桑塔纳 2000……老板今天怎么会一早就来视察？他心里咯噔一下，仿佛卡上了一根骨头……

阿胖从后门一进入厨房间，立刻看到案板上搁放着几束玫瑰花，老板站在一边，大厨和刀把脸几个人站在另一边，刀把脸正说着什么，一见他进来马上闭上嘴，老板则以一副心平气和的神态把目光迎向了他……

阿胖只觉得心里猛搁上了一客铁板烧，他两眼死盯着那些玫瑰花，惶急中，大声说："不许动！……花是我的……都不许动！……"

老板微笑着，客客气气地问他："阿胖，这算怎么回事？怎么可以在冰箱菜柜里存放你私人的玫瑰花？你这不是公然违反纪律么？"

阿胖只觉得阿芬随时都会来敲门取花，不，他甚至觉得那敲门声已然响起来了，他伸手去归拢那些花。老板制止他："这是要说说清楚的，究竟是怎么一回事？"

阿胖大喘气。

老板讲起了道理："冰箱里的菜，是要给客人吃的，我们要对顾客的健康负责，这是政府所要求的，也是我们应当自觉遵守的职业道德。这玫瑰花看上去挺漂亮，其实，它上面恐怕携带了许多的微生物，还有细菌，只是我们肉眼看不见罢了，它会污染我们的鲜菜。当然啦，鲜菜在制作前，我们会用水漂洗，可那玫瑰花上所带来的有害的东西，沾染到鲜菜上以后，有的恐怕是冲洗不掉，甚至高温下也杀灭不尽的！最近有关部门还跟我们一再地强调……"

阿胖哪儿听得下去，他也不再说什么，转身搬过阿芬拿来的那只纸箱，要把案板上的花搁进去。老板再一次阻止他，脸色变得严肃起来："这不可以！刚才他反映，这些花是别人拿来给你寄存的，这就更成问题了！……"

老板说的反映者，便是刀把脸。阿胖朝他恨视，刀把脸把两只钉螺般的小眼睛斜向灶台。

阿胖终于从火烧火燎的心窝里吐出了一串话来："反正这花我要还给我老乡……这花好得很，比人干净是真的……违反纪律，你扣我工资好啦！……这有什么了不起的！你干什么跟我过不去？……"

老板倏地拉下脸来，宣布："这餐厅是我的，餐厅的一切设备，包括冰箱，当然都是我的……这里我说了算！谁违反了纪律，我都不能姑息！这花未经我允许，搁进我这儿冰箱达数天之久，是严重的违纪行为！这花，我没收了！先搁我办公室去！"说着朝刀把脸一甩下巴，刀把脸朝阿胖看看，再朝老板看看，稍犹豫了一下，便动手把那些花敛作一处。阿胖一看急了，冲过去要抢，被身边大厨死死地抱住了……

阿胖在大厨胳膊里挣蹦着，直着脖颈嚷起来："好！那我不干了！我走！可花得还给我！"

老板却又面现和善，规劝地说："阿胖！我可并没有炒你鱿鱼的意思啊，你来我这儿以后，一直干得不错嘛！我只是不能不严肃纪律罢了……"

这时刀把脸已经把玫瑰花统统敛进了老板那间小小的办公室。阿胖痛不欲生，看样子简直要跟老板拼命。老板心下不免疑惑，这是怎么回事呢？平时没发觉这个阿胖如此富于反抗性啊！他摆摆手，进了他那办公室，把门反锁起来。

……

晨光明艳时，阿芬从公共汽车上下来，欲往"三星餐厅"去取她寄存的玫瑰花，那个汽车站人很多，已然有情侣模样的人双双出现，阿芬一早因为跟她合租房屋的那个也是来自农村的姑娘病了，替她去药房买了一盒药，所以动身来这儿晚了。她正埋头往"三星餐厅"那个方向快步走，忽听有人唤她："阿芬！"她刹住脚，扭头一看，是阿胖。

"阿胖！你吓我一跳！你在这儿捣什么鬼？怪我总不露面，是吧？"

阿胖说："……我们……去银行吧！……"

阿芬听不懂："什么？去哪儿？……我的花呢？玫瑰花？……"她朝阿胖身旁身后看，没看到那个原来装富士苹果的纸箱，这倒没什么，也许还需要到那餐厅去拿……可那是什么？阿胖身后怎么有那么大两包东西？……

阿胖说："阿芬，我对不住你，你的花我没能保住……我赔你一千块！走，我们去银行，我有折子，我取给你！再多赔我也愿意！……"

阿芬觉得情形很不对头，她先问："你身后是什么？铺盖卷儿？旅行袋？……你怎么回事，老板炒你鱿鱼了？"

阿胖说："不，我炒了他鱿鱼！……"于是把一早发生的事，详细讲给她听。

阿芬听着，先是怨怪阿胖太笨，听着听着，忽然觉得心里头有团什么东西，原来硬硬的，此时却渐渐化开了，<u>丝丝缕缕</u>地，渗出些复杂的滋味来……

一个还没发育充分的小姑娘，显然是刚进城来没多久的，端着小小一个纸匣，里头是一枝枝已经用玻璃纸分包好的红玫瑰，恰好游动到他们身边，顺便向他们兜售那玫瑰花："哎，情人节红玫瑰，十块钱一大枝！"

阿芬条件反射似的问她："你多少钱批出来的？"

那小姑娘望望他们，恍然大悟似的说："哼，原来……你们是买不……"说到最后她把"起"字吞了进去，转身要走。

阿胖唤住了她："别走！我都要！"

小姑娘回过身，半信半疑地望着阿胖。

阿芬拈出一枝，望了望，掷回去，鄙夷地说："这是最差的品种！我们不想买这样的！我们要买蓝玫瑰，听说过吗？法国人最会过这个节，他们把蓝玫瑰当成最珍贵的礼品送人……你有蓝玫瑰吗？……没有！哼，恐怕这满城里，也找不到十来枝呢！……"

小姑娘白了阿芬一眼，转身便走，阿芬在她耳后喊："你别在这儿卖啦！告诉你吧，这儿是孙大姐的地盘！……看她一会儿瞧见你怎么收拾你！"小姑娘在人群中一溜烟跑没影儿了。

阿胖问："那……蓝玫瑰……真有那么回事儿？"

阿芬眉头一扬："怎么？你以为都像你，要么什么也不懂，要么就撒谎骗人？"

阿胖挨了她的训，心头才出现了一丝欢喜，嘿嘿地笑了。

阿芬叹了口气："算我倒霉！"下死眼望望低头憨笑的阿胖，问他，"你这可怎么办？其实我损失的，不过是四十块钱，你呢？可好，饭碗砸了！……原来听你说，你们那个老板，好像还过得去嘛……也难怪人家，都是我惹出的事……要去银行，那该从我折子上取，你说，提多少才赔得上你？……"

听了这些话，阿胖竟身心大畅，嘿嘿地笑个没完了。

阿芬踩了一脚："胖傻！你没心没肺啦？光笑，笑个什么？你打算怎么办？背着铺盖卷，提着旅行袋，你哪儿讨饭去？"

阿胖这才抬起头，望望太阳的位置，说："也没什么了不起的！哪儿讨不了碗饭吃！想起来了，我远房五叔在东郊大馆子里当二厨，先投奔他那儿，再说！"

……阿芬送阿胖去开往东郊的那路公共汽车的车站，去那车站必须经过"三星餐厅"的正门，刀把脸正把一个临时广告牌支在餐厅门外，瞥见他们移动过来的身影，慌忙龟缩到店内。阿胖肩上扛着铺盖卷，旅行袋他提一只耳朵，阿芬提另一只耳朵，并排说笑着前行，竟没去注意那支在餐厅外的临时广告牌，那牌子上写着：本餐厅今日特别供应情人节双人套餐，物美价廉，超值享受，凡双人情侣就餐者，特奉送新鲜荷兰红玫瑰一枝……

……到了那车站。阿胖要上车了，阿芬问他："憨胖，你那五叔……究竟在东郊什么鬼地方？"阿胖想了想说："你把手掌摊给我……"阿芬嘴里说着："捣什么鬼哟？"却乖乖地把手伸给了他。阿胖用左手抓住阿芬右手掌的指头，右手掏出一支蓝色圆珠笔，在阿芬掌上写下了一个电话号码；写完号码，居然不停笔，先在阿芬掌心画了一个正方形，又在那正方形里斜着画了一个正方形，又在里头那正方形里画了个三角形，再在那三角形里斜着画了一个三角形……随着那笔触，阿芬心里开出了一朵硕大的蓝玫瑰……她抽出手来，尖叫："轻点！我好痛！……"

阿胖携行李上了车。他没朝车外望，更没招手。阿芬则没等车开走，已然转过了身……阿芬把蜷成空心拳的右手，轻轻贴在胸前……

护城河边的灰姑娘

把化验单递给了大夫。大夫看了一眼，说："住院检查吧！"

彩妹还没回过神来，太太已然惊呼："什么？为什么？……门诊手术不行么？"

大夫眼也没抬，只是说："不住院细查，怎么能断定是良性？门诊手术怎么能乱做？出了问题谁负责？"

彩妹问："住院……多少钱？"

大夫答："先放一万押金吧！"

太太再次惊呼："一万！"

大夫这回抬起眼睛，看了太太一眼："你女儿……他们单位参加大病统筹了吧？"

彩妹说："她不是我妈……她是太太……"

大夫再抬眼，这回眼光停在太太的胖脸上没马上挪开："太太？！"

太太便解释说："彩妹是我家的小保姆……她叫我太太……不

是'老爷太太'的那个太太，是……她今年十八，她妈十六岁生的她，今年才三十四……她奶奶今年才五十一……我是个退休的教书匠，今年六十七了，按辈分算，我比她奶奶还高一辈……有的地方叫祖祖，有的地方叫太太……她愿意叫我太太……"

大夫垂下眼帘："原来这样……那你们自己合计吧……反正现在不敢给她做手术……我这也是为了负责……"

出了医院，太太和彩妹一时都没说话。两个人若即若离地走出了医院所在的那条小街，来到了热闹的大街上。

太太很为难。脚下再挪不动，嘴更张不开。

彩妹明白太太在想什么。她说："太太，您别为我担心……我就先辞了工……回老家去……再想办法……"

太太松了口气，爱怜地望着彩妹，说："……一万！连我们也住不起！……你脸上的这瘤子，总不管它也不是个事儿！……怎么这几个月里头，眼看着它在往大里鼓呢！……实在不是我嫌厌你……拖下去，我们也负不起责……"

彩妹坦然地说："闹不好，能传染给你们。"

太太脸红了，摇头，说："不不不……这东西恐怕是不传染人的……我是为你想，也许，回到小地方，镇上卫生院什么的……一样有不错的、负责任的医生……那收费会少得多的……"

彩妹低着头："唔……"

马路对面，过了人行天桥，有一家"麦当劳"。太太说："彩妹，走，我们去一回'麦当劳'……"那口气，有点像共约赴汤蹈火似的，"……我请客！"

"麦当劳"的这家分店开业有半年了，太太并没进去过。彩妹连进去一趟的想法也没产生过。太太既下决心，彩妹当然不拒绝。

……下午三点多钟，按说大人多在上班，小孩都在上学，可"麦当劳"里还是有不少食客。

太太给自己只要了一只麦香鸡汉堡包，一杯红茶；却给彩妹要了一份包括巨无霸汉堡包、大号炸薯条和大杯可乐的套餐；彩妹道了声谢，先是尽量小口，后来便禁不住狼吞虎咽起来。太太望着彩妹左脸颊上那触目惊心的瘤子，叹息，想再说点什么，说不出来；心想：瘤子边缘还算齐整，该还是个良性的血管瘤……常规检查得不出恶性的结论……可大夫也有他的道理，不住院细检观察，怎好贸然割掉！……这彩妹本来就不水灵，一米五出头的小个子，体型还有点横胖，五官原来勉强过得去，左颊那儿原只不过是豌豆大的一个红痣，现在……像飞来个紫红的知了，趴在她脸上再不想走……唉唉……这餐"麦当劳"只当是跟她道声"对不起"……实在是爱莫能助了啊！……

彩妹把套餐吃得星渣不剩，可乐也喝得干干的，满足地舔着嘴角。

"还……再来点吗？"

"不不……谢谢您啦……真的……您待我太好啦……"

太太便从钱包里掏出一张百元一张五十元的票子，递给彩妹："……收好！……你要是……实在需要我们帮助……你就再来按我家门铃……"

彩妹这一年多，每天下午五点去太太家，为太太和太太老伴老两口做一顿晚饭，也兼干点别的家务活；晚饭当然一起吃；工钱是每月一百五。到这天，这个月并没满，太太仍给彩妹一百五，再说，到医院看病，挂号、化验全由太太花费，对此彩妹确实感谢。这天太太让她早来，一起去医院，彩妹就猜出来，有辞工的可能，但没想到会在"麦当劳"里"两清"……

"你在别家的工……我不便干涉……可我真是希望，你先回家去……"

彩妹忘记了先前安慰太太的说法，挺直腰，抹抹嘴，坦然地说："……还剩两家没辞我呢……能干什么先干什么吧！……回老家我能有什么办法？在这儿……也许我能挣出住院做手术的钱呢！"

太太张开了嘴，可顿了一下，把蹿到喉咙的话又吞了进去。彩妹不住她家，跟同乡的姑娘合租着城里人盖的"小厨房"，虽然那"床份儿"钱一月好几十，可彩妹这样的农村姑娘进了城，一般并不愿意住到一个雇主家里，只挣一家的钱——再给得多，能多到哪儿去？——她们大多愿意以一家为主，然后用剩余的时间，再找一些雇主做钟点工，按小时算，行情到目前大约是每小时两元左右，这部分收入加起来，往往超过了比如说在太太家固定做事的数目——不过，当然，这部分的工作时有时丢，不稳定。太太细想了一下，自己只是想辞掉彩妹，以卸可能会派生出的莫名责任；彩妹还想继续在北京奋斗，且由她好自为之……

两人在"麦当劳"门口分手。太太没朝自己家的方向走。她是去街道办事处的家庭劳务介绍所，以求再物色到一位保姆。这彩妹并不是从那介绍所来的，是辗转由私人推荐来的。如今从农村流入城市的劳动力，约有一半并不是靠职业介绍所一类机构介绍，而是靠先来一步的老乡利用他们与受雇单位或单独雇主的关系，推荐试用，获得工作的。太太这回决定不再靠亲友邻居推荐，而是从"正规"渠道去雇一个新保姆。她边走边想回头望一下，可终于没有回头望。她想到，彩妹在她家厨房里，甚至当着她的面也会把锅铲什么的落到地上，"哐当"一声吓她一跳……"彩妹是个漏手！……是个漏手！……"把思维落实在这一点上，她心里松快了一些，也就再不想回头了。

彩妹却朝太太家所在的那个方向走去。那是位于护城河边的一片居民区。彩妹在那个居民区现在还剩有两家"钟点工"雇主。所约定的时间，都不在每周的这一天这个下午时刻，可彩妹还是往那边走。

到了护城河边。这是古老都城仅存无多的护城河残段。十来年前有过一番疏浚修整，现在河道两岸有水泥墙的护壁，沿河两岸各有一条绿化带，再往上，高处，马路边，又有一条绿化带；绿化带中的树种主要是垂柳，灌木则主要是单瓣月季；这护城河应当说基本上是个美丽宜人的所在，可惜的是其中的河水还是免不了被污染，除了从泄水管中冒出的脏水，路人抛入其中的种种废弃包装物，更是刺目的"痈疽"……不过彩妹虽常在这护城河边走来走去，却从无什么欣赏其景色的心情；她那故乡的小河，还有那些树林、原野，比这护城河漂亮多了……

护城河边的马路与人行道上，车辆行人都不多。初秋时节，下午的阳光暖意十足，却并不灼人，彩妹身上笼着酥软的热气，脸上的那个瘤子，痒痒的。

护城河边等距地排列着十座居民楼，两端是十八层的"大裤衩"形状的塔楼，当中是十二层的"大板楼"。彩妹朝其中一座"大板楼"走去。她乘电梯到了十层，按响了一家的门铃。

里面门铃的响声，彩妹听得很真切。可好一阵都没人来开门。彩妹懂得，这些个雇主都不喜欢你连续地按他家的门铃。她重按一次时总是非常地谨慎。她估计到门上的窥视镜那头，已经有雇主的一只眼睛在朝外勘察，她便顺下眼帘，身体一动不动。

她等着防盗门上的拉锁响。果然响了。门开了约三分之一，里面是雇主，也是一位相当于太太的退休妇女，可是这位瘦小的女士不让她称太太，而坚持要她称阿姨。彩妹几个月来，每周三上午八点半至十点半到她家来干活，内容包括洗衣服（这家虽有洗衣机，但需先用人工将衣服的领、袖及其他脏处搓一遍，再放入洗衣机处理）、收拾卫生，以及将主人家买来的鸡、鱼收拾清爽，等等。

"孟阿姨！……"她主动招呼着。

孟阿姨满脸不想掩饰的不高兴，被皱纹裹得紧紧的小眼睛瞪成两个正三角形，不仅没往里面让她，握着门锁拉环的手还把门的开放度缩小了一些，愠怒地说："你怎么现在来这儿？我不是跟你说过多次吗？除了我们商定的时间，你不要来按门铃！……其实这也不是光针对你……我们家对未经事先约定的来访者，是概不接待的！……"

彩妹抬眼望着孟阿姨，并不怎么吃惊。这位孟阿姨从未对她笑过。不过工钱倒是严格地按钟点算给她，比如说她某一天十一点才把活干完，那孟阿姨便会按两个半小时，给她五块钱。有时候她干到十点钟便把孟阿姨交代的工作干完了，那孟阿姨便会搓着手，想出一种可做的事来，让她干，以使她能做满两小时；有一回加了一件事，还剩十多分钟，孟阿姨便又让她擦皮鞋，她觉得还可以再擦时，孟阿姨却坚决要她停止，说："我不能让你白干，我也不愿花更多的钱来让你干，所以你到此——STOP！"STOP是彩妹在孟阿姨这儿学会的一句英文。孟阿姨说得最多的一个词儿是"市场经济"。彩妹从未听懂过孟阿姨的那些"咱们按市场经济规律办事"的逻辑，但她却从中意会到不少的东西。

"……你来有什么事？"孟阿姨脸上的两个等边三角形抖动着。

彩妹便把一经太太辞退时便产生的想法吐了出来："阿姨，我是想问问，您能不能……以后……多让我干点活儿……上回我听您跟孟伯伯说，想找个每天到早市买菜的人……我能起得老早，能买来最便宜的菜……我是不会贪污菜钱的……"

孟阿姨一眼将她觑破："别家把你辞得差不多了吧？你想从我这儿把损失掉的找补回来？……可你脸上的瘤子眼看着在膨胀！这叫作"进行性血管瘤"！……从市场经济的供求关系上说，你这样一种状况，当然会失掉卖方市场……而从买方市场来说，既然可以从容挑选，那为什么非要选取这样一个不健全的劳动力呢？……你懂吗？"

彩妹忽然感到脸上的瘤子火烧火燎的。

"……我不能雇你每天一早买菜……不过，我暂且还保留你每周两小时的钟点工……市场经济是既要讲……又要讲……的！……我们虽然并没签约，更没公证……可我不想轻易改变原来说好的半年为期……这也是出于人道的考虑吧……"孟阿姨这些话钻进彩妹耳朵眼里，蠕动着，往她脑袋里爬，但很难爬进去……彩妹只觉得心头有个大虫子在拱，那是她自己的虫儿！

彩妹猛地抬起下巴，看着孟阿姨脸上的那两个等边三角形，说："按市场经济……我不想在您这儿干了！我不会再来了！您也别什么……道……什么考虑……了!"

说完,彩妹转身就走。彩妹自己吃了自己一惊。她也不知道自己怎么会忽然这样。孟阿姨的这一惊更非同小可;这戏剧性的转折太匪夷所思,她不禁对着彩妹脊背大喊:"彩妹!你等等!"

彩妹没去坐电梯,而是从楼梯往下跑,就像只可以伸得无限长并且能拐弯的手,在她身后追着抓她后脖领子似的……

喘吁吁地冲出了楼门,楼外的光线刺得她睁不开眼,她把右手遮在额头上。

心里很乱。她茫然地顺着河沿走。猛然看到一个人,就在眼前。

那是蚓蚓。脏兮兮的。一条腿歪着。

怎么会撞到了他跟前?

蚓蚓是同乡。两家所在的村子只隔着一条小河。那河里总有成群的鸭子和狮头鹅在游动觅食。她满十六岁那年,听见爷爷和爹爹在议论她的婚事,奶奶妈妈也在一旁;他们想把她嫁给谁呢?就是这个蚓蚓。妈妈没吱声,看样子虽不满意,也不想阻拦。只有奶奶高声抗议:"蚓蚓?他那条腿啊!胎里就歪啦!彩妹嫁谁不行,嫁他?!"

她当时心里也没怎么太难过。因为她知道只要她敢犟到底,爹爹到头来也不至于牛不吃水强按头。

她听见爹爹大声地跟奶奶说:"娘,哪天您去看看他家给蚓蚓盖起的楼!不是随便哪个腿直的后生都能有那么个楼的!"

她过河去看过蚓蚓的那栋楼。耸起来了,完工了,可是还没粉刷装修。确实挺气派。

后来她来了北京。再后来蚯蚓也来了。蚯蚓家出了祸事，他那楼顶给别人家了。蚯蚓来北京，在护城河边拾上了破烂。拾破烂，主要是拾废纸和能回收的瓶罐什么的，居然可以挣到比当保姆还多的钱。彩妹知道这情况后，心里很不忿。然而她可绝对不愿意拾破烂。

　　护城河边有一列垃圾桶。蚯蚓每天下午都赶在垃圾车来收垃圾之前，翻腾这些个垃圾桶。河边楼里人家大都小康，经常会购进些用大小纸箱纸匣纸盒包装的东西，那些不想保留的纸制品便当作垃圾扔掉，而且瓶罐也多，因此"含金量"颇高。这里已成蚯蚓的"势力范围"，为此他付出过旁人难以想象的代价，可谓得来不易。

　　蚯蚓拥有了一辆平板三轮车。就好比出租汽车司机拥有自己的"的"一样。

　　此刻蚯蚓的车上已堆积着不少的"战利品"。他隔老远便看见了彩妹。和以往看见彩妹一样，他脸便发热，心里有蚂蚁在爬。他常和彩妹在这护城河边邂逅，但以往彩妹要么真是看不见他，要么即便瞄见了他，也赶紧把眼光移开，从他身旁过时脚步必走成一个大弧线。他曾喊过："彩妹！老乡啊！"彩妹头也不歪，嘴角也不歪，竟置若罔闻。蚯蚓便下了决心，要发个大财，先给这彩妹看。

　　彩妹这回不知怎的，没老远就走弧线，并且及至走拢，猛然刹住脚，瞄了一眼，发现是蚯蚓后，没有不屑地将眼光一移便再不回顾，而是一瞄之后，眼光闪开，复又回转，并从上往下扫了一遍……蚯蚓正惊诧间，只听彩妹说了句："该打气了哇！"

　　彩妹不知怎么消失的。蚯蚓沉浸在她那句话里，好久好久，仿佛醉了似的。一辆大巴从路上开过，庞然身影掠过蚯蚓，他才回过神来。细一寻思，才知彩妹是说他那三轮车的一只轱辘瘪了。

　　彩妹走得离蚓蚓老远了，头一回，思维里还牵着点蚓蚓。蚓蚓的一张脸没毛病啊。虽说身上脏兮兮，那脸上眉毛倒肥肥的黑黑的，腮帮子硬硬的光光的……他一月能捡出多少钱来？几个月的钱才够住院检查开刀的？……

　　彩妹看看腕上的电子表，往日这时候该在太太家厨房里了！……也没怎么太留恋太太家的厨房，她从覆盖着青草的斜坡来到了紧挨河边的甬路上。这一段甬路绿化得最好，一株垂柳一棵塔柏交替地排列着，都发育得很高大壮实了，沿河岸还有些朝水上俯生的灌木……她走过了一对躲在大柏树裂缺里搂抱的情侣，无动于衷；那显然是一对城里长大的时髦青年，她对城里的同辈人还没有什么强烈的了解欲与对比的习惯；她大体还是更关心属于跟她一类的外来民工的种种情况，并且大体上只是习惯于拿自己的情况，跟特别是同乡中的同辈人来作对比，从而派生出她的爱恨羡妒……

　　她想尿尿。四面望望，都不见人影。她蹲在两丛灌木间尿了尿。尿完她赶紧离开。她在一处有阶梯通向河面的地方，走下去，坐在了最靠下的台阶上。她双手搂住双膝，享受着初秋快要收敛的阳光。她盘算着。不能说是非常地焦虑。当然不回老家去。这个城市也是她的。保姆干不了了，干什么？……总还能找到事的。住院？手术？一万元？……她当然不能让这个什么"进行性血管瘤"在她脸上进行！她早晚是真能揣着一万块钱住进医院里的！不光做手术拿掉它，她还要美容呢！……不过，她也不急……她现在有多少钱？……她忽然想点一下钱。她先朝岸上望，左右都不见有过来的人……

她和三个姑娘合租一间屋住着。她们都不把钱留在那屋里。她总是把钱放在睡觉时也不脱掉的那件妈妈亲手给她缝的内衣的暗兜里。那些钱用三根橡皮筋箍得紧紧的，总是带着她的体温，浸着她的汗水。当然，一般每过两三个月，她便去邮局给爹爹寄一回钱。爹爹要加上她寄的钱，给家里盖新房。虽然她知道新房是为弟弟盖的，却从未觉得自己寄钱是吃亏。世世代代，他们那样的农家，没出阁的姑娘都是要为兄弟的新房出力的，那是天经地义的事。嫁出去以后，当然再有兄弟要盖房，也就可以不管了。想一想，如果在老家嫁出去，所住的新房，也一定会有大姑小姑出的力。所以心平气和。这两年来，她一个月差不多能挣到四五百块钱，她每次给家里寄钱，最多的时候达到过一千，最少也有三百。最近她快三个月没给家里寄钱了……脸上鼓出来的地方痒痒的，她想，这回写信告诉爹爹吧，要治病，少寄些，别生气……现在一共是多少？寄多少、留多少呢？一时没处吃还收钱的晚饭了，还得留出饭钱来呀！……她怀念起太太家的晚餐来……

在太太家吃晚餐时，她基本上也不花什么吃早饭和午饭的钱，因为早上所去的干钟点工的人家，有时会给她一个馒头，甚至面包；而中午结束了钟点工活路的人家，有的也会给她一点吃的。当然，偶尔，她实在饿了，或馋了，也会买一个煎饼，甚至坐进小饭铺吃一碗兰州拉面，当早点或中饭……太太家的晚餐，在失去后更显出对她的重要性，平日她的热能、营养，其实主要是靠这一餐饭撑着的啊！……现在她不能不先留出足够的钱来，代替太太家的这一餐饭……她掏出那一扎用橡皮筋箍着的钱，贴着心窝清点……虽然她实际上十分清楚那个数目，可她还是想在这儿再清点一下，何况，她外衣胸兜里还有太太在"麦当劳"给她的一百五十元，那是也该归到这一扎里的啊……

"彩妹!"

这声叫唤扎扎实实吓得她全身一抖。

一抬眼，才发现有条小木船划到了她跟前。船上是董大大。

董大大是捞河脏的工人，来自河北农村。虽算不上同乡，可在这护城河边挣钱的农民工们无论男女老少，大体上都认识。他们不会使用"社会族群"一类的"文明词儿"来交流，但在他们的思维里，大体上将彼此引为同类，也就是互相多少有些个认同感。这董大大住在绿化队给临时工用的工棚里，离彩妹她们租的民房很近，所以更熟一些。董大大，按岁数彩妹该叫他祖祖，可是别的姑娘都叫他董大爷或董大大，所以彩妹也叫他董大大。

董大大手里拿着个抄网。他那船里有些个抄上来的塑料袋、易拉罐、软包装盒什么的。董大大瘦高个儿，脑袋像个足球般大的核桃。

董大大笑着说："彩妹，亏得遇上的是我，要不，非把你当成个刚扒了人家钱包的小贼了! ……你怎么闲得这么自在? 自顾自地显摆上你的财了! ……"

彩妹从领口把钱放回内衣暗兜。她忽然哭了。董大大是个她可以放心地当着面放钱和哭泣的人。

"你怎么回事儿? 你有那么多钱，还哭!"

是的。她的钱很可能比董大大多。董大大当这临时工，一个月才三百块钱的工资，绿化队只管给张床住，不管饭，更不管别的什么。她听董大大说过，每天光是吃馒头，他早上三个，中午晚上各五个，每个三毛钱，一个月下来就得一百多块；总还得吃点菜吧，他又还忍不住要喝点酒，就算只吃咸菜、熬白菜，只喝最便宜的红星白酒，一个月又得一百多……你说还能剩多少？听说董大大这么大岁数，还没娶过老婆，老家也没最亲近的亲人了，又没什么文化、手艺，所以在这城里也始终不可能找到再好的工作。新来的绿化队头头对他很不感冒，想辞掉他，又不好明辞，便专找他的碴儿，比如说检查他清过的河段，说没把河脏捞净，罚他钱，最多的一回，罚了他一百块！意思是让他自己赌气，走人；可董大大硬是宁愿受罚也不走。是啊，他可走到哪儿去呢？他老家连间自己的房都没有，回去谁收容他？

"怎么回事？还是为你脸上那个东西？"董大大直来直去地说，"又不碍着你吃饭、干活！愁那个干什么？"

"都把我辞啦！……要住院动手术去了它，先要放一万块押金！……"

"为这个就辞人？他们雇的是你的脸还是你的手？……住什么院？一万？买条命也用不了这么多！……我在老家给铁匠拉过风箱，那王铁匠腿上也是鼓起了这么个东西，比你这个大多了，他就拿烧红的通条猛地那么一烙……没过俩月，好啦！也就留下一块平平的疤瘌……我不是说你也那么烙一下……我是说，在这世界上，不当美人儿，照样能活！你还年轻，日子长呢，谁说得准谁今后一定怎么着？依我说，你挺起腰杆儿，再找你的辙！……"

彩妹不哭了。可心里还是发堵。

"……你就再试试别的……给人家当保姆也算不上多美的差事！……要不，先到我们这儿来，听说还缺给沿河花池子拣脏的人手……工钱是低，先拿点也总比没有强是不？……你别伤心了，这么大个京城，没有饿死你我的道理！……我知道你那些个钱轻易不能动，你爹妈还等着你寄呢……这些天你实在没得饭吃，你就先来跟我搭伙！我不再买他们食堂的馒头熬菜了，不合算；如今我自己煮面条吃，我在德胜门早市那儿买了几十斤干挂面，比别处都便宜，才一块二一斤；我又炼了一坛子大油，撒上了盐粒和花椒，每顿煮点儿，搭点食堂摘下不要了白给的菜叶子，吃着挺香！好在食堂的灶火他们让我白用，有时候剩的折罗也给我……你不乐意？不落忍吃我的？你能多大胃口？下面时候添一把就够啦！"

彩妹站起来，愣愣地望着董大大，只感觉脸上不那么刺痒了，心上像有个暖而不烫的熨斗熨过。她没说什么。董大大也不期待她说什么。

董大大看见那边有人在往河里扔喝光的矿泉水瓶子，伸长脖子朝那边吼起来："怎么回事儿？没看见刚捞净那边吗？什么毛病！改改吧你们！"吼完，放下抄子，划桨，船就离开彩妹而去了。

彩妹回到坡上路边。夕阳西下了，残阳的光芒给护城河抹上了胭脂。近旁居民楼的底层是家装修得颇为豪华的海鲜酒家，一面大玻璃窗显露出三层水族箱，里面的游水海鲜确实生猛；酒家门外已经停了些小轿车；有的食客衣衫时髦，从车里钻出来时，还把"大哥大"贴在腮帮上，不知在跟哪儿的什么人说着什么样的话。彩妹经常从这酒家路过，她从未对它产生过兴趣，不仅从未有过进去吃那些海鲜的幻想，而且连走进去张望一下的欲望也不曾有过。没有艳羡，也没有比如拿董大大的伙食与之对比从而生出的愤懑不平。这类事物近在身旁，但跟她又是在两个世界里。她知道，连太太，

不得什么，难得的是没过多久，她就不仅穿着打扮越来越像城里人，那做派更渐渐比一般的城里人都洋气，比如现在牵着蝴蝶犬霍克斯遛弯儿，她穿着女主人给她的长袖T恤和牛仔裤，头发剪成个男孩子似的"运动式"——这也不算多神气，可她会把一件毛线衣不是穿在身上，而是搭在腰后，两只袖子再系拢在身前，你说这算什么档次的做派？彩妹讲不出来，心里模模糊糊知道，这是很"那个"的了呀！

霍克斯奔彩妹脚下来了。摇来摆去确实像只黑黄红的三彩大蝴蝶。

"霍克斯！……"银娣眼睛望着彩妹，眼里装着好多"那个"，比那边海鲜酒家门口迎宾小姐眼里的"那个"更多，都快满出来了！彩妹只觉得心里有个小拳头在捏得越来越紧。

"STOP！"彩妹猛然大叫一声。胆小的霍克斯马上退后，咳嗽似的吠着。

彩妹的这一声"STOP"，让银娣着实吃了一惊。原来眼里的"那个"，顿时消掉不少。

"彩妹！你怎么在这儿？"银娣问。

彩妹脱口而出："我……取飞机票去！"

"飞机票？！"银娣一双眉毛飞起老高。

"唔……"彩妹说，"我要回去啦！这回不想坐火车，要坐回飞机呢！"

"你怎么这时候回去？你家里……？"

"谁家里都挺好！我……不为什么，想回去呗！"

"真坐飞机？"

"你以为……就你……真的！"

彩妹说完这句，转身就走。

霍克斯缩到银娣脚边，咻咻地吠着。银娣呆呆地望着彩妹走远的背影，撇撇嘴，忽然拍了一下自己脑袋，喃喃自语："她脸上……怎么搞的……啊……"

彩妹往回走，就又回到了桥边。万吐他们都不在桥底下了，剩下一堆瓜皮和瓜子。

彩妹登上桥边阶梯，上到与护城河垂直的大马路上。这可是车水马龙的繁华大街。天刚麻黑，一些商家的霓虹灯已经闪动上了。人行道上来往的人，有时得侧身而过，因为有些下岗职工和本来就没职业的人，在人行道上摆小摊叫卖东西，占据了一些空间；所卖的东西有拖鞋、发卡、松紧带、梳子、恭桶坐垫套子、BP机套子、指甲刀、耳挖勺、弹簧秤、拖把头夹子、过期杂志……还有卖鲜花的和卖自制糖葫芦的……也还真有不少路人停住脚挑选购买这些东西。

彩妹在稠密的人群里看见了顺顺。

她跟顺顺在一个村里长大。顺顺家算是村里最穷的了。顺顺爹死得早，寡母带着他三个姐姐和他，很艰难地过日子。前些年，村里差不多家家都陆陆续续地盖了新房，只有顺顺家还住着茅草顶的房子。可是他妈和他姐姐拼着命地供他上学，一直读完第八册，实在撑不住了，才辍了学。辍学以后，有一回北京来了几个拍电影的，说是来选景，一家伙看上了顺顺家的茅屋，搓着手赞："哎呀呀，现成的呀，多有味道啊！"……电影拍完，作为条件，那些人把顺顺带到了北京，开头让他帮着搭布景，后来，那电影厂不景气，顺顺就自己转到了建筑公司。几年过去，顺顺已经盖过了四座楼，现在他在这离护城河不远的一座商厦工地上干活，他已经是个熟练工、小领班了。年初彩妹在护城河边遇上了顺顺，从此有了些联系。

"顺顺！"彩妹主动叫他。

顺顺大概刚下工，还戴着个奶黄色的安全帽。他一见彩妹很高兴，问："你也去邮局么？"

那前面是有个邮局。也是彩妹和顺顺，以及其他一些同乡经常会碰到的地方。可是此刻彩妹并无那个计划。不去邮局，她又是去哪儿呢？她自己也糊涂了。

可顺顺只当彩妹是去邮局，不作他想。顺顺说："我帮你填单子……我连带着给你办了……你放心！……"

彩妹只上过一年半学，第三册还没学完就辍学了，所以每次给家里写信、寄钱都很费劲，填好的汇款单经常让邮局营业员掷回来："你这是些什么字呀？……这也是对你负责……你愿意寄丢了吗？……改清楚！……"顺顺曾帮她填过汇款单的，她怎会不放心？可是今天……

彩妹此刻愿意跟顺顺在一起。她和顺顺去了邮局。

邮局里人很多，汇兑窗口外排着不短的队，晃动着不少的黄帽子，显然，都是顺顺他们那个工地上的民工。这天工地开支，许多民工习惯于开支后只留下必要的生活费，其余的马上寄回家；这是可以理解的——他们那几十个人合住的工棚，无论现金还是存折，都很难收藏保管。

进了邮局，顺顺先要来两个空白汇款单，问彩妹："这回你寄多少？"

　　彩妹说不出这回不寄的话，她嚅嗫地说："……唔……三百吧……这回……不多……"

　　别的顺顺用不着再问，他让彩妹先去窗口排队，便埋头填单子。

　　彩妹刚过去，还没站稳，里面的女营业员就站起来大声地吆喝："嗨，别排了别排了！明天再来明天再来！"

　　可是彩妹后面又有三个人排上了。

　　女营业员确也有她的苦衷。这些民工填写的汇款单字难认，有时你退回让他重写，递过来反倒更难认了；你替他描改吧，问一句："你这是什么乡？是'童河'还是'董河'？"他答出来的更让你莫名其妙……因此给这样的人办一个单子，往往得费更多的时间！……快到下班时间了，窗口外面排队的人还在增多，她能不急吗？！

　　女营业员的吆喝这回没能奏效，好几个"黄帽子"在跟她嚷："我们就要今天办！"又因为正在办着的那位民工递进去的是一把小票，女营业员更是心烦，她也嚷了起来："这是些什么呀？你干脆寄一笸箩钢镚儿算了！……"于是窗外的人便说她态度不好，排在后面的有给她提意见，有的嫌提意见的耽搁工夫，又"内讧"起来，一时乱作一团……

　　这时顺顺挤到了窗口前，大声地说："现在才六点十分，你们六点半关门，在六点半以前进来的人，都该得到服务嘛！……

　　出了邮局，彩妹跟顺顺一起往回走。顺顺这才问："你脸上……要紧吗？"

　　彩妹这才又感到脸上痒痒的。不过她不愿意把自己的不幸在这个时候告诉顺顺。她在邮局见顺顺寄回了两千元，才知道顺顺如今挣得真不少了。她问："你家盖新房了吧？是起的楼吧？"顺顺告诉她："今年春节你没回去……我亲自指挥，上的梁……是个小楼吧！我大姐、二姐也都嫁出去啦……三姐，打算招进个姐夫，还没定呢……"彩妹便问："你不回去啦？"顺顺坦率地说："是。我妈他们都愿意我留在城里……他们都过得不错了……以后我也就不用再寄那么多钱回去了……我想把钱用在念书上……我还想学电脑呢……"见彩妹低着头，只顾走，顺顺问："你呢？你什么时候回去？还是……也留下……发展？"

彩妹忽然悲从中来，鼻子一酸，眼睛便潮了。

顺顺停住脚问："你怎么啦？"

彩妹便跟他说："我脸上这个瘤子……也不知道怎么搞的，越来越……说是什么进行性的……人家都把我辞啦……要想住进医院，开刀……先要交一万押金！……我哪儿来的一万？……我可怎么办呀？"

顺顺吃了一惊。他原来并不觉得彩妹脸上那块东西有什么了不起的。他望着彩妹，一时说不出话来。天黑了，路人也稀少起来。身后一家日用品超市的霓虹灯光罩住了他们。顺顺十分同情彩妹，他该怎么帮助她呢？给她筹措一万块钱？那不是件简单的事。他心里乱乱的，用右手摩挲着下巴上的胡子茬。

彩妹抬起下巴，反过来安慰顺顺："瞧我，不该这么吓唬你……其实也没什么了不起……会有办法的……我能想出办法来……"

顺顺说："让我替你想想，替你想想……我们一起来想办法……你现在完全失业了吗？你还有钱吗？我先给你一点？你手头紧就别客气!"

彩妹说:"我还有,还有!我实在不行了,再来找你!"

顺顺说:"那当然!我们这楼今年完不了,我们那工棚,你还记得吧?你从有丝瓜架的那个门口喊我,我的床正对着那门……我不在,你就留下话……我会去找你!"

他们分手了。彩妹心里不那么空落落的了。

彩妹回到护城河边,河边路灯光影朦胧,车少人稀。河边,隔不远,便有耐心的钓鱼者坐在小马扎上,静静地垂钓;他们很难钓到鱼,哪怕是指头长的"柳条儿";显然这些钓鱼者的乐趣主要不在鱼,而在钓。

彩妹朝所租住的小屋走去。那小屋在一片亟待改造的危房里。那里曾是某已撤销单位的宿舍,一排排的平房原先还算整齐,相互的距离也算合理,后来各家都在房前屋后搭建起了小房子,这些小房子规格、用料五花八门,乱糟糟地挤在一起,弄得房屋之间只剩下窄窄的通道。这几年,有的人家便将自盖的小屋租给了外地来京的各色人等。彩妹是和同乡阿吉与水水合租着一间小屋。

彩妹不打算把自己遭太太辞退的事告诉阿吉和水水。她在走回那小屋之前便尽量把表情调整得仿佛什么事也没有发生一样。

可是她刚望见小屋的小窗那昏黄的灯光,便发现水水迎着她小跑过来,并且跟她说:"躲着点吧!他们姐弟俩吵得好凶!……"

彩妹愣住了。她听到从她们合租的小屋那边确实传来尖厉的吵骂声。

水水把她拉到巷子外头,在一株大槐树下,把怎么一回事大概告诉了她。

原来，阿吉的弟弟阿祥这一阵的营生是蹬着平板三轮车给几家小饭铺送啤酒。啤酒是批发商的，阿祥每次从批发商那儿装上一车啤酒，然后给饭铺分送。送去的同时，换回成箱的空瓶，同时领取应得的现金；阿祥再到批发商那儿用空瓶换来等量的瓶啤，并将应付的现金交讫。虽说阿祥挣的只是个大批发和小批发间的差价，可是因为流量大，所以一个月算下来，也有好几百的赚头。今天却撞上了怪！阿祥要去啤酒用量最大的那家饭铺，车蹬到门前，发现饭铺竟上板停业，进去找人也找不到。昨天还不见迹象，怎么一夜过去居然"和尚"跑光！那家饭铺前两回该给钱的时候没给钱，本来说好今天一准付他六百块钱，现在可跟谁要去？阿祥跑进去，只在空荡荡的厨房里扭住了个老头儿，阿祥逼他说出饭铺老板去向，又逼他说出房东在哪儿，老头说自己只是个临时看房的人，其余一概不知道，阿祥急了，便要老头儿拿钱赔他，老头儿当然不干，阿祥一时怒起，便砸了那厨房……哪知道阿祥再跑出来时，他放在门外的三轮车，连同二十箱啤酒，全不见了踪影！……阿祥急得抓头发……后来阿祥反被老头儿叫来的"联防"队拘了去，为砸厨房的事挨了训不算，还被罚了款……阿祥要人家给他找回三轮车来，人家说可以找，但他车放门外不上锁，自己有责任；阿祥要人家给他找到那卷逃的饭铺老板，讨回啤酒钱，人家要他拿出凭证来，他又拿不出……晚上阿祥来找他姐姐，说自己还该着批发商五百块钱，非要阿吉先拿几百块钱救急。阿吉骂他笨蛋，说他是自作自受，阿祥便回骂，说了好些个不堪入耳的话，甚至说他姐姐跟做工那家的男主人"不干不净"，说"别以为我不知道！"阿吉气急了，便打了阿祥一耳光，阿祥虽没回手打他姐姐，却似乎得了个大理，非要翻出阿吉的钱来，让她"赔偿"不可……水水开头还在一旁劝，后来见闹到这番地步，屋子又小，便只好逃出……

彩妹听了，还没来得及多想，就听那边一阵咚咚咚好重的脚步声，是阿祥大步冲了出来，后面阿吉在哭喊着追赶他……彩妹和水水都不敢阻拦阿祥，阿祥冲到她们身边时还扭头跟阿吉暴嚷了句什么，她们急急地闪开……阿吉追到大槐树下，脚下一绊，摔了一跤，彩妹和水水赶紧去扶她，阿吉猛挣着，哭着，喊着，还要去追已不见踪影的阿祥，彩妹紧紧地拽住她的胳臂。一刹那间，彩妹意识到，还有别的人，比自己更加不幸！

……彩妹和水水好不容易才把阿吉劝回了小屋。

小屋里一派狼藉。原来，阿祥狂怒中竟把她们三个摞放在一起的放日用品的纸箱，不分青红皂白地给搬了下来，也不弄清哪一个才是他姐姐的，蛮横地翻了个乱七八糟，大概是想找出阿吉的钱来……水水一见这情形先生起气来，一边忙着收拣自己的东西，一边大声埋怨："这算怎么回事？你们姐弟吵架，也不兴抄别人的东西呀！"阿吉只是坐在床上，哭倒不哭了，愣愣的，大喘气。

彩妹心里也发堵。她收拣自己的东西，忽然看到，自己的一面小圆镜子，是初来北京的时候，妈妈给她的，虽不是什么好东西，可她总是珍藏在纸箱子里，没怎么照过；现在镜面却给跌得裂了一条纹！镜子背面的玻璃更跌得一拾起便掉下玻璃碴……那背面，镶着一个印着古装美人儿的圆纸片，那古装美人虽然印制粗糙，颜色也不正，可是每回彩妹凝望时，总觉得有说不出的一种快意；现在这美人儿却在她拾起镜子后，便飘落在地，并被水水一脚踩上了！彩妹心里一痛，也便大嚷起来："作孽啊！哪兴这么胡来啊！杀人啦！"

彩妹那声"杀人啦！"其实是由古装美人被踩而发的，阿吉听了，却不能忍受。阿吉被蛮横的弟弟弄得心肺欲裂，正需要别人的安慰与帮助，没想到水水和彩妹都埋怨起她来，一声比一声难听，尤其彩妹，竟喊出"杀人啦"来，阿吉不禁狂怒，她一下子蹦起来，指着彩妹脸上说："谁杀人？谁杀了谁？你这瘤子是我杀出来的吗？你才杀人呢！你长的是毒瘤子！你传染我们！你杀我呢！你别在这儿住！你滚！不许你在这儿杀人！听见吗？你滚！杀人犯！"

　　彩妹自己本遭不幸，心里淤的浊气尚未散尽，阿吉这么不管不顾地一顿恶骂，且正砸在她最痛心之处，怎么忍得，便伸手要打阿吉，水水连忙拦开，小屋里乱作一团……

　　水水把彩妹暂且劝出小屋，好让阿吉冷静冷静。这时有另一个人闻声来到她们屋外，见状便把彩妹让到了几米外他那屋里。

　　那人这一带的人都管他叫马靴。他确实常穿着一双这城里少见的旧马靴。他也租了一间小屋住着。彩妹被他带进了他那间小屋，他请彩妹坐在椅子上，又倒了杯白开水给彩妹，劝彩妹说："在家靠父母，在外靠朋友……你们仨离乡背井，同住一屋，同眠一床，便比朋友还亲，可以说形同亲姐妹了！……不管发生了什么磕碰，总是尽量谦让着的好！……你且平平气……那阿吉她此刻心里头恐怕正后悔呢……都平平气，过一会儿还是亲姐妹，大家抱成团继续过日子！……"

　　彩妹喝着白开水，气渐渐平了些。

　　忽然有人在巷子里问："哪儿是甲三十五号？"

　　其实巷子里的这些乱盖的小屋子并没什么编号。但马靴在自己租的小屋门楣上却钉了个甲三十五号的牌子。

马靴迎声出去，招呼着："这儿这儿！您请进请进！"

进来了一个男人，瘦瘦的，高高的，衣装干干净净的，戴着顶宽檐旅游帽，大晚上的，还戴着个墨镜。

彩妹站起来，一时出不去，便站到椅子后面。

来人张望着，问马靴："你是大夫？"

马靴点头。

来人又问："不是说老军医么？"

马靴笑了："不像吗？"他跺跺脚，说，"老，不是说年纪一定多么的老……我打十六岁就进部队……从卫生员干起……后来经过培训……别的不敢说……治治您这样的毛病……那真算不了什么本事！……现在复员了，这也算一技之长嘛……"

来人用下巴点点彩妹："她是谁？"

马靴不眨眼地说："我的护士！"

马靴请来人坐在椅子上，自己穿上一件白大褂，又递了一件白大褂给彩妹，使眼色求彩妹成全，彩妹便接过穿上。

马靴坐到来人对面的椅子上，隔着一张旧书桌，亲切地说："我先不问您……我知道，您的这毛病，其实去正规医院看，那条件好得没法儿比了……如今社会开放，正规医院的大夫不会大惊小怪，您自费，他也不至于去跟您单位反映……可您还是有心理障碍不是？……来我这儿，您心里也不会太踏实，对不？我不问您的名和姓，您对我姓甚名谁也不感兴趣……您想的是：第一，这家伙究竟会不会治？其实，一般来说，您自己也能治……主要的办法，无非就是注射青霉素嘛！好，第二：这家伙的青霉素是真的假的？第三：是不是用的一次性针管？干净不干净？第四：收费，宰人不宰人？……好，我来告诉您吧，一句话：放心！我要真处理不了，我也不敢瞎糊弄，我还得劝您去正规医院呢！怎么样？您想好了没有？您要信得过我，那咱们就……先到帘子后头，让我查查！"

那人犹豫了一下，便跟马靴到小屋一角的白布帘后头去了。临进去以前，马靴还煞有介事地对彩妹说："你准备一下……消毒……"

……

彩妹还是头回进到马靴屋里，并目睹了他这位"老军医"的医疗过程。马靴没费什么力气就挣了五十块钱。根据马靴的说法，那男子至少还需要来十次。那光这一个患者，就要付他五百元。

戴墨镜的男子走后，马靴盛赞彩妹，说她真像个护士。又说他其实真的很需要一个护士。问彩妹现在在哪儿挣钱？愿不愿意来给他当护士？彩妹想了想，就说还在太太家做晚饭，另外还到好几家去做钟点工。

彩妹问："打这个针……能治好我脸上……这个瘤子吗？"

马靴逼近了看，看完说："其实，无非都是个用抗菌素抑制其生长的问题！有什么难的！"

彩妹便说："医院大夫说，麻烦着呢！要我住院仔细检查……然后动手术拉掉它……一进去就得先放一万块钱……"

马靴吹了声口哨，说："真敢要价！你打算给他们一万吗？……你要信得过我，我给你打针化掉它！我优惠你，每针我只收个成本费，二十块钱……不过你这瘤子起码得打一百针……一天两针……"

彩妹动了心："准能化掉吗？"她算了一下，这样治，也才两千块钱便解决问题了。可是，需要……差不多两个月的时间啊，这两个月里，她又怎么挣钱呢？

马靴搓着手说："这样吧，今天，我就先给你试一针……你要明天有不良反应，咱们就停……这一针我也不要你付钱……你得便时，帮我去各处电线杆上，贴点这样的招贴就行了……"他从书桌抽屉里拿出一张来，递给彩妹看；那上头有个红十字，还有些个大大小小的字……想必头一行便写着"老军医……"什么的。

彩妹打了一针，谢了马靴，出了那"甲三十五号"，往自己住的小屋走去，隔着小玻璃窗，她看见屋里只有阿吉一个人，躺在床上，睁着眼，脸上还淤着怨怒……水水到哪儿去了呢？……彩妹且不进屋，而是走出了巷子，走过了大槐树，又走到了护城河边。

夜晚的风，小跑到彩妹脸上，好像也觉得绊脚。彩妹拢住袖管，心里堆积着一窝灰。

胳膊上的针眼，隐隐作痛。马靴的针，还要不要打下去呢？

彩妹不知不觉，又在护城河边走了好远。

忽然，一辆三轮车在她身后刹住，只听有人惊喜地在叫："乡亲啊！"

彩妹闪身，扭头，一望，光凭那两只眼、一嘴牙，便认出是蚓蚓。

"你！……你吓死我呀！"

蚓蚓跳下车，指指车轱辘说："我打了气……"

彩妹听不懂这是什么意思。她质问："你想干什么？做坏事吗？"

蚓蚓委屈得不得了："你乱想！我……我刚去洗了澡、理了发……特意去找你……你不在……水水说，到处找不见你，她还着急哩……"

彩妹打断他说:"扯谎!我还找不见水水了哩!……"

蚓蚓说:"那我们一起回去,对对的嘛!……水水说你在马靴那儿……她方便回来,屋里没你,马靴那儿也不见……她让我骑车到河边找找……离老远,我就认出是你……"

彩妹说:"你找什么?我就是走走……我一会儿就回去!……没你什么事儿!……"

蚓蚓说:"……我,我……我就那么讨人嫌么?……"

蚓蚓的声调,在寂静的护城河边,伴着昏暗的灯光,摆动着的垂柳丝,还有河水里闪闪的碎月亮,让彩妹的耳朵和心眼都软了下来。

"你找我干什么?"这一回口气大不一样了。

"……我,我……我晓得……你,你还没吃晚饭呢!……"

"……没吃,又怎么样?"

"我,我……请你吃……我也没吃……我们一起去……那边……东坡楼……吃夜宵……"

"咦……你怎么晓得……我没吃?我在太太家吃得饱饱的!"

"我知道了……太太把你辞了……董大大说的。"

"她辞了,我就饿死了?我下了馆子,吃的涮羊肉!"

"你没吃,你饿了……我不愿意你饿……我也饿啊。"

彩妹忽然感到很饿、很饿。她站在那里,犹豫着。

"来,你上车……乡亲嘛,我们去东坡楼!"

彩妹皱皱鼻子:"我又不是垃圾!"

"你看!我洗过……还铺了干干净净的塑料布哩!"

彩妹仔细看，果然。

"上吧！乡亲！"

彩妹便耸身坐了上去。蚯蚓心里原来猫爪子挠般难过，一下子变得猫舌头舔般舒服……

他们到了河那头的一家饭馆——东坡楼。那里的夜宵卖四川小吃。坐到一处角落，蚯蚓让彩妹敞开点。彩妹只点了碗担担面。蚯蚓便又为她点了珍珠丸子、叶儿粑、赖汤圆。蚯蚓很内行的样子，说自己一点不怕辣，点了担担面、钟水饺、红油抄手，全是辣的。彩妹说："你想喝酒，尽管喝！不要因为我不喝，就不好意思！"这话让蚯蚓心里比喝了酒还暖。蚯蚓说："你还不知道吗？我从来不吃酒，也不吃烟哩！"彩妹望着他，只是撇嘴，不信，说："男子汉，吃点烟酒才硬气，只别过分就行……"蚯蚓便要了一听罐啤。

担担面上来了。彩妹拿起筷子，说："不要你请。我们各人管各人的。"

蚯蚓说："那哪儿行？这没几个钱。"

彩妹说："你发了多大财？什么口气！"

蚯蚓说："实话，还没发大财。不过……先吃，先吃……"

两人便吃那担担面。都觉得格外好吃。

吃完面，别的几样也上了桌；蚯蚓且不吃，跟彩妹说："我都知道了……你脸上……医院要你放一万，才许你住进去……"

彩妹埋怨说："又是董大大告诉你的？这个糟老头儿，以后我再不能跟他说什么！"

蚯蚓说："他是好意哩！他知道我们是乡亲……他也想帮你哩……"

彩妹说："帮什么？不用帮……我自己……能解决……"

蚓蚓说："你哪儿拿得出一万块？"

彩妹说："谁说非用一万块？我打针消掉它，两千足够！发发狠，两千我还拿得出……"于是讲了马靴给她打针的事。

蚓蚓叫了起来："哎呀！你信他的！我早认识他！他在每个地方，从来住不满一个月……他那叫无照行医，查出来就要取缔的！他除了给人打针，什么也不会！他那些针药，全是些过期的！他那些针管，说是一次性使用，其实每管起码要用上十几回！他总是不等上当的打完他说的那个针数，捞了些个钱，就跑了……当然啦，他跑，更是为了躲查抄的……他上个月还在阜成门那边嘛……现在又到这儿招摇撞骗！你快别让他给你乱治了！正经医院收费是高，那它真能给你治好呀！"

蚓蚓说得彩妹心里又乱乱的，仿佛撒上了花椒，胳膊上的针眼又隐隐作痛。

蚓蚓又说："我就不信马靴这些个狗屁大夫！……我信大医院，信正经大夫……我这条腿，你知道的吧？我妈生我的时候，让接生婆生给我扯断的，后来又长起来，长歪了……我爹怕我活不了，所以给我取名叫蚓蚓，那蚯蚓命大啊，锄成两段，它还活，两段都活！……我家前年连死了两口人，你是知道的，弄得把盖好的楼都顶了债……我在这儿奋斗了这么久，总算把家里的债都帮着还清了！……你说我现在想的是什么？……盖房？……不！我也是要挣钱进医院哩！我挂专家号，看过这腿……大夫说，我这腿能治……就是把长得不正的地方，弄开，重接……你这毛病，人家只问你要一万。我这毛病，人家说，住进去要先交两万哩！……"

"你挣够两万啦?"

"不到。不过……呀,都冷了……先吃!吃吧!"

两人便再吃,暂时无话。都在边吃边想,心里都绕着好些个圈圈。

吃得差不多,蚓蚓抹抹嘴说:"……我……两万是没有……原来一万也不到……可是,告诉你吧,就是上星期,我真幸运!……你猜也猜不到!……告诉你吧,巧了!……"

于是蚓蚓告诉彩妹,他上星期有天捡垃圾时,捡到个圆圆的蛋糕盒子,里头还剩得有好大一牙蛋糕,看看并没发霉长毛,闻闻也还很香……当然,他没吃那牙蛋糕,他扔了它……他把盒子拆了——他总是要把捡的纸盒子拆成纸板,归拢一处的——结果,他发现那盒子里放蛋糕的那层垫纸底下,有一摞钞票!多少钱一张的票子?开头,他不是太兴奋,因为那票子看着小,显然不是常见的一百块或五十块的,甚至不像十块的……仔细看,才发现,都是洋票子,是哪国票子呢?一时弄不清;那是多少钱呢?他看来看去,那一摞十张,张张上头印着一样的人头,还印着 1 后面两个 0,呀,张张都是一百块,一共是一千块呀!……这可把他高兴坏了!他原来已经存下了六千块钱,这么说,一家伙就变成七千了!……前两天,他到银行去,把那张票子拿出来给人家看,才知道,那是美国钱,每张都合人民币八百多!……呀!加上这摞美国钱,现在他蚓蚓有一万五千块啦!你说这幸不幸运!……

彩妹听呆了。听完,她不信:"蛋糕盒子里哪儿来的大洋钱?做蛋糕的都是些跟我们差不多的人,装蛋糕的也一样,谁得了疯病,往里头放钱?就是得了疯病,往里放钱,又哪儿来的洋钱?"

"我想过了……钱是买蛋糕来送礼的人放的……他原以为人家吃完那蛋糕，就能见着那钱……"

"他想送人钱，送就是了！放在蛋糕底下做什么？……就为了让你捡破烂的发财？"

蚓蚓不想再讨论这个问题，他从胸兜里掏出一张美元来，递到彩妹眼前，说："看呀！……上面那个人头，是美国总统哩！……你看这儿，是不是1后头两个0？"

彩妹接过，细看，心想："这么一张小纸头，怎么会就是八百多块人民币呢？"看完，她把那美元递还蚓蚓，蚓蚓接过去，却又掏出另外九张，都塞到她手里，说："你留下。给你。不是借……是……我送给你了！你再添一千多，就能住进医院了！"

"不不不不不不……"彩妹觉得那美元烫手，拼命往蚓蚓手里回送，蚓蚓躲闪，把没喝完的啤酒杯都碰倒了……

"蚓蚓，拿去！你先用来治腿！"彩妹把那摞美元搁回到蚓蚓那边。

蚓蚓把那摞票子又搁回彩妹这边，说："我不忙！……我这腿又没让我失业！……你动手术要紧！……"

彩妹便拿起那摞票子，作出一种夸张的样子："你不要，那我……全撕了！"

蚓蚓这才从她手里取回那摞票子，脸涨得红红的，垂下眼帘说："就因为……是我的……你才不要！……我没坏心……你别以为，我是总想着……我爹你爹的那个想法……我不会强迫你的……我是个歪腿，我懂……其实……刚才我是骗你！……医院大夫跟我说的是，像我这么个情况……没法子动手术正过来了……"蚓蚓吸了下鼻子，挺挺胸，好忍住眼泪。

彩妹心软了。她说："蚰蚰，谁疑你不是好心？我是……我不能随便拿别人这么多钱啊！……再说，这钱……太怪……不能算挣来的啊……蚰蚰，我谢你了！……这钱，你先留着……你容我想想啊……我真需要的时候，再来问你借！"

蚰蚰抬起眼睛，望着彩妹："……你快想好！……好，你借！我一不要利息，二不定还期……什么时候你在这京城里闯出了一番事业，想还的时候，你就还！……"

彩妹嘴角透出笑了："闯出一番事业？我？"

蚰蚰肯定地说："就是！……这城里立一番事业的人，都是爹妈把他生在这儿，传给他家业的吗？……我就不信！"

彩妹笑出了声来。蚰蚰望着那笑容，听见那声音，心里像有鸭子在春水里嬉……

……他们出了东坡楼。

蚰蚰走到自己的三轮车边，刚开了锁，便发现前轱辘瘪得没有一点气了。他惊呼起来。下午刚打的气啊！再细看，气门芯被拔了。"准是那些坏孩子干的！"蚰蚰骂出粗话。河沿上确实有些个顽皮的孩子，不仅专爱拔停放的自行车、三轮车的气门芯，还专爱抠掉汽车上的商标饰件。

蚰蚰本来是要蹬三轮车驮彩妹回去。驮不成了，蚰蚰便执意要推着三轮车护送彩妹回去。彩妹坚拒。彩妹说："不要！……不能这么来往！……你以后别再这么找我！……我要你帮忙的时候，我会找你的！……"说完，扭头便走，走出几步，回过头，补充说："蚰蚰，我谢你！……真的！……我有事会找你！……"再扭过头去，便一溜烟地消失在夜色中了。蚰蚰用拳头捶捶自己的歪腿，大声叹气……

　　护城河边好冷清。夜风带来丝丝凉意，往衣领衣袖里钻。彩妹缩起脖子，双手拢在袖子里，往住处小跑。

　　忽然，一只大手按住了彩妹肩膀，她还没来得及作出反应，另一只大手用一张胶纸猛地拍在了她嘴上，使她呼唤不得。紧跟着，一个比她高更比她宽的肉体将她挟持到了路灯光区外的阴暗处……彩妹从烟气酒气和体臭中意识到那是一个强悍的男性……她拼命挣扎，然而那人的胳膊和手就像铁杠和钢扳子，令她难以反抗……她被那人拖到了护城河边大柳树下的灌木丛里……

　　……那人撕彩妹的衣裤，彩妹再次拼力反抗……当彩妹感觉到那人的大手将她内衣暗兜中的那一扎钞票扯走时，她的愤怒达到顶点……那人万没想到，彩妹会忽然爆发出那么强大的力量！她的全身——四肢、肩、腰、腹……乃至脖颈、头颅，都仿佛炸开了似的，排拒着那人的强暴……结果，竟一下子让那人滚到了一边……彩妹不失时机地，鱼儿般地挺蹦而起，并立刻向光亮处跑去……她的喉咙一直地猛抖……她意识到了那封嘴的胶条，于是边跑边用力撕扯……

　　……那人没有追赶彩妹……跨护城河的桥上有巡逻的警车驶过……同时有几个在迪斯科舞厅蹦跳完的年轻人嘻嘻哈哈地骑着自行车冲过来了……

　　……彩妹狂跑了好一阵，终于跑到了桥边，她本能地跑上了桥——桥上要亮得多……她直到跑上了桥，倚在桥栏上，才终于站住，用力地扯下了那封嘴的胶纸……她觉得嘴唇和嘴唇周围火烧火燎的……低头一看手里揭下的那块胶纸，寸多宽，巴掌长，上头挂着湿淋淋的血丝……她不懂得保留罪证，她怕那胶纸上的血丝，便像抛掉毒蛇般地将它抛到了桥栏外……

……彩妹本来是想喊，想叫，想骂，想哭……可是扯掉了那胶纸以后，她只顾大喘气，却一时喊不出，哭不出……她整理衣裤……当她摸到那藏钱的地方，一把抓空时，她觉得天在转、地在旋……可是她的意识里还能抽出这样的丝缕：幸亏没拿蚓蚓的那一千块美元……万幸！

桥上和街上这时没什么行人了，一些载着客和亮着"空车"灯的出租车从桥上穿梭而过……前面大街上有一家豪华俱乐部，门面上的霓虹灯滚动扫描出来回变化的图案，几辆只有晚上才许驶进城的运水泥的车轰隆隆地开过去，驾驶舱后的巨大水泥罐还在转动搅拌着……一对情侣满不在乎地勾肩搭背并行骑车而过……

彩妹想哭，那悲苦都蹿到喉咙口了，却冲不出来……她俯身看河水……河水里浮动着的幽幽光影，让她忽然觉得，只要朝下一跳，那么就什么都会变得很简单了！

一腔幽怨，没能化为长嚎哀哭，却使彩妹翻肠倒肚地朝河里呕吐起来……她觉得自己的一颗心，就快要呕出体外了。

呕得什么也呕不出来了，彩妹深呼吸着，抚着自己的胸口；这一天的种种遭遇，虽然在意识中成为碎片，却汇聚飞舞在她的心头，冲撞得更加细小尖利，使她的心在流血……

有个在桥那边绿地中练完气功的离休干部，回桥这边时，发现了桥栏边神色异常的彩妹，便走近她问："小妹妹……你不舒服吗？要我帮忙吗？"

彩妹的视觉从朦胧中聚焦，当她发现面前有一张陌生的脸时，不禁畏惧地后退一步，然后便跑开了……那人望着她的背影，缓缓地摇头……

彩妹往前小跑……开始，她也不知道自己要跑到哪儿去；后来，她心头只存有一个想法，那就是，她要跑到能给她温暖，给她安慰，给她帮助，特别是能赋予她安全感的地方去……那个地方在哪儿呢？在哪儿呢？……

彩妹跑动的轨迹不是一条直线，也不是一条方向大体不变的曲线……她忽然又改变方向，甚至扭回头，往回跑……但在潜意识的驱使下，她终于认定了一个目标……那目标是一袭瓜棚，是散发着家乡气息的丝瓜……

彩妹深一脚浅一脚地跑到了一座工棚前，那工棚的窗户里已经没有了亮光……彩妹只听见自己急促的喘息声……她慌慌张张地伸手摸索着，睁眼搜寻着，并且用一颗狂跳的心祈盼着……

……啊！是这儿，这儿！……彩妹的手触到了工棚外的一个瓜棚，几根上身细细、下身胖胖的老丝瓜模模糊糊地映入了她的眼帘，她的心被一阵狂喜包裹住了……她穿过那瓜棚，对着瓜棚后的窗户，大声地呼唤起来："顺顺！顺顺！……顺顺啊！……我是彩妹！……顺顺，我是彩妹！……顺顺顺顺顺顺！……"

……工棚的窗户亮了，不止一盏灯，盏盏灯都亮了……工棚里不少小伙子从被窝里坐了起来……顺顺惊醒过来，听真切了，大喊："是我老家的姑娘……她叫彩妹……她准是遇上什么事了！大家帮个忙！我要把她迎进来！……"

顺顺麻利地穿上衣服，跟他挨着的哥儿们也都穿衣下床……离得远些的，有的仍然坐在床上，披上衣服，把铺盖拉到胸脯……

顺顺把彩妹迎进了工棚，让她坐在仅有的一张小桌边，仅有的一把破椅子上……彩妹看清眼前站着的确是顺顺，便"哇"地放声痛哭起来……

顺顺和几个小伙子围住彩妹，有的给她递开水，有的给她递毛巾……有的急着问她究竟怎么回事……顺顺对小伙子们说："让她哭透……"

彩妹痛痛快快地哭着，哭得就像唱歌一样……这哭声使围在她身旁，以及那些被惊醒还坐在床上的建筑工人们——也不完全是小伙子，其中也有已经过四十的壮年人——心弦全都不同程度地颤动起来……这是无数难言的艰辛、复杂的况味、坚忍的奋斗、屡屡的挫折、层出的惶惑、叠加的疑问、无尽的期盼、不屈的情愫……汇聚交织成的汩汩心音！

彩妹哭够了，这才把她所经历的事，尤其是那最恐怖的一幕，讲了出来……

顺顺会怎样地安慰她？顺顺和他的伙伴们会怎样地帮助她？……在这京城的秋夜，这个其貌不扬，矮个子，并且脸上膨胀着一个瘤子，更在遭遇暴徒蹂躏的过程中，致使那瘤子边缘渗出了血水，并且嘴唇上也挂着血丝的，来自遥远的村庄，尚未与这大都会融为一体的姑娘，她将怎样地在这里继续生存、发展？

难以叙说清楚。

但非常清楚的是，在北京火车站，在这秋风吹拂的夜晚，又有若干从到站列车上下来的农民，包括年龄和彩妹不相上下的农村姑娘，扛着被窝卷，挎着提包，怀着巨大的希望，从检票口拥了出来……

人 面 鱼

她一眼认出来，是他。

他也一定认出了她，在一瞥之间。

那是在昆仑饭店大堂外的风雨廊中。出租车排着队，等待饭店门口行李生的召唤。他的那辆旧丰田平稳地滑了过来。行李生帮她把旅行拉箱装进了自动弹开厢盖的后备厢里，盖好，又忙给她打开后车门。她坐了进去，就在她一弯腰坐进车里时，司机很自然地扭头朝她瞥了一眼，那大约不足一秒钟，然而足够了……

她告诉他，去机场。

他把车开动起来，不一会儿，车子已经驶上了通往机场的高速公路。

会不会是……一种错误联想？

她仔细推敲他的侧影。不会错。二十几年过去……他的脖颈还那么强劲有力，那从衣领里傲然挺拔的脖颈，略显粗糙的皮肤上，还显现着那几条让她难忘的纹路……那肥厚的耳郭，线条刚硬的颌骨，特别是，那右颊上的一粒绿豆大的扁痣……当然是他！……头发还是那么浓密蓬乱，鬓角长长的……并没有发胖，肩膀还是那么宽阔厚实……

他也在后视镜里，偷窥自己吗？

也许，他认不出自己了。毕竟，自己有时对镜，思绪里猛然掠过往昔的雨丝风片，只觉得如梦如幻，连自己都会望着镜中人发愣：那是我吗？……是谁？哪一位？……

她要不要开口？……不一定马上唐突地发问，可以闲闲引入，谨慎试探……现在北京的出租车司机一般都很愿意跟搭客聊天……她从哪儿跟他聊起？今天的天气？这机场路的国际水平？……可他为什么一声不吭呢？仅仅因为她是一位女客，还是因为……他知道她是谁了，因而，在等待她首先开口？……

她的身上，氤氲出丝丝缕缕法国香水的气息……她自己本是对之已无嗅感的了，此时却忽然觉得有大量的气味回送过来，刺鼻，令她难堪，甚至于心中惶悚，仿佛犯了什么错误……她下意识地并拢双腿，抚平紧绷在腿上的短裙，那是一条价格不菲的意大利名牌短裙，与她上面的无领长袖外套同属当季的最新款式……她又下意识地看了一下腕上的手表，那是一块外表古朴，却属于极品级的百达翡丽表……表盘为她显示的似乎并不是此刻的时间，而是一种钻心镂肺的荒谬感……

是的，也许，他的不敢确认，恰恰就是这香水的气息，以及这一身包装……然而，我依然是我呀，我也不仅没有发胖，而且，难道我显老了吗？……是的，女人一过四十，那就连曾经跟她那么样那么样亲近过的人，都会认不出来了！……天哪！

……那是个多么古怪的傍晚啊！……人们都说夕阳是玫瑰色，或类似那一类的颜色，然而那个傍晚的夕阳却分明是绿色的，淡绿色，嫩嫩的淡绿，就像初春从树皮里蹿出来，并且颤巍巍地绽开的小叶芽儿，充满着透明感的那么一种淡绿色……

他们去插队的那个村子，在那个深秋，本来已然整个儿没有了绿颜色，庄稼地里是一派深褐，稀稀拉拉的树木上，要么已然只剩枝丫，要么那些没落下的叶片都仿佛是薄薄的铜片，风一吹过，便发出令人心里只有黑灰两色的寒音……

……她朝村边那座茅屋走去，那一刻，她觉得夕阳是绿色的，它使万事万物，都沐浴着淡绿，不，嫩绿，不，像透明的叶芽儿似的，那么一种绿雾，绿霭……

……那是一个猪场。茅屋是猪倌熬猪食的地方。老远，从那茅屋里就散发出浓烈的猪食气味，那气味无法形容，全凭每一个吸入者的主观感受，而大体上可以归纳为，比如说催人呕吐的秽气，比如说令人觉得是正常发酵的气味，再比如说是联想到圈满年丰的愉悦气息……那一晚，那扑鼻的猪食气味，于她而言，仿佛是树上无数新芽溢出的，绿色汁液的味道……

……他被派作猪倌。他在那茅屋里，站在土灶边，面对着奇大无比的一口边沿有裂缺的铁锅，用一把大铁锹，搅拌着锅里的猪食……

……她走进去，他一时没看见她。她在门边望着他，他赤裸着上身，把本来穿在身上的一件又旧又破的枣红色绒衣，两条袖子紧紧地系在腰上，起劲地，甚至于可以说是极其快乐地，两只脚一颠一颠地，用大铁锹在锅里搅和着……灶眼里，发射出夕阳般的光芒，然而，奇怪吗？那一晚，连那灶眼里的光芒，竟也是绿色的！浓稠，鲜嫩，透明而抖动的淡绿色啊！

……他发现了她。两眼闪出惊奇的强光："你没去?!"

她没有去。几乎村里所有走得动的人，当然首先是他们"知青户"的其他成员，都赶到镇上去了，那里晚上有县里"样板团"的演出，而且演出后还要放映电影……她知道他任务在身，今晚不去，于是，她推说实在不舒服，发烧了，也没去……她的确发烧，她自己能感觉到，她鬓前的发绺在走动中撞击着她的面颊，不知是发绺的感觉还是面颊的感觉，总之，那感觉传递到她心尖上，有些个烫……

……其间的过程很简捷……为什么会那样简捷？……真不可思议，却又值得在整整一生中时不时地反刍，不断苦苦地，不，甜甜地，思之，忆之……

……是的，那是千真万确的，是她，而不是他，十二万分地主动……她一下子扑到他身上，紧紧地搂住了他……她能够非常精确地，把正在沸腾的猪食的气息，与他的体味，严格地区别开来……那是一种她渴望已久的气息，她把自己的脸庞拼命地挤靠在他那似乎失去边际的强韧而汗渍的胸膛上，摩擦着，同时感觉到他的双臂，如同巨藤般缠箍住她的脊背，并且一次次地收紧，使她体验到一种新奇的痛楚……

……他把她抱到了茅屋中的大炕上。那是滚烫的一张炕。满屋弥漫着嫩绿……他们无师自通。为什么无师自通？……其实，有许许多多隐蔽的"师"，比如人们的脏骂中，比如那些缺皮少页的卷角旧书的文字中，比如《赤脚医生手册》里的插图……而最好的老师，是他们自己身体上那逐渐膨胀的部分，是他们在开始时可以说只是不经意地朝对方一瞥，后来是说不清有心还是无心，在远处，或稍近一点的地方，对方没跟自己对眼，甚或全然没有注意到自己时，自己却下死眼把对方的一脱衣、一挽袖、一弯腰、一扭身……乃至于做某件事的全过程，呆呆地看了好一阵子……再后来，便是双方眼波的撞击，从一撞即移，到撞而移后复撞，到撞后竟胶着在那里，难解难摘……生而为人的那个位居首席的"师"，正在自己的肉中灵内啊……

车过四元桥了。她定神再往左前方细加端详……当然，绝不会错，是他。

她都几乎要呼出他的名字了……却终于还是没有呼出。

……在那个淡绿色的傍晚，以及紧随之的那个充满汁叶气息的夜晚过后，第二天一大早，忽然村里响起了不寻常的声音，那是一辆小轿车，具体来说，是一辆奶白色的伏尔加牌小轿车，开进村来的喇叭声，以及驶过坑洼不平的村道时车轮摩擦出的怪声，还有村里孩子们跟着那车后面乱跑的叫嚷声……

事情可谓"意料之外，情理之中"……她披着衣服从宿舍里跑出来，脸还没洗，头还没拢，脑子里还储留着斑斑绿影……妈妈从那车里出来，犹如一粒豌豆从熟透的豆荚里迫不及待地跳出……她听见妈妈大声地跟她，同时也跟拥簇在她身边的村干部和"插友"们朗声宣布："你爸解放啦，结合啦！……我们昨天下午就出发了，往这儿赶，通宵'马不停蹄'……走，跟我回城！……"

"插友"们的反应是多种多样的，或含蓄或强烈，她却一律顾不得观察回应，她只是倏地一下感到，有一种东西飞走了……啊，是飞走了绿色，一丁点绿色也没有了，深秋的太阳从东边送来一片光芒，是啊，可以说是玫瑰色的，然而为什么是这种颜色？难道该是这么样的一种颜色吗？那心爱的颜色，那些本来布满心胸的嫩绿，透明，并且流动着的，青芽汁液般的可以抓挠的活生生的存在，怎么一下子荡然无存？……

她慌乱。一定是有许多幼稚可笑的肢体语言，"文法不通"，"佶屈聱牙"，因此引得"插友"们窃笑……她听见妈妈用亲昵的语气在斥责自己："还收拾什么！都留下，留下……你爸爸这一回来，什么又都会有的！走，跟我走……"

她稀里糊涂地已经坐进了车里，妈妈紧紧抓住她的手，仿佛她还是个上幼儿园的小姑娘……汽车开始移动，车窗外晃过一些各不相同的目光……她不在乎任何目光，只是，她的心紧缩起来，他，他呢？……她对司机说："往那边，那边……"她心里指的是那座茅屋，村边那个小湖边上的茅屋，那儿有个猪场，茅屋是猪倌住的地方……司机不明所以，妈妈问她："你说什么？你还有什么事要办？"她嗓音干涩地说："那边，那边……湖那边，猪场……"她给司机指点着，司机便把车往那边开，车外有人在大声地说："错啦错啦，反啦反啦……"司机还是把车开到了湖边，离茅屋和猪场很近的地方，她紧张地朝茅屋望去，那门根本没有关紧，露着一条明显的缝，然而，门没被拉开，里头没人出来……她有一种要下车去的冲动，妈妈把她抓得紧紧的，她听见妈妈在跟司机解释："……孩子锻炼得不错，对这劳动过的猪场恋恋不舍呢……好，再看一眼吧……"前面没有路了，司机倒车，离开了那湖边……她没有再回头张望，只是忽然掩面而泣。妈妈赶忙把她往怀里揽，她挣脱了……车子又开过知青们的宿舍，朝村外的公路驶去，有小石子打在小轿车的后玻璃窗上，不知是小孩子们扔的，还是从车轱辘下迸溅起来的……

……后来，大家都回城了，她得知，他也终于回城。

又是一个傍晚，一个有些绿意的傍晚，她往他家住的地方去，找他。

他家住在这个城市的西北角。那里有一条比一般大街窄，比一般胡同宽的穷街。他家住的地方，院子不是院子，排房不是排房，在她眼中，那是很古怪的，具体来说，是街边有一个简陋的公厕，公厕一侧，有一个歪歪扭扭的通道，往那通道里走，两边是些歪歪扭扭的古旧平房，那些平房里，密密匝匝地住着些芸芸众生。

她走近那地方时，恰巧他从通道里走出来，上厕所。他没有看见她。她移到街对面一个小商店门外的布篷下，呆立着。尽管他是去往一个不雅的地方，可是，他的身姿步履，依然令她心醉，陡然间，天光绿润润的了……后来，她看见他走出厕所，回到那通道深处了……

她鼓起勇气，过马路，走进那通道……她四顾着，不知他该在哪扇门里……忽然，她惊喜不已，因为她隔着一扇镶着死玻璃的老式平房窗户，看到他就坐在窗边，侧着身子……啊，他是在看电视……在屋子尽里边的柜子上，有个黑白电视机，正放映着某种节目……依稀可以看到另外几个人的身影，是他家什么人？

她找不准那屋子的门，于是她呼唤他的名字，呼到第二遍时，他在窗里扭过了脖颈，满目惊奇……她还没定住神，他已经出现在她身前，并且立即把她引开……

他们来到那条给排水系统都还很不完善的穷街上。

她问："你干吗不让我……进你们家?"

他说："那不是我家。"

她问："那么,是谁家呢?"

他说："邻居家。"不等她再问,又补充说,"我家没电视。"

停了停,她说："带我去你家吧。"

他想了想说："以后吧。"又反过来问,"你找我干吗?"

她抬眼,责备地望着他。

于是他说："我猜过,你也许要来。"

她移得离他更近些。

"咱们走走吧。"他说。

于是她跟着他走。

他们走到一处僻静的地方。那里有一个杂乱的小树林,还有一个早该清除,却一直没人来清除的垃圾堆。

天光暗了下来。她心里漾着绿。她主动。她移得离他只差一指。他们的体味互相准确无误地进入了对方的鼻腔。

她责备他说："你都忘了。"

他回答："那怎么会?"

她问："我走那天,你怎么不出来?"

他坦白："我睡得死死的,没醒呢。"

她再问："为什么不给我回信?"

他说："回过……"

她问："回过?!我怎么没收到过?"

他说："写了,没寄……"不等她歙动的唇里再吐追问,忙补充，"也都没留……都扯了，扔那湖里……让人面鱼吃啦……"

人面鱼！……

汽车开过温榆河了。温榆河里泛着的波光，令人想起那个小湖……

他写过信，没有寄，大概自己反复地读过，然后扯碎，扯得很碎很碎吧，扔进那个小湖，像一片银闪闪的浮萍，然后，陆陆续续地沉落下去……那条人面鱼，真的会吞咽那些浮萍般的纸屑吗？

……还记得，那个晚上，在那个小树林里，离那个垃圾堆不远的地方，当他们又紧紧地拥在一起的时候，他忽然说："……插队的时候，我们毕竟是平等的……"

她试图反驳他。然而十分无力。实际上，无法反驳。

……后来，出了小树林，他终于带她去了他家。在那个公厕后面，那个歪歪扭扭的通道的顶头上，一间只有十来平方米的小屋里……他父亲，一个拉排子车的搬运工，为了他"顶替"，提前退休了；确实，说什么也该提前退休了，因为他患着肺气肿，不仅说话，连喘气都透着痛苦；他母亲，年岁并不算太老，脸部却已然皱缩成了核桃般模样……真是家徒四壁，竟看不到一件稍微亮堂点的器物……这还都算不得什么，最令她震惊的是，因为屋子太小，只能放一张大床父母来睡，他呢，每晚便只能在屋尽头的一个农村式的大躺柜上，挪开了什物，铺上褥子睡……

把她送出来，往公共汽车站走的时候，他对她说："对你们家来说，你下乡，是受苦；回城，是苦尽甘来。我回城，是随大流；其实，我下乡，倒是给家里减轻了负担……对于我来说，下乡起码有了自己的一个固定的铺位……现在你该明白，我为什么要主动当猪倌了吧？那座茅屋里，我一个人霸占着好大的一铺火炕啊！在那上头滚来滚去，多痛快！……"

是啊……滚来滚去……那一晚，他们曾尽情尽兴、尽力尽时地在那铺大火炕上滚来滚去！……

那是美好的，极其美好的，因为都是发自内心的，偏又极和谐，极默契，极自然，极圆满……高潮渐来，层叠起伏……终于波涛汹涌，天摇地撼……并不是每个生命个体，都能有这样的一次初夜……

……可是，当她在快到车站时，逼问他："……难道你……不想……再……吗？"

他满脸的痛苦，那是一目了然的，但嘴里吐出的话语，却坚硬而冰冷："……地方呢？我们现在能在哪儿？……"

是的，在哪儿？在他家？……那么，在自己家？自己家现在虽然占有一个独门小院，有十多间屋子，可哪间也不可能像那座猪场前的茅屋般，令他们可以便宜行事……那还是二十几年前，到饭店宾馆开房间，或租买房屋，是连其概念也没有的……小树林里么？怎能冒那个险？……其实，就连靠得那么样近地走到公共汽车站，也足够让人指斥为"臭流氓"的了……

"我们……结婚以后……总有地方了吧？"她说。

"我们？……结婚？……"他停住脚步，惊异地望着她。

她忽然觉得消失了所有的绿色。一下子心里堵满沉甸甸而搬移不开的晦暗东西。她无言以对。不要往任何别的人别的因素上去推诿。最最要命的是，她明白自己，到头来，她是不会坚定这个信念——跟他结婚的。

不是什么糟糕的事。中国俗谚："女大三，抱金砖。"这话应在了她的身上。不过，不是因为有了她，汤尼抱了金砖，而是她因为有了汤尼，而抱上了金砖……他们过得富足、体面，先有了汉克，后有了露茜……

汤尼没有绯闻，她也确信他没有外遇，然而汤尼越来越多地出差，越来越多地一个人在书房里睡……

婚后不久，甚至在与汤尼同床共枕时，她的思绪里就曾经飘飞过这样的丝缕：要是，汤尼能和他一样……要是，换成了他……宁愿这下面是那张茅屋里的大炕……宁愿那边就咕嘟着一锅猪食……而且，甚至于，她切盼那体味，还有那一份强悍，都是他的，她闭上眼，在幻觉中努力提升自己的兴奋……而往往是，不那么和谐，不那么对劲儿……特别是，眼里呼啦一下是歪着嘴在努力的汤尼，便一下子有浓酽的犯罪感、羞耻感，翻肠倒胃地直奔心头，令她立刻汗流浃背，并顿时索然、悚然……

天哪，天哪……常常，在她独处，并且心头浮起那座遥远的，并且不知是否还存在的茅屋，以及种种不堪聚焦般呈现的镜头时，她便频频地在胸前画着十字……而她又深切地自知，她并不能真正成为一个基督教徒，因为，她虽然极虔诚地读过《圣经》，却始终不能在心底里相信，耶稣基督死后复活这一关键性记载……她在胸前画十字，只是因为她的肢体语言，已然进入了该种文化的系列，并且，无论如何，这总能让她多多少少减少些罪感……

出租车开到了高速公路收费站。他伸出手臂交费。那手臂还像当年一样，溢出充沛的阳刚之气。

出租车过了那有彩绘牌楼的收费站，向机场飘去。很接近了……这段行程即将结束……她若再不跟他对话，那这次的邂逅，岂不白白地……白白地怎么样？……唉唉，无论捅不捅破这层窗户纸，二十几年过去了，又能怎么样呢？……

她从价格极昂贵的路易·威登手袋里，掏出妆盒，打开，匆匆地朝小镜子里瞥了自己一眼，居然绿雾升腾……她心旌摇曳，难以自制……

……倘若那时候，她真的破釜沉舟，跟他结婚，会怎么样？……她是单纯地追求肉欲么？不不不，那将是一条极其艰辛的生活之路，却并不是一条只等着晚上绿光流溢的浅薄之路……事实上他们会有很多很多心灵的撞击与融合……是的，那条人面鱼知道，他曾给她写过好多封信，那上面有很多很多的方块字，每一个方块字里，都包含着丰富的意蕴，那是由二十六个字母无论如何地拼合，也难以企及的……当然，他到头来没把那些方块字寄给她，而是，几乎一字一字地分裂开，让那人面鱼吞吃掉了……汤尼给她写过信么？细想起来，这真古怪，汤尼给她打过不计其数的电话，却从来没有给她写过一封真正的信函，当然，那种算不得真正信函的卡，就是已经印好了一定套路的简单话语，配有图画或照片的卡，只需在上面潦草地签个名，便可寄发的卡，汤尼是给她寄过的，然而那算得了什么呢？这样的卡，就是碎成很小的香屑，抛到那个小湖里喂人面鱼，人面鱼也一定不吃吧……

……当然，那种情况并不多见，然而，即使是偶一出现，她心里也总是非常别扭，需要拼命地克制、克制，才能保持住脸上那据说是"极其迷人的东方式微笑"……

……在长条餐桌边，汤尼，还有汤尼的父母，有时还有汤尼的兄嫂什么的，黑人女佣苏珊端着硕大的银托盘，里面是一条完整的加拿大式烟熏三文鱼，或一只法式红酒焖羊腿，轮流走到每一位的右侧，微屈腰身，于是每一位都斯文至极地，用那托盘中的银叉银刀，切下薄薄的一片，放入自己面前的餐盘中……轮到她，她也只切薄薄一片，甚至比其他人所切的更薄；可是，往往就在这时，汤尼的父母，有时还要加上汤尼的兄嫂什么的，便都把目光集注到她的脸上，显现出无比怜惜的情愫。他们并不说什么，餐室里静寂无声，餐桌上的大花钵里，满钵的大百合都散发着淡雅的幽香；然而她明白无误地懂得，他们那一刻都不约而同地在心里感叹："啧啧啧……这在穷乡僻壤里受过苦的……小美人儿……汤尼给了她什么样的幸福啊！……"这还算不了什么，可是，他们很显然接着还要在心里自言自语，"……可怜的小美人儿……在那种可怕的地方……该受到过什么样的蹂躏啊！……"一瞥之中，甚至于连苏珊，在似乎不动声色的面具下，也附和着汤尼一家的思维……

你不能说汤尼，以及汤尼的父母，还有汤尼的兄嫂什么的，包括那个黑人女佣，有什么恶意；你更不能否定，过去的生活确实给她造成了许多的烦恼痛苦与遗患隐忧。然而，实际上一切都并不那么简单。比如，她在那个小村，那个小湖，那座茅屋，那口煮猪食的大锅，那张热腾腾的大土炕，那样的一处空间中，就曾经享受过绿色的阳光，绿色的火苗，青春的激情就曾极其酣畅淋漓地得到过满足，仿佛早春的叶芽，痛快地蹿破树皮，顶穿绒样的薄壳，裂开，舒展，任透明的汁液循环，乃至渗出……

而汤尼，在那样的场合，曾自以为高明，完全不知她内心里是极度地尴尬，建议说："……讲讲那条人面鱼……那一定会令他们吃惊……"她呢，便只好压下心头的不快，强颜欢笑，讲述起来，那回送到她自己耳中的声音，令她觉得诧异，她的灵魂在羞赧中涨红了脸，可是她在收住讲述，并听到汤尼一家极有礼貌也极为节制地轻轻鼓掌，并发出叹息声时，外表上却显得极为愉快，并且，仿佛很为自己能用他们的那种语言，娴熟地把人面鱼的故事讲述得那么样地生动活泼，而欣慰，而自豪……

　　为什么，这一切究竟都是为了什么？她的人生道路，为什么非得这样走？这样的幸福，曾是她切盼，并为之奋斗，得来不易的；也是令她父母引以为荣，并被众多的亲友，乃至并不怎么相干的邻居们所艳羡的……可是，有时候，当她一个人静下心来，面对灵魂时，便幻想着，故土上一张简单的餐桌，对，不妨就是那种廉价的，可以折叠的，蓝色烤漆腿的折叠桌，桌边坐的不是汤尼，而是他……她把煮好的面条，从热锅里捞出来，盛在大碗里，就是那种最普通的大瓷碗，递给他，而他，接过去，从餐桌上的另一只大碗里，舀出好大一勺现成的炸酱，用筷子搅拌着……她把洗净的黄瓜递过去，他边吸着面条边接过去，一筷子面，一口脆黄瓜……于是，她也盛一碗吃……他们也许会说起那条人面鱼，那该是怎么样的一种交谈啊！……他吃着炸酱面，喉结一上一下，额上沁出豆粒大的汗珠……他才是令她心醉的唯一存在……

　　不过，个体生命的存活，实在不是那么简单……倘若，她当年真的义无反顾，那么，很可能，不是他被引进她家的那个小院，而是她把自己送进他盖起的那个小棚屋，那个借用公共厕所一面墙的违章建筑里……她真的吃得消吗？……就算她与他能始终极其地和谐，可她能与他的父亲和母亲和谐吗？尤其是，在那么一个狭窄的空间里……

当然，他们可以联手奋斗……事态的发展证明，这个都市里的大多数人，后来都提升了他们的生活品质……他现在开上了这种一公里两元钱的出租车，主要到大宾馆门口等客，这算是这个都市里收入较丰的职业……倘若他们联手，也许他现在从事的职业会比这个更好……

她觉得眼睛发痒。她找出揩面纸，揩眼窝。她承接到一粒泪珠。

她现在已是有夫之妇。意识到这一点，她悚然，罪感又迅即弥散开，充满她的胸臆。然而尽管她拼命地压抑，压抑……那些罪罪过过的碎思裂绪，依然玻璃碴子般划着她的心尖……如果汤尼突然消失……而他，居然还并没有结婚，或已然是个鳏夫，那么，难道她不可以找到他跟前，与他鸳梦重温、花开并蒂么？……或者，她竟在某一天，走进汤尼的书房，跟汤尼和盘托出：她并非什么"失身"的"可怜姑娘"，恰恰相反，她偏偏主动出击，获得了生命历程中最隐秘而甜蜜的极乐……她坦然地提出离婚，而吓晕了的汤尼，出于自尊，加上被那种文化熏陶出的一些个思维杂碎，他居然爽快地应允了，于是，她不仅重获自由，并且依然会富有，她会骇人听闻地飞回这个城市，追到他的身边，让他清醒：唯有他们才相谐相配，他们本是上苍专门制作的一对啊！他呢，也便惊世骇俗地，割弃现有的，与她重辟新境，构筑一个绿茵茵的，再不云散的两人世界……可是，天哪，她猛然想起，汉克和露茜，那可是她的生命中已然不可舍弃的东西，他们怎么办？……

她身子瑟瑟发抖。她的这些思绪并无他人知晓，然而，她却在心底里自己告发了自己……她自己既是审判者，也是罪人，她自己执鞭笞挞自己……

出租车越来越接近机场了。透过车窗可以看到正在升空爬高的巨型喷气客机。

她瘫靠在后座椅背上，两眼如醉如痴地盯住他的脖颈。现在他们又一次离得这样近……他既然也认出了她来，为什么这样残忍，竟一声不吭？为什么非得她先开口？是因为，那个绿色夕阳映照的傍晚，那个绿波叶汁般流溢弥散的晚上，是她冲过去，主动搂定了他吗？……

其实，为什么他们不能，就在这个时候，互相招呼，并且勇敢地作出决定，暂时把他人，乃至整个世界，都抛到一边……在今天的北京，驶到任何一座星级饭店，开一个房间都是很便当的事，……更何况，她持有美国护照，她是外宾，是到处抢手的投资者……他们为什么不趁彼此都还不老，都还有火气，在绿色夕阳的映照中，重新体验那销魂熔魄？……

……可是，此时的他，会有着同样的想法吗？……

她脸上火烧火燎的。不仅是罪恶感，而且，羞耻感也火星似的炙烫着她的心。她用审判之鞭，更严厉地笞挞自己那被热欲炙烤得吱吱冒油的灵魂……为什么啊，为什么，人，究竟是一种什么东西？……

生命啊……

她号啕大哭——在饱受煎熬的灵魂深处——却无一丝声息。

出租车掠过一排巨大的广告，机场近在眼前了。

榆　钱

1

　　没尺子不要紧，咱们就用手量。把右手拇指和中指使劲张开，绕着她的腰摆了几摆，不到四拃！您信不信？就那么苗条！

　　就在那间小屋里，我跟苗香发生了关系。

2

　　那间小屋在一个农家院里，西厢房。有出古戏《西厢记》，我当然知道，在那间西厢房里，确实也有关于那出戏的联想。我们之间也有红娘，不过那红娘是个男的，是我的战友。提到战友，您就知道我当过兵。当过整整五年的兵。战友王建东不仅是我的红娘，他首先是我的大恩人，大恩人在古戏里很多，可是我一时想不起拿什么戏里的角色来打比方。就不比方了吧。反正王建东对我恩重如山。我们一起复员。他老家在安徽，我老家在河南。他来自一个地区市，我来自农村。他回老家有城市户口，我回老家就还是农村户口。结果他帮了我好大的忙，让我跟他去了他那个市，把我的户口落在了他家所在的那个派出所。

那间小屋在一个农家院里，西厢房。当然，是临时租的。啊，当然，我说的那间西厢房，是在北京郊区的一个村子里。可是要把事情捋清楚，还得说另一处西厢房，就是安徽那个市里一个偏僻角落里的一个院子里的西厢房。简单说吧，王建东回去就结婚了。洞房占了西厢房的两大间，另一间连着的小屋子堆东西，也支了一副铺板，我就睡那上头。各间屋子之间的墙壁不隔音，加上我又把耳朵贴到墙上去听，那洞房里的响动就让我心里头仿佛有只小锅在扑腾，锅里也不知煎熬些个什么，又酸，又甜，又苦，又黏……后来王建东看出来了，有天就笑着跟我说，你也该真的吃点荤的了……

那间小屋在一个农家院里，西厢房。不过在那里头吃荤的，所吃的，还不是王建东当红娘让我捞着的。您必得听我一步步往下讲才闹得明白。其实也好明白。都很简单。

在安徽那个市里，王建东帮我落下了户口，还提供了睡觉的地方，可是工作他让我自己去找，我也很快找到了一份工，是在他家附近一家饭馆配菜。在部队我当了两年炊事兵，刀工非常好，打这份工用一句文词儿，叫游刃有余，对不对？王建东自己的工作当然比我强，他在那里有丰富的社会关系，没费什么劲就当了一家大商场的业务员。他给我介绍的对象，就是他们商场的收银小姐。这位小姐不是腰细腿长的苗香，她脸庞挺中看的，腰身没有苗香那么妖娆，名字就免提了吧。她跟我交得也挺深的，搂搂抱抱什么的，都是有的，只是没发生那种关系。她跟我聊天，给我印象最深的话是，她最恨大额钞票，倒不嫌弃钢镚儿。想想也是，顾客递上大额钞票都得放验钞机上验，有时就验不出来，但是往银行送，人家银行却验出来了，这就要追究收银员的责任，往往还要扣工资赔上；可是钢镚儿就不用验，银行收的时候过秤计值，也还没发现过伪造的。一个不爱大钞的姑娘，想想真难得。我跟她单独见面没几次，她就带我去了她家。平常人家。她爸她妈对我都不错。我把她的照片也寄回河南老家，给我爹我娘看了，扬言我这个有了城市户口的人，将会带着个城里的媳妇回乡下，让他们以及我们整个家族在村里脸上红光耀眼。可是临到谈婚论嫁，她爸她妈很干脆地跟我说，只要我拿得出三万块钱来，婚事马上可以张罗。我哪儿能一下子变出那么多钱来呢？我就说让他们等几年，我拼命去挣。他们问你几年挣得出来？他们里头，自然也包括那姑娘本人，她泪眼汪汪，可是掐着手指头帮我算了算，就凭我配菜的工资，到手后一分钱不花，也得六年以后才能达到三万，她可实在等不起啊！我跟她说，也许我能换个法子，挣得更多些，她等的时间，也就兴许能短些。她就问：你抢银行去啊？问的语气倒是软绵绵的，可像尖刀一样刺得我的心汩汩喷血。我跟她的最后一面是瞒着她爸她妈，约在公园外头墙根下见的，那天下午飘起雪花，我觉得天空是件巨大的被撕裂了的羽绒服，雪花就是从裂缝里抖出来的鸭绒毛，落得我满身满脸全是，不觉得冷，只觉得热，热得心上发麻。记得我问她：你不是不喜欢大额钞票吗？她点头说，是不喜欢百元大钞，不过如果有一手提箱的钢镚儿，数出来够三五万的，她会非常非常喜欢。我说你嫁的是人还是一手提箱的钢镚儿？她说你不能怪我，更不能怪我爸我妈，如今结个婚，三万是最最起码的数目，连这个数目也没有，谁敢结婚呢？我听了头脑立刻清醒起来，觉得头上脸上落的不是鸭绒，是能融化的东西了。她就捏着手绢，给我擦脸上脖子上的水，我就跟她说，也是也是，王建东结婚花了五万，房子还是家里现成的……我就祝她幸福。

您说根本没有撮合成，王建东算不得红娘，我不那么认为，我觉得王建东比红娘还红娘，他甚至想借我一万块钱，还借我那间小点的西厢房，他对我真是太好了。可是人家姑娘家觉得不能那么凑合。确实也是，怎么能那么样凑合呢？我就问王建东，他广州有没有亲戚什么的，他说哎呀没有，问我是不是想往广东去淘金？我说必得试试去了。第二天我拎个包就往广州去了。

3

您一定急着让我讲苗香。您是搞文艺的，我懂，您要搜集素材。可是我的这些事儿不够格儿当素材。我看电视，看连续剧，不有好些个都市言情剧吗？有的挺抓人，勾人看完一集还想再看一集，但那都够不着我的生活。不，该这么说，是我的生活够不着那些个电视连续剧。我的生活就这么笼统着往下说，也还是毛刺太多，让您觉得太不清爽，太不艺术，而且，意思也太简单，没个深刻劲儿。对不起，没办法，我就这么活过来的，恐怕也还要这么活下去，拖泥带水，肤浅庸俗。您还愿意听？我也还愿意讲。

我到了广州，下了火车，已经是晚上了，街上灯火辉煌，越往前走，两边来往的人就越显得体面，穿的衣服好，手里提的东西，无论是黑亮的公文包，还是鼓鼓的有外国字的购物袋，也都让我越发觉得自己穷酸。对，穷酸，原来我知道有这么个词儿，可是，只对那个穷字有体会，对酸字就没感觉，现在可好，我对穷酸这个词里的酸字，体会深刻，深深地刻进心窝里去了。我盲目地往前走，哪儿灯火漂亮往哪儿去，可是越漂亮的地方，就越让我心酸。我不知道该在哪儿停下来，睡在什么地方。那一晚，我把腿也走酸了，整个人成了一棵醋熘白菜。真是棵白菜也好，可我分明又不是，我是一个人，但我这算是一个什么人哪？那晚我对自己说，你知道了吧，你是一个多余的人……

　　但是我第二天傍晚就找到了工作。我挨家挨户去问那些商店、餐馆，要不要我干活？我会开汽车，会配菜，更不消说浑身是力气，搞卫生扛东西打杂更不是问题……问到第三十七家，是个不大不小的中档餐馆，老板接纳了我，让我配菜。后来跟老板熟了，问他怎么那样爽快地就接纳了我？他说第一眼看见我那一米八的个头，立刻觉得我是一条好汉，再加上我递给他的复员证，他对当过兵的青年总多些个信任，发现我的年龄不到二十五岁，脸上还存着些孩子气，就更喜欢我了，因此毫不犹豫，当天就收容了我。广州毕竟是广州，在这样一家中档餐馆里配菜，工资比在安徽那个城里的高档餐馆里当同样的配菜工还高出一截。但是收工以后，一个人默默算计，还是觉得难以很快地挣出娶媳妇的钱来。您问为什么不下个决心回河南老家去娶个媳妇？怎么这样问我？我不是有了城市户口了吗？我好不容易成为一个城里人，怎么能忍受回老家落户的结局？在广州，有人说我是外来民工，外来民工指的是农村来的没城市户口的人，我就总是耐心地纠正他们的说法，告诉他们我不是外来民工，我是易地工作的城里人，为的是这边工资比我户口所在地的工资高，水往低处流，而人往高处走嘛。

好了，苗香马上要出场了。

4

我坦白，第一眼看见苗香，我心里一震，就有想搂住她的冲动。这样的冲动，说出来，就叫调戏，做出来，就是流氓，如果人家不依，告了你，就是犯罪，要抓起来判刑，这我当然都懂。但是我心里一震以后，心弦嗡嗡嗡地私下里抖搂，但是嘴里不说，手脚不乱，更不去强迫人家，那就是个好人，对不对？您见了中意的人，心里也会这么一震，对不对？如果您说绝对没有过，那我就不懂了。

第一回见苗香，是在医院里。不是我病了，是有个老太太病了，那可是个有身份的人物，她一个人住一个病房，那病房里有卫生间，有彩电、冰箱什么的，还有一套沙发。说她一个人住一个病房，是她有那么个资格的意思，实际上是两个人住，另一个人就是苗香，苗香晚上睡在那个长沙发上，她不是医院的护士，是病人家属另请来陪床的护理。我去那医院，是按老板的吩咐，给老太太送一样菜去。医院的伙食很不错，可是老太太还想吃些特色菜，她的亲属就在我们餐馆订了菜，让给送去，以前都是派个服务员送，那天不知为什么老板忽然让我跑一趟。我拿着提盒进了病房，苗香走过来接，顿时我俩身体之间的距离近到了两尺以内，我以为一下子嗅见了她的气味，不是香水、香皂什么的气味，是她身体本身的气味。您不信？病房里会有消毒液什么的味道，一定掩盖了所有其他的气味，何况那病房里还摆着些看望的人送去的花篮、花插，气味该是很混乱的，确实，后来我也感觉到了那个混乱，但在苗香走过来接我手里的保温提盒时，我鼻子里却只有她的气味。哎，活人的气味，活女人的气味，年轻的活女人的气味，真让人迷醉啊！

那天晚上我就在自己被窝里靠想象跟苗香一起睡了。这没什么不好意思的。后来苗香跟我坦白，她也曾在被窝里靠想象跟我睡过，只不过那是在跟我接触到第五回，看见我在篮球场上光穿着汗背心打篮球之后的那个晚上。那天我难得地轮休一天，却并没有送菜的任务，于是我提了些水果去那老太太的病房。老太太睡着了，苗香接过水果，也不问我以什么名义送的，那水果究竟是给老太太的还是给她的，只是抿着嘴笑，然后告诉我老太太再过些天可能就要出院了，我就凑拢她身前跟她说我要跟她保持联系，她就给我留下了一个电话号码，我刚把电话号码记下来，就有老太太的也不知道是女儿女婿还是儿子儿媳妇的来探视了，我忙抽身走了，也不知道人家问没问苗香我是谁，以及苗香怎么圆的谎。我下了楼，医院绿地那边篮球场上正有些年轻人在打篮球，我就过去跟他们一起玩，也没人细究我是谁，我玩的时候就总觉得远处那楼房高处有扇窗子里有张放光的脸，死死地盯着我，那就是苗香，为了她，我玩得格外花哨，一会儿勾手投篮，一会儿跃起盖帽，有时还双臂吊到篮球架，像练单杠那样奋力引体向上，我觉得浑身肌肉都在像花朵一样怒放……

5

苗香也不是广东本地人，跟我一样，也不是外来民工，也属于易地工作。她来自甘肃一个县城，跟我不同之处是，她是跟哥哥弟弟结伴来的，哥哥弟弟都进了工厂，在流水线上干活，她一直做杂工，换过很多活路，最后才找到这份护理工，虽然二十四小时都得随时伺候病人，但工资是每天六十元，比哥哥弟弟挣得还多，也不用另外租房子住，随着病人订饭吃，自己也不用花什么钱。有的病人要接屎接尿，频繁地给翻身、擦身，有的病人像我见到的那位老太太，能自己去卫生间方便，只要注意扶着就行，所以这活路也不能说是多辛苦。我后来抽空去医院，都是趁病人睡觉，又没有医生护士查房、亲友什么的也没来探视的时候，就把苗香叫到病房外的大回廊上，站着小声说些话。现在也不记得究竟都说过些什么话，只记得她眼睛仰望着我，闪闪的，嘴角朝上弯，分明是喜欢我，而每当我不得不离开时，她眼睛就晴转阴，嘴角有点朝下撇，分明是舍不得我。

那个老太太出院后，苗香又伺候了另一位半老太太，但这位半老太太是癌症后期，完全丧失了自理能力，也不向餐馆订菜，加上她的亲属频繁地来病房探视，我就很难再见到苗香了。

这时候发生了一件极不愉快的事情，就是我发现我的身份证丢了。老板是个很认真的人，他说我应该回安徽补一个身份证。确实应该回安徽去补。我给王建东挂了一个长途电话，他说那你就快回来吧。回安徽以前我想无论如何要跟苗香见一面，我就硬闯到医院去了，结果发现那个病房里换了个病老头，还有个呆头呆脑的男护理。说是那个得癌的女病人死了。女病人的护理，姓苗的姑娘呢？人家说不晓得。我就去住院处查，那里有所有护理工的名单，上面有苗香的名字，但注明她回家待命去了，就是这期间没有女病人需要她护理了。我就马上给她打电话，接电话的人说的广东话，大意是这人现在不住这儿了，搬哪儿去了不知道。放下电话，我就觉得身体成了个掏空的腔子，这样一个空腔子，还要身份证干吗呢?!

6

到头来我还是回到了安徽，回到了那个给我带来城市户口也带来伤心回忆的地方。下了火车我就去王建东家。他不在家，他媳妇说他临时被派到连云港押货去了。一年过去，我发现他家重新装修过，比结婚时候更漂亮了。那间原来堆东西、给我住的小厢房，跟大厢房打通了，布置成了育儿间。当然最大的变化是王建东有孩子了，他媳妇把我让进屋里没说上几句话，就抱着胖儿子喂奶。

王建东媳妇对我不咸不淡的，问我在广州是不是发财了，我如实告诉她，那边工资是高一些，但我就是拼命地俭省，也还是存不出多少钱来，加上说话上跟一般人难以沟通，因此找到更好的工作也难。王建东媳妇忙着照应孩子，连杯水也没给我倒。她喂完孩子以后，就拿出我存在她家的户口本，搁到茶几上，意思是让我拿去补身份证，以后也就由我自己保存。她还说，其实现在哪儿都有给人做身份证的，广州肯定做得更像真的，价钱总比坐火车跑来回省吧。我就说我还是要真的。她淡淡地说了句，就跟这儿吃晚饭吧。那时候才下午四点多，我听了就明白我在这个厢房、这个院子里也成了一个多余的人。后来我在那个小城的街道上走着，心里头重复着刚到广州那天的感觉，那种感觉还挺像心尖上粘了些捏不下来的苍耳子。我本该去派出所，却朝相反的方向走，也不是故意的，实在是我也不知道自己命里的这步棋该怎么走了。忽然我发现有两个身影跟别的身影不一样，别的身影对我没有什么意义，这两个身影却从许许多多的没意义的身影里跳了出来，跟浓墨泼出来的似的，使我马上想到三万这个数目……说准确点，那身影不是两个人而是三个，是一对老头老太太推着个儿童车，儿童车里睡着个孩子。当然啦，您猜出来了。我停住脚步，呆呆地站在那里，也不知道他们的身影是什么时候消失的。夕阳裹在我身上，先是觉得发热，后来就觉得发冷。后来，我转身疾步朝一个地方走去。不是去派出所，也不是去小旅店，是去了火车站。

7

您以为我回广州了？不是，我去了合肥。

在合肥下了火车，我发现随身的挎包裂了一条口子，肯定是我在火车上迷迷糊糊的时候，让人用剃胡子刀片给拉的。损失极为惨重。一个放着我全部积蓄的厚信封没了，户口本也没了。我垂头丧气地在车站外广场上，靠着广告牌的立柱痴呆了好半天。后来所有知道这事的人都给我放马后炮，说我怎么那么笨，为什么要带着几千元现金旅行，应该去银行办个通存通兑的活期存折嘛，设了密码的折子即使被人盗去，他也取不出来，你通过报失也还能追回损失。

说实在的，丢了那么多钱，我却并不特别悲痛。您已经知道，我丢失过更为宝贵的，而且不止一次。风吹到我身上，头脑清醒些，我到僻静处清理自己的东西，发现复员证、驾驶证都还在，仔细想想，我那户口存根在那派出所也该还在，我丢的只是钱。我一个二十六岁的年轻人，一米八的个头，浑身是力气，我可以再去挣钱。我不想再去饭馆配菜了。我决定去职业介绍所。我想起来我裤子腿的卷边里还藏着一张百元的票子。这是离开广州时我自己缝进去的。后悔当时没多往里头搁两张。这招数是餐馆里一个洗碗工教给我的，他说有回他把别的全丢了，好在还有裤腿里的一百元，让他渡过了难关。当时我是嘻嘻哈哈当着他面缝的，只当好玩。我以为我这么个一米八的壮小伙子，我不抢别人罢了，别人谁专从人堆里挑出我来抢啊？再说我当过兵，最警觉的，偷我也难。但是偏偏就让人给偷了。

那裤腿里的百元大票功劳真不小。我去职业介绍所，交了二十元的中介费，又租到一间临建房，预交了五十元房租，兜里净剩三十元，我想凭这三十元我起码能撑十天。没想到登记的第二天我就找到了活儿，是在一个仓库扛包，这活儿虽然累，可是一天苦干八九个小时，把定额完成，能挣三十元，算下来一个月挣的比在广州配菜还多。但是人家不是马上把钱给你，要干足一个月才给你结算一次。我自己仅有的三十元怎么撑得了一个月呢？我就买了一捆大葱，每天就着大葱啃馒头。干那力气活，特别耗费体力，也就特别能吃，从仓库食堂买馒头，比外头便宜，三毛钱一个，我一天怎么也得八个才行，这样一算，无论如何撑不到一个月，一个老师傅，本来他听我去过广州，跟我开口借过钱，我把自己丢钱的事告诉了他，他就跟别人去借了，临到他发现我连吃馒头的钱也没了，反倒帮我借来了三十块钱，这样我就撑到了发工资的那一天，一下子拿到了九百三十块钱，还掉三十还剩九百，我就马上去银行办了个有密码的通存通兑的折子。

8

我知道，您急着要听西厢房里的故事。北京那间西厢房，在一个农家院里，小小的，里头也没怎么装修，挺简陋的，可是，在那些日子里，它就是我的天堂。

从扛大包到进这间厢房，当中还有一千多天的事情。我换了很多工作，辗转了许多地方。最后，来了北京。有个算命的，偶然遇上的，他跟我说，我不适合在南方发展，我的运气在北边。这就是我闯北京的主要动力。您笑我迷信？其实也不一定是迷信。到北京，我有自知之明，就是我这么个条件，根本没办法在市区生存，我只能到远郊找机会。也是转悠了几圈，最后才到了这个榆景园。您是榆景园的业主，您比我更清楚，如今北京这样的商品房小区很多。户口真是不重要了。您不就是外地的户口吗？城市户口跟农村户口的区别也越来越有限，特别是对于年轻人来说，钱就是户口，只要你有大把的钱，就可以在北京买房子、买车，立下脚来。最近不是还有这样的政策出台吗，就是只要你在北京投资或者纳税达到一定数额，特别是能为北京下岗职工提供一定的就业机会，那就欢迎你申请北京户口，批准起来很快。

这榆景园真是个好地方。人气很旺。您的概括很对，这里的基本状况是：一对夫妻一套房，一辆汽车一条狗。夫妻大都三四十岁，有的跟我一边大，有的比我还小点儿，大部分是从外地来的，在北京做点不大不小的生意，发了点不大不小的财，就买了这不贵也不便宜的房子，安下家来，他们的私车也没几辆高级的，大半不过是捷达、富康、桑塔纳，有的更不过是夏利、奥拓；有的养了孩子，有的，用您教给我的那个话，是不要孩子的丁克家庭，但是却几乎家家养了狗，现在连我对这些宠物狗的品种也很熟悉，什么吉娃娃、贵宾犬、斗牛犬、松狮犬、腊肠、沙皮、斑点……说实在的，我知道北京比这富贵的地方、家庭多得是，离榆景园不远就有茵梦湖别墅，里头全是单栋的小洋楼，那里头住户的私家车最差的也得是别克、本田，休闲设施可不是光有网球场，人家那边有好大的带高架网棚的高尔夫练习场，每天光往里头送鲜花的保温车就总有两三辆，可是那并不让我羡慕，我知道那是我一辈子也够不着的。但是我羡慕咱们榆景园里的买下小单元，开上奥拓、都市贝贝的同龄人，他们的今天，就该是我的明天，那是我下把狠力气，能够得上的啊！

我是前年秋天来榆景园开物业班车的。每月工资九百元，管吃管住，这是这么多年来我最满意的工作。住的虽然是集体宿舍，楼房的地下室，跟电工、管子工还有保安队的住在一起，睡上下铺，但是卫生条件不坏，有洗热水澡的地方。都是差不多大的小伙子，我算里头年龄大的了，都管我叫哥，处得挺好的。吃的也还可以，起码不用自己再张罗了，走进食堂，什么都是现成的，热腾腾的。开班车这活儿对我来说挺轻松的。坐我这班车的基本上是些老头老太太，还有进城上学的中小学生，大家都有座位，文文明明，对我挺尊重。物业公司发给我的工作服是黑颜色的西服，雪白的衬衫，还有带榆景园标志的淡蓝色领带，再配上雪白的手套，往驾驶座上一坐，我就觉得自己不是多余的，而是必需的一个存在，心情格外好。

您急了不是。您怪我怎么还没说到那间西厢房，还有那腰身细细的苗香。您是怎么说的来着？楚王爱细腰，宫中多饿死？我不懂那是什么意思。幽默？什么叫幽默？更不懂了。但是苗香确实就要再次出场了。

9

去年夏天我突然接到一个长途电话，来电话的是个女的，她问："还记得我吗？"我立刻惊叫："苗香！你在哪儿？"原来她也在北京！您说这叫得来全不费功夫？对我来说，当然，真是天上掉下来一个现成的仙女，可是对苗香来说，她可是费尽了功夫才找着了我。大概来说，她是先从广州我配菜的那家餐馆，打听到我的户口所在地，又从那里联系上王建东，再通过王建东得知了我在北京榆景园打工。我庆幸自己一直跟王建东保持着联系。想起王建东媳妇，觉得是块冰，但是想起王建东，就觉得永远是块能烘暖我的红炭。

　　苗香跟我联系上没几天，就大摇大摆地到榆景园找我来了。我们物业公司的哥儿们，比我大的都有媳妇，只是媳妇在老家罢了；比我小的也有在老家娶了媳妇的，也有在北京娶了外地来打工的姑娘，在附近村子里租农民房安了家的；还有正谈着恋爱，筹备着婚事的，睡我下铺的管子工小焦就跟小区超市的一个售货姑娘正打得火热；我没媳妇，也没交上女朋友，这个情况大家都觉得很奇怪，坐班车的老大妈老嫂子问起来，更觉得难以理解，他们说我一表人才，帅哥儿，是不是眼光太高啊，怎么会都快三十了还没娶媳妇？有的还说要给我介绍，我也真等着他们介绍，但始终也没有真来给我介绍的，我自己心里明白，真要是有北京正式户口的姑娘，听到我这个外地打工仔的情况，没自己的房子，没医疗保险，没养老保险，更别提只有初中学历，又不是做生意能发财的，谁愿意跟我呢？至于外地来打工的姑娘，没结婚的，一般都比我小五六岁，先别说她们也想嫁个有钱人，就是钱财上将就点的，也嫌我老，宁愿去跟小焦那样的年龄相当的凑对子。老大不小，媳妇还八字没有一撇，这是我在榆景园里的大苦闷，也影响我在别人心目中的分量。苗香的从天而降，让我心里的阴云一扫而空，物业公司同事和业主们纷纷跟我打趣，说我原来是故意跟他们隐瞒，敢情我不但有对象而且是个天仙般的美人儿，真是够有艳福，也够能装蒜的。听到这样的反应，我下巴不由得总往上仰，真有点得意忘形，仿佛我以前真是故意在跟他们卖关子似的。

苗香来了，我就到园外村子里租了那间西厢房。您知道这榆景园就是外头那个村子的村干部把土地的使用权卖给了开发商，那么盖出来的。房东见了我总要发些牢骚，说卖村里的地，得了大把的钱，村里干部现在都坐上了奔驰车，盖起了大公馆，可村民一分钱好处都没有，这算怎么一回事儿？我心想那几个村干部就是坐宇宙飞船也就让他们白坐去吧，我眼前有了苗香就够了！房东又叨唠说那开发商不过是三十郎当岁的小媳妇，也并没有北京户口，自己兜里没几个钱，也不知道怎么就有那么大的能耐，一家伙从银行里贷出了那么大笔的款子来，除了这榆景园，还开发了好几处地方。我没听完就离开了，心想那开发商爱有什么后台什么关系就让她有去吧，反正都跟我没关系，她就是被薅出来也不关我事，只要榆景园新换的老板还管给开工资，那我就都无所谓，而且，有了苗香，就是榆景园破产了，乱套了，我跟苗香另外找地方挣钱就是了，也都用不着我皱眉叹气。

10

在那间西厢房里，苗香跟我上床前，说先要跟我说明白。她掏出她的身份证给我看，原来她比我大一岁。我笑了，说这算什么问题呢？再说你看上去比我至少小三岁。她就说，傻子，这么大的女人，到处混事，还能给你个没破的瓜吗？我还没反应过来，她又说，不过你别紧张，我很自爱的，破是破了，一点脏东西没染上的。我就搂过她，亲她的脸、脖子。她就问我："你呢？这之前，回数多吗?"我说从没有过,光是靠想象跑过马,她就反过来搂我,把我箍得紧紧的。

在广州那家餐馆打工时,男工友们,有时候加上老板,常在一起说些荤笑话,有时候他们用广东话说,我就听不大懂,有时候大家都用普通话,我就听得很过瘾,其中出现得最多的词汇是——床上功夫。跟苗香上了床,我深刻地体会到了这个词的内涵。

白天工余,我挽着苗香的细腰,在榆香园里散步。我跟认识与不认识的业主主动打招呼。人家都以善意祝福甚至羡慕赞叹的目光表情回应我。您知道榆香园所以取了这个名字,是因为原来这片农田里有棵老榆树,开发设计时以它为中心,布置成了中央绿地。我把苗香带到那棵榆树前头,把钉在树上的标明那是北京重点保护的古树的铜牌指给她看,告诉她榆树的树形虽然不是多么美好,但难得它活了那么久,至今每到春天还是能结出满树的榆钱,熟透的榆钱会在暮春风过时袅袅飘下,洒得人一头一身。那棵古榆原来我的两条长胳臂怎么使劲伸开去抱,也还总是差一截才能手指相碰,有了苗香就好了,她往树背后一站,我蹲下伸出胳臂去够,一手够到她腰左,一手够到她腰右,两个人合起来,恰好把那棵古榆树围成一圈。这不是很吉利吗?

11

我跟苗香谈婚论嫁了。我把存折拿给苗香看,几年来我已经攒了三万多块钱。苗香夸我,说不容易。她可知道我这样的打工仔,就是挣得比我多的，也难攒下这么多钱。我基本上不吸烟、不喝酒，也就是说除非人家非要递我一支香烟，或者逢到聚餐什么的，才抽一支、喝两杯；更不参加赌博，不吃零食，必要的开支上也非常俭省，与浪费两字绝无缘分。她说她如果俭省的话，这几年能攒下比我更多的钱，但她现在手上统共只剩万把块钱。其实她也没浪费，她花费得比较泼洒的一是买衣服，二是买化妆品。我觉得她那么个美人儿，就是在衣服和化妆品上再多花费些也理所当然。我跟苗香说，我们可以过得很不错。她就别再在城里打零工了，尤其是别再在医院里当看护，我可以找物业经理，请他给她介绍到售楼处当售楼小姐，那工作很体面，基本工资虽不多，但每推销出一套房子都能提成，如今榆景园口碑不错，净有主动来看房的，推销起来并不吃力……苗香听到一半就问，你们这榆景园的房子多少钱一平方米啊，我报出价来，她就说，那我们现在手头的钱，合起来也只够买下个卫生间罢了。我说是啊，就是我们再努力几年，恐怕也还是买不下这里边最小的一套啊。她就问，那我们住哪儿啊？我说可以在村里租房子啊，当然，要租比现在这间西厢房好的，她听了就皱眉头，没说什么，但那意思很明显，就是那能算安了个家吗？我就跟她说，北京的房价太吓人，但是把在北京挣的钱，拿到外地一些地方去，买套小单元就不那么困难了，比如，可以到我户口所在地那里去买。她就说，那是什么鬼地方？跟她姓苗的一点关系也没有。我说我可以跟你去甘肃，在那里买房子肯定更便宜，她就说你干脆回河南老家去吧，在那里盖所房子不是更省事吗？见我一时说不出话来，她就说：我是不能这么样回甘肃去的，你不也不能这么样回河南么？总得在大城市站住脚了，风风光光地回去，才算混出了个人样儿，对不对？后来我就又理出个思路来，说咱们为什么总给别人打工？应该用攒下的钱当本儿，去做生意，两个人齐心合力共同创业，只要选好了项，说不定就能发财，也不用发太大的财，发到也能到榆景园里来住，一套房子一辆车，一个孩子一条狗，不就幸福美满了吗？她听了，红扑扑的脸上散发出阵阵香气，不是脂粉的香气，是肉香，女人的肉香，我们就又紧紧地搂在一起，恨不得揉成一团了。

12

苗香回城里去了。说定一个月后再来找我。她留下了电话和联系地址，我也可以主动跟她联系。

她走后我给她打过电话，那是一位高干家里的电话，她在那家当保姆，接听不大方便。过了一个月，她没来找我，我打去电话，是那家的一个年轻人接的，说她到医院陪床去了，我问哪家医院，人家没接话茬，挂断了电话。我就按她留下的地址写了封信，让转给她，但是等来等去没有回音。我有点心慌了。同事、业主，包括物业公司的经理，常问我："怎么样？什么时候请我们吃喜糖？"我只能笑笑，而且那笑越来越苦，我能说什么呢？

就这样，到了今年春天。我成了一个苦瓠子。好在人们总是先顾自己，很少真正把别人的事情总挂在心上，渐渐，经理、同事、业主，似乎也就把我曾经有过一个苗香，准备吃我的喜糖什么的，淡忘了。只是有一天，在园外村边，遇上了那西厢房的房东，他把我叫过去，悄悄问我："要不要小姐？保证没病，一次，六十块钱。"我差点把眼珠子弹到他脸上，拳头也差点捶过去。他忙往后退，摆手说："算我没说，算我没说……"我啐了一口，转身走开，他在我身后还叨唠："人家是个好意嘛，你那对象不是没跟你嘛……"我觉得自己跟只火药桶似的，马上就要爆炸，可我往哪儿炸呢？除了自己，还能炸谁？

13

忽然苗香来了电话。直接打到物业公司经理室，是经理本人来叫我去接的，而且，我接电话时，经理不但走开了，还掩上了门。

把电话耳机凑到耳边，就像举起个千斤顶。刹那间我觉得仙女又要下凡了，一颗心激动得直往喉咙眼撞。但是我听到的头一句话明明白白是："我要结婚了，请你来参加我的婚礼……"您以为我又变成火药桶，而且这次立刻爆炸了？不，她这句话一说出来，不知怎么的，我很快地平静了，我自己都奇怪，我回答她的声音那么正常，超级正常。我说："好啊，好消息，我祝你幸福，祝你们白头到老。"她说，你也别问我老公是什么人了，反正，有房子，一百八十多平方米，复式结构，车是奥迪。我就还是说好啊好啊，很好很好，祝贺祝贺，她就用特别特别认真的口气跟我解释，说她想来想去，结婚归结婚，结婚还是要一步到位，能一步到位为什么不一步到位呢？也不是她一个人这么想这么做，实际上但凡自身条件好点——我听得懂这主要是指相貌和床上功夫，甚至只是指这两样——的姑娘，都会这么想这么做。然后她就坦率地说她跟以前一样爱我，希望我们能继续做朋友，做最好最好的朋友——我也听得懂，最好最好的朋友是什么意思，就是有机会她还愿意跟我上床，那当然绝对免费，甚至还会倒贴。她说的话我都耐心地听完，她问我是不是生她的气。我说不生气，真的不生气，没有理由生气，我反复祝她幸福。她最后一再强调要我出席她的婚礼，是在香格里拉饭店，说如果我不去她那天的幸福感觉就会打折扣。我就说为了她获得不打折扣的幸福，我一定会去，即使请不下假来，误工也要去，她就连声地谢我，最后她让我记下她手机的号码。她一再问我准备好纸笔了没有，把那号码连说了三遍，我根本没用纸笔去记，却跟她说记下来了记下来了。她叮嘱我要经常给她打电话，我说当然当然。

14

第二天我接到了一个艳红色的大信封，拆开，里面是一份带香味的请柬，那是非常矫情的一种香味，完全没有人身体上的那种自然的气息。

黄昏时分，我一个人来到那棵老榆树下，一阵风来，榆钱纷纷落下，旋转着落到我的头上、肩上、衣服上、鞋面上，我觉得那些圆圆的干榆钱真像钢镚儿，于是我马上回想起安徽小城的那个姑娘，那个不喜欢大额钞票，却希望能有一手提箱钢镚儿的姑娘。我心平气和，觉得她和她父母提出的条件，她的好恶，她的追求，实在都很合理，而且她那个一步到位的一步只估价为三万，真的非常人道，只怪我当时还不能成人，无法入道；我把那份玫瑰色的请柬，连同那个艳红色的信封撕得粉碎，扬成一片，让那些红色的碎片跟榆钱混杂在一起，于是从头一回见到苗香，直到在那间租来的西厢房里经历过的种种事情，就也都碎片般飞舞在我的心中。我依然心平气和，我替苗香设身处地地去想，如果不是为了最终能一步到位，她何必从那甘肃的小县城跑出来呢？其实，我何尝不想一步到位，但是男青年比起女青年来，一步到位的可能性实在是太小太小了……

15

昨天，我开的班车在路上跟一辆奥迪车蹭上了，我和那奥迪车的司机都跳下了车，我们互相指责，不但动口，最后还动了手……您当时也在班车上，您和别的业主都很吃惊，一贯稳当而且从不发火乱来的我，怎么忽然变成了另一个人？交通警察来了，我还朝那个小车司机脸上挥了一拳……最后我被带到了派出所，第二天才由榆景园经理去领了回来。

经理对我非常失望。业主们提起我也都摇头。宿舍里大家走过我身旁都不由得踮起脚尖走路，仿佛我是头猛兽，闹不好惹着我就会被咬上一口。

只有您，约我来聊聊。我也正想找个人吐吐肚子里的水儿，也不能说都是苦水，什么滋味都有，对不对？

明天还接着聊？对不起，我已经跟经理辞职了。这地方我再没什么好留恋的了。明天一早我就离开这地方了。到哪儿去？人不一定非想清楚了往哪儿去才走路，我已经有很多次经验了，走哪儿算哪儿。灰心？心里头是塞了些灰，一把把抓出来吧。我还是想找个媳妇，一个不指望一步到位，而是愿意跟我携起手来，分很多步往前走，走出房子、车子、孩子，也许还有一条沙皮狗什么的，那么个局面来的媳妇，那时候我会把她带回河南老家，看望父母，拜访亲戚……其实我的想法，我的追求，就这么简单。

　　明天您见不着我了，但是您不妨去那棵老榆树底下转转。我的一缕魂儿，钻进那榆树里头了……